10
18

12, AVENUE D'ITALIE. PARIS XIIIe

Du même auteur
aux Éditions 10/18

Série « Kathryn Swinbrooke » de C. L. Grace
MEURTRES DANS LE SANCTUAIRE, n° 3029
L'ŒIL DE DIEU, n° 3030
LE MARCHAND DE MORT, n° 3094
LE LIVRE DES OMBRES, n° 3190
LA ROSE DE RABY, n° 3406
LE LACRIMA CHRISTI, n° 3836
► LE TEMPS DES POISONS, n° 3928

Série « Hugh Corbett » de Paul Doherty
SATAN À ST MARY-LE-BOW, n° 2776
LA COURONNE DANS LES TÉNÈBRES, n° 2777
UN ESPION À LA CHANCELLERIE, n° 2820
L'ANGE DE LA MORT, n° 2863
LE PRINCE DES TÉNÈBRES, n° 2901
FAUX FRÈRE, n° 2966
L'ASSASSIN DE SHERWOOD, n° 3036
LA COMPLAINTE DE L'ANGE NOIR, n° 3127
LE FEU DE SATAN, n° 3290
LA CHASSE INFERNALE, n° 3296
L'ARCHER DÉMONIAQUE, n° 3437
LA TRAHISON DES OMBRES, n° 3584
FUNESTES PRÉSAGES, n° 3705
LE LIVRE DU MAGICIEN, n° 3879

Série « Frère Athelstan » de Paul Harding
LA GALERIE DU ROSSIGNOL, n° 3167
LE DONJON DU BOURREAU, n° 3218
SACRILÈGE À BLACKFRIARS, n° 3226
LA COLÈRE DE DIEU, n° 3336
LE FANAL DE LA MORT, n° 3340
LE REPAIRE DES CORBEAUX, n° 3531
LE JEU DE L'ASSASSIN, n° 3666
LA CHAMBRE DU DIABLE, n° 3842
THE FIELD OF BLOOD, n° 3973 (à paraître)

Série « Alexandre le Grand » de Paul Doherty
LA MORT SANS VISAGE, n° 3738
L'HOMME SANS DIEUX, n° 3739
LE MANUSCRIT DE PYTHIAS, n° 3860

Série « Amerotkê » de Paul Doherty
SOUS LE MASQUE DE RÊ, n° 3894

Série « Nicholas Segalla » d'Ann Dukthas
LE MESSAGER DU TEMPS, n° 3831
EN MÉMOIRE D'UN PRINCE, n° 3832
LES OUBLIÉS DE MAYERLING, n° 3900

C. L. GRACE

LE TEMPS DES POISONS

Traduit de l'anglais
par Christiane ARMANDET
et Nelly MARKOVIC

INÉDIT

10
18

« Grands Détectives »

dirigé par Jean-Claude Zylberstein

Sur l'auteur

C. L. Grace est le pseudonyme de Paul Doherty, né à Middlesbrough, dans le Yorkshire. Il est l'auteur de plusieurs séries historico-policières, dont notamment : les enquêtes de Kathryn Swinbrooke, apothicaire à Cantorbéry au XVe siècle ; les enquêtes de Hugh Corbett, espion du roi Édouard Ier, celles de Télamon, un proche d'Alexandre le Grand, et celles d'Amerotkê, juge dans l'Égypte du XVe siècle avant J.-C. (publiées sous le nom de Paul Doherty), les enquêtes de Nicholas Segalla, le voyageur du temps (publiées sous le nom d'Ann Dukthas) ; et enfin les aventures de frère Athelstan, un dominicain du XIIIe siècle (publiées sous le nom de Paul Harding).

Il est aujourd'hui professeur d'histoire médiévale.

Titre original :
A Feast of Poisons

ISBN-2-264-04301-6

En mémoire de Tatiana Faye Micallef
« retournée sans tache dans le sein de Dieu »

PERSONNAGES HISTORIQUES

MAISON DE LANCASTRE

HENRI VI : Henri de Lancastre, fils du grand Henri V, considéré par certains comme un imbécile, par d'autres comme un saint, et par quelques-uns comme les deux à la fois. La faiblesse et l'inefficacité de son gouvernement engendrèrent une guerre civile haineuse entre la maison d'York et celle de Lancastre.

MARGUERITE d'ANJOU : Épouse française d'Henri VI, c'est elle qui exerçait véritablement le pouvoir. Ses espoirs de victoire furent finalement anéantis par deux défaites face aux armées yorkistes à Barnet et à Tewkesbury, au début de 1471.

BEAUFORT DE SOMERSET : Général lancastrien et homme politique ; il passait pour être l'amant de Marguerite d'Anjou et fut tué à Tewkesbury.

HENRI TUDOR : Dernier prétendant lancastrien. En 1473, il était exilé à la cour de France et de Bretagne.

MAISON D'YORK

RICHARD D'YORK : Père d'Édouard IV. Son désir forcené de monter sur le trône conduisit à l'ouverture des hostilités entre les York et les Lancastre. Il fut pris au piège et tué à la bataille de Wakefield en 1460.

CÉCILE D'YORK (née NEVILLE), « La Rose de Raby[1] » : Veuve de Richard d'York ; mère d'Édouard, de Richard de Gloucester et de George de Clarence.

ÉDOUARD IV : Brillant général yorkiste et futur roi.

EDMOND DE RUTLAND : Frère d'Édouard, il fut tué avec le duc d'York, à Wakefield.

GEORGE DE CLARENCE : Bel homme, qui trahit son frère Édouard et changea de camp pendant la guerre civile.

RICHARD DE GLOUCESTER : Le plus jeune frère d'Édouard IV ; il joua un rôle déterminant dans la victoire des York en 1471.

HOMMES POLITIQUES ANGLAIS

THOMAS BOURCHIER : Archevêque âgé de Cantorbéry.

WILLIAM HASTINGS : Homme de confiance du roi Édouard IV.

FRANCE

LOUIS XI : Roi de France, « l'Universelle Aragne ».

CHARLES : Duc de Bourgogne, ennemi de Louis.

1. Raby Castle : domaine où est née la duchesse Cécile, dans le nord-est de l'Angleterre. (*N.d.T.*)

Et quand une bête est morte
elle ne souffre pas.
Mais, après son trépas,
l'homme éprouve peine et chagrin…

Chaucer, « Le conte du Chevalier »,
Les Contes de Cantorbéry

Au Moyen Âge, les femmes médecins exerçaient leur pratique en dépit des guerres et des épidémies pour la simple raison que l'on avait besoin d'elles.

Kate Campbellton Hurd-Mead,
A History of Women in Medicine
(Londres, The Haddam Press, 1938)

CHAPITRE PREMIER

> « Le manant disait une chose, mais en pensait une autre. »
>
> Chaucer, « Le conte du Frère »,
> *Les Contes de Cantorbéry*

Louis XI, roi de France par le courroux de Dieu, pêchait. Louis était fort satisfait. Il avait parcouru la vallée de la Loire en tous sens, séjournant dans ses résidences royales pour s'assurer du bon état de sa ménagerie, en particulier de celui de son éléphant, d'un chameau plutôt lourdaud, sans parler des léopards, des autruches et autres bêtes sauvages. Louis, quant à lui, était une aragne faite homme. Si Paris était le centre de sa toile, il l'avait pourtant tissée de telle façon qu'aucune ville, aucune province de France ne lui échappe. Louis était content. Il s'était montré plus habile et plus rusé que ses ennemis mais, bien qu'il aimât son pays, il ne lui faisait pas confiance. Ses étroits sentiers forestiers tortueux étaient fréquentés bien avant l'époque de César. Des rebelles pouvaient s'y tapir, y tendre des embuscades, y ourdir la trahison et préparer le régicide. Par conséquent, Louis, qui ne pouvait tenir en place, poursuivait ses incessants déplacements plus par voie d'eau qu'à cheval ou en voiture. Il naviguait sur les rivières de France à bord de bateaux qu'il avait lui-même dessinés. Splendides bâtiments, c'était de grandes barges sur lesquelles il avait édifié des maisons de bois avec des cheminées, des fenêtres garnies de verre et tout le confort d'un palais.

Louis aimait chasser, aussi bien les proies de la forêt que quelque puissant noble ou marchand regimbant devant sa loi. Il venait d'écraser une rébellion sur les frontières de la Bourgogne. Un peu plus loin sur le fleuve se trouvait une embarcation chargée des cages dans lesquelles il avait enfermé ses principaux prisonniers. Il en userait comme il le faisait des animaux de sa ménagerie : il montrerait au peuple qui était le roi. Nulle force humaine ou animale ne pouvait échapper à sa poigne. Sur la barge des prisonniers il avait fait ériger des perches qui supportaient les têtes coupées d'autres traîtres ; il avait coiffé l'une d'entre elles d'un capuchon bordé de fourrure pour mieux la distinguer. À présent, il se reposait. Levant les yeux vers le ciel bleu, il serra sa canne à pêche. La nuit précédente, un trait de feu, une comète enflammée, une boule incandescente avait déchiré les cieux. Il se demanda si c'était un avertissement. Mais quelle importance ? « *Alea jacta est*, le sort en est jeté ! » murmura-t-il. Il devait affronter les dangers, quels qu'ils soient. Il avait distribué de l'argent aux lieux de pèlerinage et aux églises les plus proches, ordonné qu'on dise des centaines de messes spéciales pour écarter tout péril. Il avait aussi promis à saint Martin de Tours, le saint patron de la France, d'enclore son tombeau d'une grille de métal rutilant qui, véritable œuvre d'art, serait fondue dans onze mille livres de l'argent le plus fin. Il avait envoyé des messages à Amboise où son jeune fils, le dauphin Charles, vivait sous bonne garde, à l'abri non seulement d'un possible enlèvement mais aussi des redoutables effets des innombrables maladies qui infestaient les routes et les villes de son royaume.

Louis était heureux d'être loin de ces endroits-là, et surtout de Paris ; le carillon de ses cloches lui était une constante source d'exaspération, ses rues bondées et resserrées – où idées et peurs nouvelles croissaient comme des mauvaises herbes sur un tas de fumier – représentaient une perpétuelle menace pour son pouvoir.

— Votre Majesté ?

Le roi tourna la tête.

— Votre Majesté ? répéta le jeune écuyer. On dit que Satan a attaqué la flèche d'une église la nuit dernière, qu'il l'a réduite en cendres. On peut encore distinguer les griffes du démon de haut en bas sur les murs.

— Est-ce vrai ? marmonna le souverain.

Il se retourna comme la canne à pêche tressautait. S'agissait-il d'un démon, s'interrogea-t-il, ou juste de la foudre ? Un érudit lui avait un jour expliqué que les bâtiments qui se dressaient vers le ciel attiraient souvent le feu céleste. Il devait, néanmoins, s'en assurer. Louis s'entourait toujours de précautions. Il avait dit aux envoyés dépêchés auprès de son fils qu'il fallait veiller à suspendre un couteau d'acier au-dessus du berceau de l'enfant et à placer des pots de sel à chaque coin de la pièce. L'acier et le sel, sans parler des multiples reliques saintes pendues aux poutres de la chambre, éloigneraient les diables. Contrarié, Louis fit la grimace. Il pensait avoir pris un poisson, pourtant sa canne était lâche à présent, comme tant de choses dans la vie. Il changea de position avec nervosité, éperons tintinnabulant, et examina le fleuve. La brume se levait. La journée s'annonçait belle même si la saison déclinait. Il pouvait déjà distinguer des taches d'or dans la verdure. La brise matinale était froide mais elle tomberait avec le lever du soleil. De toute façon, il avait bien assez chaud. À sa droite et à sa gauche brûlaient des braseros à calotte dont les ardents charbons rouges et crépitants sifflaient parfois quand des gouttes d'eau les éclaboussaient à travers la grille.

Le roi assouplit ses doigts engourdis. Toujours prêt à quitter sa barge et à sauter à cheval pour affronter un danger ou un rebelle, il portait bottes et éperons. Il était vêtu de sa robe grise habituelle, fourrée d'agneau blanc, et d'un capuchon de moine. Sur ce dernier il avait posé un grand chapeau à large bord alourdi par les nombreux médaillons d'argent représentant ses saints favoris qu'on y avait solidement cousus. Louis prit un morceau de fromage et mâcha à grand bruit. Il avait passé la journée précédente à élaborer des stratagèmes avant de partir pour un château du voisinage où des envoyés venus d'Espagne lui avaient apporté des porcs à la peau rouge, ainsi que moult chardonnerets, pies, tourterelles, et deux lévriers équipés de colliers en cuir de Lombardie et de laisses en peau de loup. Louis souffla et son haleine flotta dans l'air du matin. En aval, dans la brume, sa garde personnelle peuplait ses navires et, sur chaque rive, des troupes de la cavalerie normande marchaient de pair avec la barge royale, la *Gloire des Lys*. Louis entendit des cris et un léger choc au moment où un bateau accostait le sien. Il sourit. Ses visiteurs étaient arrivés. Il tendit sa canne à pêche à un valet.

— Tiens-la bien, le prévint-il. Et si un poisson mord, tire d'un coup sec.

Ses éperons tintant, le chapelet de nacre cliquetant et scintillant autour de son cou, le roi se dirigea vers les marches bordées de cuir qui menaient à la cabine royale. La pièce bénéficiait d'une fenêtre percée en hauteur sur chaque mur. Ces derniers, quant à eux, étaient couverts d'épaisses tentures tissées de couleurs vives – rouges flamboyants, bleus profonds, or resplendissant – dépeignant la vie des saints ancêtres du monarque. Le bois du plancher était ciré et, pour lutter contre le froid, on y avait jeté des peaux d'ours et de loup. Un scribe royal, assis sur une sellette, recopiait la missive que Louis lui avait dictée juste après avoir assisté à sa troisième messe. Le roi ôta ses gants et tendit les mains au-dessus d'un plateau de braises incandescentes. Il faisait encore froid céans.

— Envoyez une lettre au trésorier, ordonna-t-il. Dites-lui de m'apporter une peau d'animal comme celle que l'évêque de Valence m'avait offerte. Elle me couvrait tout le dos et je pouvais aussi la déployer sur la croupe de mon cheval.

Il tapota le bout de son nez pointu.

— Quand il pleuvait, reprit-il, je n'avais pas besoin d'une chape et quand il faisait chaud elle était aussi fraîche que la brise. Avez-vous compris ?

Le scribe acquiesça.

— Parfait ! s'écria le roi en claquant des mains. Allez donc chercher mes hôtes et conduisez-les ici.

Il se dirigea vers le trône placé sur une petite estrade installée au bout de la salle sous un dais bleu arborant les fleurs de lys dorées. Il s'installa et s'emmitoufla dans sa couverture en peau d'agneau. Il avait pêché trop longtemps et était transi ! La porte s'ouvrit et trois hommes firent leur entrée. Ils restèrent un instant dans l'ombre avant d'avancer. Ils portaient tous des bottes, des éperons et d'épaisses capes militaires sur les épaules. S'approchant de l'estrade, ils repoussèrent leurs capuchons et mirent un genou à terre. Louis les laissa agenouillés le temps de les observer. Le rousseau, de petite taille, qui se trouvait au milieu, était le vicomte de Sanglier, émissaire personnel du roi en Angleterre.

— Avez-vous fait bon voyage, Messire le vicomte ? questionna Louis en se penchant.

L'envoyé leva son visage pâle aux yeux verts cernés de rouge, à la moustache et à la barbe rousses taillées avec soin. Le souverain remarqua que le vicomte se servait de sa barbe pour dissimuler ses joues grêlées, ravage causé par la petite vérole.

Sanglier s'humecta les lèvres.

— Votre Majesté, nous avons voyagé comme des chiens et dormi de même. La nourriture était soit brûlée soit à moitié crue et le vin avait un goût de vinaigre.

— En êtes-vous d'accord ? s'enquit le souverain en se tournant vers François Cavignac, gardien de la Chambre extérieure.

Pour Louis, ce jeune homme aux cheveux noirs coupés court, au visage rond, aux yeux innocents, aux joues lisses et aux manières quelque peu affectées évoquait toujours un enfant de chœur. Cavignac ne s'en était pas moins révélé un espion des plus adroits et l'organisateur avisé des agents royaux à l'étranger. Formé à la Sorbonne, Cavignac était malin, rusé et sans pitié envers les ennemis du monarque. Roturier promu par Louis, seule son ambition personnelle l'emportait sur sa loyauté à la Couronne. En dépit de tous les efforts du roi, le vicomte de Sanglier n'avait rien découvert de surprenant parmi les habitudes de Cavignac, si ce n'est qu'il était un lettré éminent. Cavignac avait étudié en vue de la prêtrise et aimait envoyer des messages secrets codés basés sur les citations de la Bible. Sa vie privée n'intéressait pourtant guère le roi, qui ne se souciait que d'une chose : Cavignac était-il fidèle ? On n'en pouvait douter ! Le jouvenceau connaissait la loi des secrets de la maison de France. Toute trahison, même la moindre, signifiait la mort violente et immédiate.

Louis se pencha en avant.

— Je vous ai posé une question, Monsieur.

Cavignac s'agita.

— Je vous prie de m'excuser, Majesté, j'ai les genoux endoloris. Le vicomte dit vrai. Ma seule consolation pendant ce trajet fut la compagnie de mes collègues et l'idée de me trouver bientôt en votre présence.

Louis sourit. Une moitié au moins de cette déclaration était exacte. Elle reflétait aussi l'intense rivalité pour gagner son affection qui dominait la vie de ces trois hommes.

Le roi s'adressa à l'homme qui se trouvait à sa droite.

— Et vous, comment vous portez-vous ? s'enquit-il.

Sous sa cape militaire, Claude Delacroix, gardien de la Chambre intérieure, était vêtu de la bure noir et blanc des dominicains, bien qu'il ne fût pas frère et moins encore prêtre. Delacroix s'habillait ainsi pour respecter un vœu qu'il avait fait à ses parents : devenir frère dominicain. Mais dès que ses géniteurs eurent trépassé, il avait abandonné ses études sacerdotales pour se consacrer à la médecine à Montpellier. Devant cet homme maigre au visage émacié, aux joues sillonnées de rides, aux lèvres saillantes, aux yeux profondément enfoncés, Louis pensait toujours à une de ses levrettes favorites, musclée, rapide et méchante. Delacroix était doué pour les langues et parlait non seulement l'anglais et l'anglo-normand, mais aussi le latin classique, l'allemand et même la lingua franca des cités italiennes. Il dirigeait les agents de Louis en France, tout en pourchassant et anéantissant ceux des autres puissances. Il était aussi décidé que son maître à bouter Édouard d'Angleterre et ses belliqueux de frères, Richard de Gloucester et George de Clarence, hors de France. Un jour, ils reprendraient Calais, l'unique ville française tenue par les Anglais, et s'insinueraient entre l'Angleterre et l'ennemi mortel de la France – le seul grand seigneur qui menaçait l'unité du royaume, Charles de Bourgogne.

— Le voyage a dû être surtout pénible pour vous, Monsieur, remarqua le roi.

Delacroix leva la tête, les yeux plissés par l'amusement. Louis se flattait de ne rien ignorer des petits secrets de tous les gens de sa maison. Grâce à Sanglier, il connaissait de source sûre ceux de Delacroix, que sa passion dévorante pour la douce chair parfumée avait poussé à quitter l'ordre des dominicains. Delacroix était un visiteur assidu des courtisanes de *la Maison de Joie* sise au milieu de ses vergers et jardins, près de la porte Saint-Denis.

— Nous avons voyagé, Votre Majesté, et sommes à présent ici pour vous servir, répondit Delacroix de la voix douce et mélodieuse d'un prêtre bien né.

— Bon, déclara le monarque en se redressant, alors ne restez pas agenouillés céans comme des statues.

Il y eut un moment de confusion tandis que les visiteurs avançaient des tabourets de cuir pour prendre place devant leur souverain. Louis les laissa attendre quelques instants, tiraillant la couverture en peau d'agneau qui lui couvrait les genoux.

— Plus tard dans la journée, commença-t-il, vous partirez pour l'Angleterre. Vous êtes mes émissaires à la cour d'Édouard d'York. Avez-vous reçu mes instructions ?

— Pour nous rendre à Londres ? s'enquit Cavignac.

— Non, à Walmer, sur la côte du Kent, précisa le roi comme s'il parlait à son bonnet. Lord Henry Beauchamp, votre vieil adversaire, le gardien du Sceau privé, vous recevra en son manoir. Il y sera rejoint par un Irlandais, membre de la maison d'Édouard, Colum Murtagh.

— Ah ! s'exclama Sanglier en dégrafant sa cape qu'il laissa choir sur le sol.

— Vous avez déjà rencontré Murtagh ? questionna Louis en souriant.

— En effet, dit Sanglier. C'est un soldat, un mercenaire, gardien des écuries royales à Kingsmead, aux portes de Cantorbéry. J'ai déjà eu l'occasion d'en parler, Majesté.

— Est-il dangereux ?

— Il peut l'être.

— Le craignez-vous ?

— Je redoute sa promise, Kathryn Swinbrooke. Elle est apothicaire, engagée par la Cour, par l'archevêque et l'échevinage de Cantorbéry, pour enquêter en certaines matières.

Le roi agita la main.

— J'ai ouï parler d'elle. J'ai aussi entendu dire qu'elle et Murtagh allaient se marier, mais je ne vois pas comment ils pourraient interférer dans vos plans. Vous devez gagner l'Angleterre. Lord Henry sera votre hôte. Servez-vous de ce que vous savez pour vous assurer qu'ils resteront hors de France et ne procureront ni aide ni soutien à la Bourgogne.

Louis se leva tout à coup et ses féaux l'imitèrent. Il se dirigea vers un coffret aux belles sculptures et à triple serrure. Il prit le petit anneau de clés pendu par un crochet à sa ceinture, ouvrit les serrures, souleva le couvercle et sortit un coffret similaire mais plus petit. Ce n'était guère qu'une cassette carrée et vernie. Sanglier remarqua les trois clés miniatures insérées dans leurs serrures. Louis vérifia d'abord qu'elles fonctionnaient bien avant de les retirer et d'en distribuer une à chacun de ses envoyés. Puis il tendit la cassette polie à Sanglier.

— Mettez-la en sécurité. Faites savoir aux Anglais que vous pourriez bien la détenir. Édouard d'Angleterre donnerait tous ses joyaux pour l'obtenir.

La perplexité de son interlocuteur fit rire Louis.

— Savez-vous ce qu'elle contient ?

Sanglier fit un geste de dénégation.

— Le livre des codes anglais, chuchota le roi de peur que sa voix ne porte plus loin qu'elle n'aurait dû. Ce volume nous permettra de comprendre tout message envoyé par Édouard d'Angleterre à ses agents en France et de connaître les véritables noms et les déplacements de ces hommes.

— Où… ? bégaya Sanglier. Votre Majesté, comment vous l'êtes-vous procuré ? Nous l'avons cherché…

— Peu importe, coupa Louis en caressant la cassette comme s'il s'était agi d'un oiseau dressé pour la chasse. Arrangez-vous pour qu'Édouard d'Angleterre apprenne que vous l'avez. En fait, je l'ai déjà laissé entendre.

Louis suçota ses dents et explora de la langue ses gencives douloureuses. Il observa ses trois émissaires. Ni le trouble de Delacroix ni le regard prompt qu'avaient échangé Sanglier et Cavignac ne lui avaient échappé. Il y avait là quelque mystère mais il ne pouvait le saisir. Après tout, c'était Sanglier qui avait annoncé que le vrai livre des codes, ainsi que son gardien, l'Anglais Marshall, avaient disparu le long de la Seine. Le roi soupira et désigna le plateau chargé de coupes de vin sur la table près de l'estrade.

— Rafraîchissez-vous, goûtez ce vin, c'est le meilleur que la Bourgogne puisse offrir. Je dois retourner à la pêche.

Les trois hommes s'inclinèrent en hâte quand le souverain, fredonnant une hymne, quitta la pièce en s'enquérant à voix haute auprès de son écuyer d'une prise éventuelle. Dès que la porte fut close, ils se détendirent. Delacroix versa le vin dans trois gobelets et le servit. Ils se saluèrent mutuellement, se réchauffèrent les doigts au-dessus du plateau de braises et, comme des enfants pressés d'ouvrir un cadeau, insérèrent leurs clés dans la cassette. Sanglier les manœuvra et leva le couvercle. Un petit livre, qui ressemblait à un psautier avec sa couverture rutilante enchâssée de pierres précieuses, se trouvait à l'intérieur. Il ouvrit les fermaux et eut le souffle coupé. Les pages de vélin crème, cousues avec soin, étaient vierges, dépourvues de toute marque, de tout symbole, de tout dessin. Sanglier parcourut le parchemin craquant puis ôta la couverture de cuir et examina avec attention les plaques rigides qui se trouvaient dessous.

— Rien, constata-t-il en tendant le recueil à ses deux compagnons qui l'examinèrent à leur tour.

Cavignac l'approcha d'une chandelle pour mieux le scruter. Delacroix le lui arracha alors des mains. Sanglier se mit à rire. Serrant son gobelet, le vicomte retourna s'asseoir. Il voulut boire, mais s'étrangla et cracha le vin sur le plancher. Delacroix lui jeta un coup d'œil furieux. Sanglier avait-il été averti de la petite énigme du roi ? L'avait-il déjà partagée avec son bon ami Cavignac ? Delacroix dissimula sa rage. Il y avait là, comme il l'avait murmuré à Louis, un mystère. Il y en avait eu un depuis la disparition de Marshall. Ces deux compères tentaient-ils de l'exclure ? Sanglier, le goupil, avec les secrets qu'il détenait sur Lord Henry Beauchamp ? Sanglier, qui se vantait sans vergogne d'avoir un espion au village même de Walmer ? Delacroix lança un bref regard à Cavignac, mais ce dernier avait reculé dans l'ombre comme pour cacher son visage.

— Continuez, dit Sanglier avec un geste de la main. Mettez cet ouvrage en pièces. Sentez chacune de ces pages. Il n'y a rien. Ce n'est pas un livre de codes !

Delacroix l'observa ; il ne put que se joindre aux rires. Sanglier alla verrouiller l'huis par lequel leur maître était sorti.

— Buvons en l'honneur de l'Aragne ! proposa-t-il avec un large sourire. Il y a six mois, ajouta-t-il en s'essuyant les lèvres d'un revers de main, Sir Henry était à Paris. Nous savons qu'il y a rencontré les principaux espions d'Édouard d'Angleterre. Il paraît que William Marshall, le clerc de Lord Henry, a apporté un livre de codes. Bon, pour être bref, Marshall a disparu et le livre des codes aussi.

— C'est vrai, affirma Cavignac, je m'en souviens. Il est allé ramer sur la Seine, n'est-ce pas ? Il s'est noyé ; on prétend que ce fut un accident.

— Son corps n'a jamais été récupéré, reprit Sanglier. D'après ce qui a été rapporté, Marshall portait le livre des codes, qui a été perdu lui aussi. Et voilà que notre maître veut menacer Édouard d'Angleterre et lui faire croire…

— … que nous possédons le livre des codes, continua Cavignac.

Sanglier acquiesça et leva son gobelet.

— Imaginez la confusion qui en résultera !

Grand-mère Croul n'était pas née à Walmer mais à plusieurs milles au nord. Elle était venue au village en tant que jeune épouse de Crispin le charpentier. Quand il était mort de la suette, grand-mère Croul avait épousé Ambrose, l'apprenti, qui avait été pendu pour avoir trempé dans des vilenies. Grand-mère Croul avait donc vieilli seule dans sa chaumine de deux pièces avec son sol de terre battue et sa soupente, près de Blacklow Copse, un petit bois à la limite du village de Walmer. La chaumière possédait un atelier en ruine et une écurie de fortune, tous deux vides à présent. Grand-mère Croul se fiait davantage à sa canne qu'à un coûteux palefroi. Ce jour-là, veille de la Saint-Michel, quand les premiers horribles empoisonnements eurent lieu, elle était déjà inquiète. Le soleil commençait à se coucher. Elle s'était promenée dans son jardin de simples pour se retrouver parmi les plantes maléfiques, ces herbes mortelles – belladone, digitale, ciguë vireuse – qui pouvaient arrêter les battements de cœur en quelques secondes. Grand-mère Croul ne les cultivait pas pour cette raison mais parce que, à petites doses, elles pouvaient être bénéfiques à l'estomac et au cœur. Elle s'en méfiait beaucoup. Bien qu'elle crût de toute son âme au Christ Jésus, elle avait une claire conscience des démons, esprits malfaisants et autres gobelins qui hantaient marais et bois. Elle prenait les plus grandes précautions quand elle arrachait la mandragore. Elle ne l'extrayait du sol qu'avec une corde fixée au bout de sa canne.

Gog et Magog, les deux chats de grand-mère Croul, deux matous tigrés, chasseurs nocturnes et terreurs des oiseaux des environs sans parler de la vermine qui arrivait en masse des champs avoisinants, l'accompagnèrent dans le jardin. La vieille femme se réjouit de leur compagnie car son malaise s'exacerbait. Elle avait fait des rêves et des cauchemars. Elle avait aperçu des diables déchaînés sur la route et, la nuit, elle avait ouï les fantômes qui clabaudaient dans l'ombre. Grand-mère Croul n'était pas femme à s'effrayer d'un rien. Elle savait lire et écrire. Elle avait possédé jadis un livre de corne[1], elle avait même suivi la route de Cantorbéry

1. Fine tablette de chêne sur laquelle étaient gravés l'alphabet, les neuf chiffres et parfois le *Notre-Père*. Elle possédait une poignée et était protégée par de la corne amincie. (*N.d.T.*)

pour aller admirer le Pont de Londres et ses arches, avec ses multiples maisons et échoppes, ainsi que les longues perches qui supportaient les crânes des traîtres exécutés. Grand-mère Croul ne se laissait pas non plus guider par ses humeurs. Elle prenait garde à ce qu'elle mangeait. Elle s'était entretenue avec assez de mires, apothicaires et sages voyageurs pour savoir que certaines plantes pouvaient conduire le cœur en d'étranges voies fantasques. Alors, pourquoi était-elle si anxieuse ? Elle descendit l'allée du jardin et ouvrit la barrière de bois branlante. Puis elle se retourna et regarda sa chaumière et les quelques poules faméliques qui s'ébattaient dans la poussière devant le cottage. Ce dernier avait piètre aspect ; elle avait économisé quelques pennies et souvent pensé à engager un maçon ou un chaumier pour le rendre plus accueillant, mais à quoi bon ? « Délabré et humide », c'est par ces mots qu'elle le décrivait.

— Délabré et humide, dit-elle à haute voix. Et dévoré par les vers, tout comme moi.

Elle sourit. Pourtant, bien des années plus tôt, par une nuit embaumée, alors que les oiseaux chantaient et que l'air était chargé du doux parfum des roses, elle s'était étendue là avec son seul véritable amour, Crispin, le meilleur charpentier du comté, Crispin au corps musclé et aux baisers ardents et passionnés…

— Il y a si longtemps ! murmura-t-elle.

Elle sursauta à la vue d'une belette qui lui coupait le chemin, si vive que même les chats ne réagirent pas. Mais, de toute façon, ils s'en seraient gardés : n'était-ce pas de mauvais augure et le souffle de cet animal n'était-il pas vicié et corrupteur ? Grand-mère Croul leva les yeux vers le ciel bleu lavé de pluie. Des nuages dissimulaient à présent le coucher du soleil. La journée d'automne se mourait et Blacklow Copse s'éveillait aux bruits de la nuit. Un vent froid soufflait et les corneilles, volant en cercle au-dessus des arbres, croassaient, assourdissantes. Grand-mère Croul plissa ses yeux chassieux et regarda au loin. Elle pouvait distinguer les lumières du village, le rougeoiement des chandelles, le feu de la forge, le scintillement des lanternes de corne devant les tavernes et, de-ci de-là, la faible lueur des torches dont s'étaient munis les paysans qui revenaient des champs. Ils se rassembleraient dans la grand-salle du *Sanglier bleu* ou celle plus spacieuse du *Cygne d'argent* avant de rentrer chez eux. Ils s'assiéraient pour vider des chopes de la fraîche bière du Kent, brassée à partir du houblon, et échangeraient des histoires avec les pêcheurs qui se préparaient à une nuit de labeur en mer.

— Moissonner la terre, moissonner la mer, souffla grand-mère Croul entre ses dents.

Elle suivait des yeux l'élévation de la grève, distinguait les champs, les boqueteaux et, sur la falaise, les lumières éclatantes du vaste manoir, demeure de Sir Henry Beauchamp, puissant propriétaire terrien et ami du roi, qui avait savouré sans retenue les plaisirs de la vie. Lord Henry, avec ses cheveux blonds, son visage amène et ses étranges yeux bleus, était un homme du Kent, un écuyer, qu'on avait envoyé aux collèges de Cambridge pour se préparer à devenir clerc. Il s'était aussi révélé homme d'armes. Il avait suivi la bannière des York et avait été aux côtés du roi Édouard, sanglante bataille après sanglante bataille. La Couronne s'était donc montrée généreuse. Oh oui ! fort généreuse ! Le roi Édouard avait envoyé Lord Henry à Walmer, comme un ange vengeur, comme le bras du Seigneur, pour punir sans pitié la bande de naufrageurs qui avait coulé moult navires sur la côte et expédié les âmes assassinées des équipages devant le trône de Dieu. Le frère bien-aimé de Lord Henry avait été l'une des victimes. Le roi avait livré Walmer à ce dernier. Quel châtiment il avait forgé, érigeant les grands gibets sur la falaise et y pendant les mécréants comme un fermier l'aurait fait des cadavres des corneilles en maraude ! Une fois la punition menée à terme, la Couronne avait plus encore favorisé Lord Henry. Grand-mère Croul avait entendu les bavardages sous le porche du cimetière de l'église paroissiale Saint-Swithun. Sir Henry avait reçu terres, prairies, pâtures, bois, droits de pêche, dans tout le Kent. Il était revenu dans ce village, avait fait abattre le château en ruine et construire un nouveau manoir ceint de hautes murailles. On disait qu'il ressemblait au Paradis, que la pierre couleur de miel de la vaste demeure avait été spécialement apportée des Cotswolds. Il y avait une chapelle, des dépendances, des écuries et des entrepôts, tous de la même pierre à la couleur chaude, avec des toits rouge et noir en ardoise et des sols dallés. Les serviteurs qui y travaillaient décrivaient les chambres aux murs lambrissés d'un riche chêne sombre au-dessus duquel étaient pendus des tapisseries aux nuances vives et des tableaux aux cadres dorés.

Oh oui, se disait grand-mère Croul, Lord Henry était un homme influent, tant à la Cour que dans le comté ! Membre du Conseil privé, il était aussi garde du Sceau secret et avait l'oreille du roi et de tous les grands du pays. Pourtant il avait payé sa magnificence au prix fort : cela ne faisait-il pas juste un an que son épouse, Lady Mary, celle qui avait de beaux cheveux châtain cuivré, était tombée des falaises près de Gallows Point ? Personne ne savait ce qu'elle faisait là-bas, seule. Un domestique avait dit qu'elle avait quitté le manoir, affolée, et avait refusé toute compagnie, servante ou valet. Un chaudronnier ambulant avait trouvé son cheval et on avait découvert son corps roulé par la mer en bas, sur les rochers. Certains affirmaient que Lady Mary avait glissé. D'autres, plus malveillants, prétendaient qu'elle avait perdu l'esprit et s'était jetée dans le vide. Elias, le maréchal-ferrant, après boire, avait même crié à qui voulait l'entendre qu'on l'avait poussée. Mais bon, Elias avait une langue de vipère et enviait Lord Henry. C'était ça l'ennui à Walmer :

c'était un village serein mais dont la tranquillité, comme celle de la mer proche, recelait de sombres secrets bouillonnants qui pouvaient soudain resurgir, ravivés par un excès de bière ou un transport de passion.

Grand-mère Croul, contemplant toujours le manoir, décida d'avancer plus loin sur le sentier. Elle avait ouï dire que des seigneurs étaient arrivés, des membres de la cour de France, et d'autres personnes encore. Il y avait même une femme médecin. Comment s'appelait-elle, déjà ? Grand-mère Croul ferma les yeux ; rien à faire, elle ne pouvait s'en souvenir. Elle s'appuya sur sa canne, scrutant les ténèbres, ignorant les chats qui se frottaient contre ses chevilles. Tous les ragots de Walmer lui étaient connus. Qui détestait qui, qui courait après telle ou telle servante, qui accordait ses faveurs sans vergogne. Elle savait que Daniel, le boulanger, posait souvent son doigt sur la balance ou mélangeait de la craie à sa farine. Que Roger le médecin faisait payer même les pauvres. Qu'Elias, le maréchal-ferrant, n'avait pas scrupule à vendre un cheval qui ne lui appartenait pas. Qu'on voyait souvent Isabella, sa femme, bavarder avec celui-ci ou celui-là à l'orée des bois. Les mesquines disputes mal digérées et les jalousies haineuses, la cupidité et l'avarice qui, semblables à des démons, pouvaient dresser leurs têtes hideuses et jeter le voisin contre le voisin, l'ami contre l'ami, n'avaient plus de secret pour elle.

Grand-mère Croul était fine mouche et peu de choses lui échappaient. Elle avait le don, assise parmi les autres, d'écouter les propos sans en perdre une miette et de relever, en observatrice avisée, coups d'œil subreptices ou regards acérés. Elle ne craignait pas les villageois de Walmer – ils pouvaient se rendre chez Adam l'apothicaire ou Roger le médecin, mais on l'appelait aussi pour aider aux accouchements, pour soigner une contusion, un poignet foulé ou une cheville brisée. Bien entendu, quelques-uns chuchotaient que c'était une sorcière. Grand-mère Croul rit sous cape. Toute femme vivant seule, ayant atteint l'âge de septante, connaissant le monde tout comme les vertus des plantes et logeant avec deux chats, serait réputée sorcière. Elle possédait, dans son écritoire, au fond du cottage, de quoi se protéger contre ces accusations. Elle détenait une lettre de la cour de l'archidiacre de Cantorbéry qui louait son savoir-faire et lui accordait la bénédiction de l'archevêque pour son travail en cette ville quand elle s'y était rendue en pèlerinage, à l'époque de la peste.

Grand-mère Croul leva les yeux vers le ciel qui s'assombrissait. Alors pourquoi s'inquiétait-elle ? Elle lança un coup d'œil vers les pignons saillants du clocher de Saint-Swithun. Ah, c'était ça ! La veille, dimanche, les paroissiens qui assistaient à l'office du matin avaient eu la surprise de découvrir, griffonnés sur le sol près des fonts baptismaux, les mots « *Mane, thecel, phares* ». Personne n'en ignorait la signification. Ils figuraient sur l'une des fresques du transept qui représentait de façon saisissante le prophète Daniel dans la fosse aux lions. Au-dessus, dans un phylactère, se trouvait cette citation du Livre de Daniel, chapitre cinq : « *Mane, thecel, phares* : compté, pesé, divisé. » On avait expliqué aux fidèles, même à ceux qui ne savaient ni lire ni écrire, le sens du dessin et des étranges termes écrits au-dessus. C'était le doigt de Dieu qui avait inscrit cet avertissement sur le mur d'un roi païen juste avant d'anéantir le pouvoir de ce roi. Le père Clement, prêtre de la paroisse, homme bienveillant d'ordinaire, qui demeurait au presbytère avec sa sœur Amabilia, était sorti de ses gonds. Après la messe, encore vêtu de ses habits sacerdotaux vert et or, il était monté en chaire.

— Ceci est la maison de Dieu ! avait vitupéré le prêtre, les yeux flamboyants dans son pâle visage émacié. C'est la maison de Dieu et la porte du Paradis ! Un endroit redoutable qui abrite le Fils de Dieu et une cohorte d'anges. Comment quelqu'un a-t-il osé tracer ces mots sur le sol de notre église ?

Puis le père Clement était passé à d'autres sujets comme si le blasphème avait déverrouillé les portes de son cœur. Il avait tonné contre ses ouailles, leur reprochant leur égoïsme, leur insouciance, leur jalousie et leur malveillance. Il avait même fait allusion à des péchés secrets, mais s'était contenu. L'assistance avait été mortifiée. Le père Clement était en général doux comme une colombe. Ce matin-là pourtant il ressemblait davantage au prédicateur itinérant, la peau tannée par le soleil, les cheveux et la barbe hirsutes, qui était arrivé à Walmer peu de temps auparavant. Inquiétante silhouette au pied de la croix du village, il avait prophétisé que le Jour de Colère était proche et que le courroux divin ne tarderait pas à se faire sentir.

Grand-mère Croul s'humecta les lèvres et huma le vent : la saison changeait, elle sentait l'odeur de pourriture de l'automne. Tout déclinait, s'était-elle dit une heure plus tôt alors qu'elle était assise parmi les autres membres du conseil paroissial dans le presbytère. Ils avaient parlé de ce curieux prédicateur qui, sorti de nulle part, errait dans le village et prêchait près de la croix du marché. Grand-mère Croul avait observé les visages autour d'elle. Le père Clement et Amabilia semblaient las. Benedict le tabellion et Ursula, sa femme, étaient anguleux comme d'habitude mais plutôt renfermés ; Roger le médecin se montrait arrogant, comme à l'ordinaire ; Simon le bedeau et Walter le sergent avaient tous les deux trop bu. Elias et Isabella, chose étrange, avaient prévenu de leur absence. C'était peut-être ça. Le maréchal-ferrant était un braillard, toujours prêt à envenimer les débats en se querellant avec Adam l'apothicaire, mais même le marchand de potions et de poudres était pensif. L'atmosphère s'était tellement alourdie que grand-mère Croul avait présenté ses excuses et était partie. Elle était néanmoins encore troublée. Walmer ressemblait à tout autre village, et cependant la vie n'avait plus jamais été la même depuis la fin de la guerre quand ces lancastriens – trois survivants de la grande bataille à l'Ouest cherchant à passer à l'étranger, un écuyer et deux archers qui voyageaient déguisés – étaient arrivés à Walmer. Bien sûr, on les avait vite reconnus pour ce qu'ils étaient. La nouvelle des victoires d'Édouard d'York avait déjà couru dans tout le royaume et malheur à qui aiderait les lancastriens en fuite ! Et quand les trois hommes avaient voulu demander asile dans l'église, les habitants, sous la conduite du conseil paroissial, les avaient rattrapés dans le cimetière, l'arpent du bon Dieu, et les avaient abattus. Puis ils avaient dévêtu les cadavres et jeté les corps nus sur les marches de la croix du marché, prouvant ainsi leur loyauté à la maison d'York.

Grand-mère Croul leva les yeux. Quelqu'un courait sur le sentier. Ses matous reculèrent. Le silence du soir déchiré, des oiseaux effrayés s'envolèrent d'un arbre. La vieille femme plissa les yeux et tendit l'oreille. Une silhouette sombre se dirigeait vers elle en trébuchant. Un enfant…

— Qu'y a-t-il ? cria-t-elle.

— Grand-mère Croul, grand-mère Croul, il faut que vous veniez, répondit un gamin hors d'haleine.

— Venir ? Pourquoi dois-je venir ? s'enquit-elle en baissant les yeux sur l'apprenti du maréchal-ferrant. Ton maître a-t-il encore bu et s'est-il brûlé ?

— Grand-mère Croul…

L'enfant essuya son visage en sueur.

La femme se pencha.

— Tu as l'air d'un lutin issu de l'Enfer avec toute cette cendre sur ta figure et tes mains.

— Maître Elias a une attaque ! Il est mourant !

Aussi vite qu'elle le put, grand-mère Croul redescendit la sente en boitillant. Le gamin courait près d'elle tout en décrivant avec force détails comment Elias se trouvait à sa forge, fournaise ardente. Il avait pris un pichet d'eau, avait bu quelques lampées et en avait recraché quand, soudain, il avait poussé un horrible cri et était tombé sur le sol comme une pierre.

— Il tremblait et sautait ! On aurait dit une mouche sur un plat chaud ! Il avait les yeux retournés et de l'écume blanche aux lèvres ! expliqua le garçon en battant des bras et en agitant la tête en tous sens pour imiter le forgeron.

Ils arrivèrent dans la grand-rue, large voie pavée bordée de maisons des deux côtés. Des gens se pressaient à l'angle de Carters Lane, qui menait à la forge d'Elias, à deux portées de flèche de l'église. Grand-mère Croul, frappant le sol de sa canne, se fraya un chemin, descendit la ruelle et entra dans la cour, derrière la maison de pierre du maréchal-ferrant. L'air chaud sentait la sueur, l'urine, le charbon et le crin brûlé. Mais elle ne pouvait plus rien pour Elias. Il était étendu par terre. Isabella, son épouse, agenouillée près de lui, se balançait d'avant en arrière comme si elle priait. À la lueur mourante du feu de la forge, les muscles du visage d'Elias semblaient durcis ; ses yeux, au blanc luisant comme ceux d'un aveugle, étaient révulsés, une salive blanchâtre souillait sa moustache et sa barbe, sa langue était serrée entre ses dents. Grand-mère Croul tâta la figure et les bras ; ils étaient complètement rigides.

— Est-ce une crise ? interrogea l'apprenti.

La vieille femme appuya sa main contre le cou du forgeron mais ne put sentir le pouls. Elle demanda au gamin, qui s'empressa de le lui apporter, le pichet d'eau. Elle le porta à son nez et eut un haut-le-cœur devant l'odeur âcre.

— D'où provient cette eau ? demanda-t-elle.

L'enfant désigna le gros tonneau au fond de la cour. Grand-mère Croul regarda autour d'elle, ramassa une hache et se tourna vers les hommes qui l'avaient suivie dans la cour.

— Défoncez cette barrique ! cria-t-elle.

— Pourquoi ? Que se passe-t-il ? s'exclama la femme du forgeron.

— Défoncez-la ! répéta grand-mère Croul. Que Dieu me pardonne, Maîtresse, dit-elle en tapotant l'épaule d'Isabella, mais je crois que votre mari a été empoisonné.

Des protestations incrédules accueillirent sa déclaration.

— Empoisonné ?

Chope en main, Adam l'apothicaire s'avança dans la flaque de lumière.

— Qu'est-ce qui vous permet de l'affirmer ?

Adam et la sage-femme ne s'aimaient guère.

— Je sais reconnaître les effets de la belladone, rétorqua cette dernière. Et si vous ne me croyez pas, pourquoi ne pas boire cette eau vous-même ?

— Mais qui l'y aurait versée ? questionna le gamin.

Grand-mère Croul se releva et se dirigea vers le tonneau. La lumière chiche l'obligea à se pencher. Elle ne détecta rien à travers le couvercle grillagé, mais, à vrai dire, tant d'odeurs s'élevaient des flaques d'urine et des tas d'ordures de la cour…

— Petit ! appela-t-elle.

L'apprenti se précipita.

— Qui a rempli le pichet ?

— Moi, Maîtresse, répondit-il.

— Et tu le lui as apporté ?

— Oui, mon maître l'attendait.

— Alors, si quelqu'un boit de cette eau, il suivra le même chemin que ton maître, expliqua-t-elle en lui tendant la hache pour qu'il fracasse la tonne.

Un cri épouvantable retentit dans la cour éclairée à présent par des hommes munis de torches enduites de poix. Grand-mère Croul clopina sur les pavés aussi vite que faire se pouvait, passa devant la dépouille du maréchal-ferrant et entra dans la cuisine. Isabella, le vin d'une coupe répandu autour d'elle, se convulsait sur le sol, tressautait et donnait des coups de pied, en proie à des douleurs de ventre. Horrifiée, grand-mère Croul ne pouvait que contempler la scène. La table de bois, dressée pour le souper, était chargée de plats, de couteaux, d'un pot à eau et d'un pichet de vin en étain muni d'une anse imposante et d'un bec imitant celui d'un canard. Une servante blême, les mains aux joues, regardait sa maîtresse à terre qui hurlait et crachait convulsivement. D'autres personnes arrivèrent. Grand-mère Croul s'agenouilla et essaya de maîtriser l'épouse du forgeron qui semblait étouffer. La vieille femme tenta de glisser un doigt dans la bouche d'Isabella mais s'empressa de le retirer, le souffle coupé par une violente morsure. Isabella perdait à présent conscience. Les paupières palpitantes, elle voulut se redresser pour vomir, mais retomba sur le dos. Tout espoir était perdu. Grand-mère Croul ramassa la coupe de vin, et, la humant, perçut une forte odeur d'amande qui la fit reculer de dégoût.

Kathryn Swinbrooke, médecin de Cantorbéry, récente épousée de Colum Murtagh, gardien des écuries royales de Kingsmead en la même ville, baissa les yeux sur les deux cadavres nus. Ils étaient allongés sur des planches dans le dépositoire du manoir de Walmer, juste derrière la chapelle Saint-Fiacre, patron des jardiniers. Kathryn poussa un nouveau soupir et porta le pomander[1] à ses narines. Bien que la mort fût récente, il émanait pourtant déjà des corps les effluves insupportables du trépas et de la corruption. Elle s'éloigna et jeta un regard par l'étroite fenêtre. L'épaisse mante qui couvrait ses épaules et les braseros parfumés disposés au fond sous le toit atténuaient l'effet du vent froid.

1. Récipient servant à recevoir le musc, l'ambre, les résines ou essences parfumées. (*N.d.T.*)

Elle se fit la remarque que la nuit touchait à sa fin et que le soleil se lèverait un peu plus tard. Elle ferma les yeux. Elle était mariée depuis quelques jours avec l'amour de sa vie ; elle était censée savourer les multiples délices des premiers jours de son histoire conjugale et non examiner les malheureuses victimes de quelque assassin.

— Non, je ne l'admets pas, murmura-t-elle.

Elle se retourna, surprise, en se rendant compte qu'elle venait de parler à haute voix.

Le père Clement, ayant mal interprété ses paroles, répondit :

— Je reconnais que c'est difficile à croire. Un pauvre homme tué dans sa forge et son épouse empoisonnée dans sa propre cuisine… Comment ces affreux événements ont-ils pu se produire ?

Kathryn scruta ce prêtre naïf dans sa bure marron et ses solides sandales. Il se tenait entre les grabats de bois, une chape de laine noire sur les épaules d'où émergeait son long cou décharné. Pour Kathryn, il avait tout d'un ange avec ses yeux bienveillants, sa bouche sensible et ses mèches de cheveux blancs qui encadraient ses joues creuses.

— Je leur ai administré les derniers sacrements, n'est-ce pas, Amabilia ? dit-il en s'adressant à sa sœur et gouvernante.

Petite femme replète, Amabilia portait une robe fauve en futaine. Une guimpe entourait son visage rond et serein. Ses grands yeux noirs rappelaient les prunes de Damas et son nez était retroussé au-dessus de ses lèvres joyeuses. Le froid lui avait rougi les joues ; elle ne cessait de tirer sur ses mitaines noires et de souffler sur le bout de ses doigts. Elle laissa retomber ses mains et sourit à Kathryn.

— Le père et moi étions absents quand cela s'est produit. Nous étions en visite chez un fermier de l'autre côté de la baie et ne sommes rentrés qu'à la nuit.

Elle cilla et hocha la tête.

— Nous ne pouvions en croire nos yeux. On avait déjà apporté les dépouilles sous le porche de l'église Saint-Swithun. J'ai allumé des cierges. Le père les a bénies et ointes.

Elle baissa la voix.

— Puis nous avons envoyé un message à Lord Henry, ajouta-t-elle comme après coup.

Kathryn jeta un coup d'œil au seigneur du manoir, qui montait la garde sur le seuil. En dépit de l'heure matinale, Lord Henry était habillé comme pour se rendre à la Cour. Sa chevelure blonde, sa moustache et sa barbe étaient taillées avec soin et peignées. Il avait revêtu une cotte-hardie en velours vert ornée de losanges dorés, un haut-de-chausses pourpre enfoncé dans des bottes de cuir fauve et portait, autour de sa taille fine, une ceinture brodée à boucle d'argent à laquelle était suspendu un fourreau bordé d'or. « Le parfait courtisan », se dit la jeune femme. Lord Henry était fort élégant, jouant d'une main avec la boucle de sa ceinture et, de l'autre, tambourinant un petit air sur la gaine de sa dague.

— Monseigneur ?

Lord Henry sortit de son anxieuse rêverie. Il avait des yeux bleus des plus étranges qui donnaient à Kathryn l'impression qu'il la transperçait du regard.

— J'ai demandé que l'on apporte les corps ici, expliqua-t-il. J'ai pensé que vous pourriez nous aider.

— Ils sont morts ; ils ont été empoisonnés, déclara Adam l'apothicaire.

Il avait décidé de se joindre au cortège qui allait au manoir et s'avança tel l'avocat de ces cadavres défigurés.

Adam avait conçu une aversion immédiate pour Kathryn et ne se souciait pas de la cacher. Le courroux plissait son visage maussade encadré de longs cheveux noirs et il ne cessait de se tapoter la panse comme pour refréner son agitation.

— Ils ont été empoisonnés, alors pourquoi les avoir amenés ici ? Qui en est responsable, voilà la seule question que nous devons nous poser.

— Et plus important encore, énonça grand-mère Croul installée sur un tabouret dans un coin, souriant en voyant tous les regards se tourner vers elle, pourquoi ?

Cette vieille femme à l'air sagace et aux cheveux gris séparés par une raie médiane et tombant sur ses épaules plut à Kathryn. Grand-mère Croul était vêtue d'une robe verte rapiécée sur une chemise blanche fermée jusqu'au col. Une mante en laine, souillée, était drapée sur ses épaules ; elle était chaussée de sandales élimées et un chapeau marron à large bord reposait dans son giron. Pourtant, en dépit de ses habits miteux, elle était assise telle une reine, ses yeux de chat, noirs et perçants, pétillant de vie.

— Pourquoi, répéta-t-elle, fallait-il supprimer deux vies, expédier deux âmes dans les ténèbres ?

— Un accident ? suggéra Amabilia.

Grand-mère Croul rejeta la tête en arrière et se mit à rire.

— Racontez-moi ce qui est arrivé, pria Kathryn.

— C'était un lundi comme les autres à la forge, répondit Adam. Elias était occupé à ferrer des chevaux, à rétamer des bouilloires, à fabriquer une nouvelle faux ; sa femme, Isabella, était allée au marché. Elle est revenue pour préparer le souper, un morceau de bœuf mis de côté pour l'occasion.

Adam lança un coup d'œil au prêtre.

— Mon père, vous, vous avez parlé à tout le monde.

— Il ne s'est rien passé d'anormal, murmura le père Clement, qui, assis sur un tabouret entre les deux corps, tendit la main pour les effleurer.

— Rien du tout ? insista Kathryn. Pas de visiteurs inattendus, pas d'événements bizarres ?

Le prêtre fit de la tête un geste de dénégation.

— Posez vous-même la question, Maîtresse Swinbrooke. C'était un lundi comme tous les autres.

— Avaient-ils des enfants ?

— Aucun qui ait survécu.

— Des ennemis ?

Le regard de l'apothicaire se perdit au loin.

— Eh bien, en avaient-ils ? le pressa Kathryn.

— Tout le monde en a, concéda le prêtre, ainsi que des amis. Dans un village comme Walmer, les passions se déchaînent mais pas au point de provoquer le meurtre.

— Parlez-moi de leurs ennemis.

— Ils en avaient, c'est vrai, admit le père Clement. Elias était un habile forgeron, un vrai disciple de saint Dunstan.

Kathryn baissa les yeux sur les dépouilles. Elias était un homme râblé et avait, sur la poitrine et les jambes, de longs poils bouclés. La peau, à présent, était décolorée et plutôt sèche et, autour du nombril, une tache violacée marquait le ventre. En dépit de tous les efforts de ceux qui s'étaient occupés de lui, le rictus de la mort tordait le visage aux yeux mi-clos du maréchal-ferrant. On n'en distinguait plus que le blanc. Les muscles du corps étaient durs et ses doigts boudinés étaient crispés ainsi que des griffes. Le corps de son épouse était tout aussi grotesque : la tête un peu sur le côté, l'affreuse grimace sur sa figure cachée par ses cheveux blonds comme les blés encore trempés de sueur, les yeux furieux, la bouche grande ouverte, le bout de la langue serré avec force entre les dents. Elle aussi avait des macules rouge foncé sur la poitrine et l'abdomen, les stigmates du poison, et sa peau était sèche au toucher. Pourtant, vivante, elle avait sans doute été plutôt avenante avec ses longues jambes gracieuses et ses seins encore pleins et bien formés.

— Vous disiez ? interrogea Kathryn en regardant le père Clement.

— Il aimait bien sa bière, Elias ; il pérorait toujours dans la grand-salle du *Sanglier bleu* sur ceci ou cela. Il était fortuné et pouvait s'offrir des marchandises venant de Londres ou de Cantorbéry, voire des objets de luxe importés de l'étranger. Il avait acheté à Isabella une belle robe de Bruges fourrée de menu-vair. Je suppose – le prêtre haussa les épaules – qu'il pouvait faire naître à la fois la colère et l'envie.

— Et son épouse ?

— Une joyeuse commère, intervint grand-mère Croul. Mais ils ne cessaient d'être à couteaux tirés !

Kathryn se retourna.

— À couteaux tirés ! répéta la vieille femme. Il ne se contentait pas de palabrer dans la grand-salle. Elias était un grand coureur de jupons.

— Et Isabella ? voulut savoir Kathryn.

Grand-mère Croul se tut et baissa les yeux sur ses sandales. Le père Clement se frotta la joue.

— Maîtresse Swinbrooke, j'entends mes ouailles en confession mais ce qu'elles me confient relève du secret. Je dirai seulement qu'Elias soupçonnait sa femme d'accorder ses faveurs à d'autres hommes.

Grand-mère Croul émit un petit rire discret.

Kathryn jeta un regard perçant à la vieille femme, qui en savait sans doute plus qu'elle ne l'avait avoué et qui répugnait à en dire davantage en présence d'Adam l'apothicaire et de ses semblables. La jeune femme se dirigea vers l'oriel. Le manoir se réveillait. Un coq poussa son chant dur et discordant. Le vent apporta les rires et les bavardages des serviteurs réunis autour du puits. Kathryn décida de ne pas poser d'autres questions. Elle était certaine que le mari comme la femme avaient été assassinés. Elle avait d'abord envisagé un suicide mais avait sans tarder renoncé à cette idée. Elias et Isabella n'avaient pas choisi de rencontrer leur Créateur la veille au soir. Un accident ? Impossible ! Une coïncidence ? Kathryn tira sur sa mante. Il était tout à fait invraisemblable qu'Elias ait ourdi de tuer Isabella, et elle lui, en même temps, au même endroit et de la même façon. C'était donc un meurtre. Mais qui en était coupable ? Pourquoi ? Comme on toussait et s'agitait dans son dos, elle retourna vers les deux cadavres.

Kathryn avait écouté avec grande attention le récit des événements. Elias avait bu de l'eau prise au tonneau puis était tombé au sol, en pleine crise. Sa femme, éperdue, était allée dans la cuisine pour avaler un gobelet de vin. Alors qu'elle en avait consommé la moitié, elle avait elle aussi été saisie de convulsions. La source de l'empoisonnement était donc la barrique d'eau, dans la cour, et le tonnelet d'où la servante avait tiré le vin. Kathryn commença par examiner le corps du forgeron. Elle fit pivoter la tête, s'efforça d'ouvrir la mâchoire et, respirant avec soin, elle détecta une odeur âcre semblable à celle d'un fruit suri. Puis elle s'occupa d'Isabella, des taches sur sa peau, de la rigidité de ses muscles. Elle appuya son nez contre les dents serrées de la victime et sentit la douceur écœurante de l'amande. Elle s'assit sur le tabouret laissé vacant par le prêtre.

— Pourriez-vous les faire entrer ? pria-t-elle.

Ce fut Sir Henry en personne qui alla ouvrir la porte et introduisit l'apprenti du forgeron et la servante. Le garçon portait un vieux haut-de-chausses et une jaque de cuir usé sur une petite chemise en laine. La fille avait une robe jaune foncé et un châle noir sur les épaules. Yeux larmoyants et nez rouge, ils semblaient tous les deux terrorisés et gelés. Kathryn les laissa se réchauffer près du brasero avant de les faire asseoir devant elle.

— Votre maître et votre maîtresse sont morts. Assassinés, tous deux.

Ils écarquillèrent leurs yeux bruns.

— S'est-il passé quelque chose hier qui expliquerait ces trépas ?

Le gamin fit non de la tête.

— Alors pouvez-vous me parler de cette journée ? questionna Kathryn, consciente du silence qui régnait dans le dépositoire.

L'apprenti fixa les dépouilles de chaque côté de lui. La petite servante se mit à trembler, en se risquant à lancer quelques coups d'œil à travers ses paupières mi-closes. Kathryn se leva et jeta des draps sur les cadavres. Elle aurait aimé pouvoir interroger les nouveaux venus ailleurs ; elle se remémora la vieille légende qui prétendait que le corps d'une victime d'assassinat pouvait, en présence du coupable, se lever pour dire ce qu'il en était. Elle se rassit.

— Ne vous inquiétez pas, dit-elle en leur tapotant les mains. Ces dépouilles ne sont plus que des maisons vides à présent, prêtes à être confiées à la terre. Les âmes sont retournées à Dieu. Le père Clement a récité les prières et je suis sûre que la messe de requiem sera chantée. Mais Dieu exige la vérité. Dieu, le roi et Lord Henry. Votre maître et votre maîtresse ont péri de malemort. Je dois savoir ce qui est arrivé hier.

Elle s'interrompit.

— Elias et sa femme étaient-ils heureux ?

Ils acquiescèrent de la tête à l'unisson.

— Ils ne s'étaient ni disputés ni querellés ?

— Nous ignorions tout de cela, rétorqua la servante. Nous mangions et dormions de notre côté ; ils étaient plutôt bons avec nous.

— Êtes-vous frère et sœur ?

— Ce sont des orphelins, s'entremit le prêtre. Recueillis par le maréchal-ferrant et son épouse. Je ne pense pas que Maître Elias les entretenait de ses affaires.

— Ils étaient plutôt heureux, intervint le gamin, apeuré. Ce jour-là, c'est-à-dire hier, ils avaient l'air contents. Ils se réjouissaient à l'avance du souper, un repas spécial.

— Spécial en quoi ? s'enquit Kathryn.

Les enfants firent un geste d'ignorance.

— C'était la veille de la Saint-Michel, expliqua le père Clement. Aujourd'hui, nous fêtons saint Michel archange ; c'est un jour de festivités.

Il jeta un coup d'œil mélancolique à la chandelle des heures qui brûlait sur son support de fer noir sous le grand crucifix de bois accroché au mur du fond.

— Je devrais être en train de célébrer l'office ; nous avons bien besoin de toute l'aide du Très-Haut.

— Donc votre maître et votre maîtresse s'apprêtaient à fêter la Saint-Michel, n'est-ce pas ? dit Kathryn sans tenir compte de la remarque du prêtre.

— Oui, répondirent les jouvenceaux en chœur.

— Maître Elias a-t-il travaillé dans sa forge toute la journée ?

Nouvel acquiescement.

— Et Maîtresse Isabella s'est rendue au marché ?

— Elle est allée chez le boucher chercher du bœuf, du bœuf frais, ni salé ni conservé dans la saumure.

— Et ensuite ?

— Elle a acheté des épices et du drap. Elle a parlé à différentes personnes puis est revenue, répondit la servante. J'ai passé presque tout l'après-midi à polir les étains et les cuivres avant de préparer la table. Et entre-temps je me suis occupée de la broche et j'ai aidé ma maîtresse à cuire le pain. Nous avons pris du lait frais dans la resserre et tiré un pichet de vin à un tonnelet de clairet.

— Quand Maîtresse Isabella l'avait-elle acquis ?

— Je ne sais pas ! gémit la servante. Tout ce que je sais, c'est qu'elle l'a remonté de la cave et qu'elle l'a préparé. Elle a vissé le fausset et a dit qu'elle en goûterait avant le souper.

— Et Maître Elias ? Allons, mon garçon ! insista Kathryn. Je sais que tu as froid mais quand j'en aurai fini avec vous, une coupe de petit-lait et une galette d'avoine chaude avec du miel et de la muscade vous attendent !

— Oh, c'était un jour comme les autres ! dit l'apprenti. Avec des gens qui allaient et venaient, des gens qui attendaient. Maître Elias, entre deux chevaux à ferrer, façonnait une faux. Il proclamait que ce serait la meilleure que Walmer ait jamais vue.

— A-t-il bu de l'eau dans la journée ?

— Oh non ! Il ne le faisait jamais. Il buvait de la petite bière et avait toujours une chope en cuir près de lui.

— Alors pourquoi a-t-il bu de l'eau ?

— C'était son habitude, Maîtresse. Il avalait toujours deux gobelets d'eau fraîche en fin de journée.

— Ah ! Et elle provenait toujours de ce tonneau ?

— Oh oui ! Il disait que c'était son eau à lui et la barrique était constamment recouverte d'un grillage.

— Mais alors, où Maîtresse Isabella prenait-elle l'eau dont elle avait besoin ? interrogea Kathryn en se tournant vers la servante.

— Il y avait une autre barrique dans la maison, expliqua cette dernière. Maître Elias gardait son eau pour lui tout seul. Elle se trouvait juste à l'entrée et la pluie venait tout droit dedans ; elle ne coulait pas du toit.

Kathryn sourit et fit un signe de tête. À Cantorbéry, sa servante Thomasina faisait de même. La pluie qui provenait du toit ou des avant-toits n'était jamais aussi pure que celle qui tombait directement dans un cuveau ou un seau.

— Le tonneau de Maître Elias était donc spécial ?

— Oui-da ! dit le gamin. Doublé de cuivre pour le garder propre ; c'est pour ça qu'on a eu du mal à le briser.

Il désigna grand-mère Croul.

— Quand vous leur avez dit de le faire.

— Et ton maître buvait tous les soirs l'eau de cette même barrique ?

— Je vous l'ai déjà dit. Je ne sais rien d'autre, Maîtresse. J'ai parlé avec ma sœur : nous ignorons pourquoi quelqu'un a pu commettre cet acte horrible.

Kathryn tapota avec douceur leurs mains froides.

— Vous pouvez partir, chuchota-t-elle. Descendez aux cuisines, ajouta-t-elle en lançant un coup d'œil à Sir Henry. Dites que vous venez de la part de Lord Henry et réclamez ce que je vous ai promis.

CHAPITRE II

« Nul morceau délicat ne franchissait ses lèvres,
Sa nourriture s'accordait à sa vêture. »

Chaucer, « Le conte du Prêtre des Nonnains »,
Les Contes de Cantorbéry

— C'est très étrange, déclara Kathryn. Cet homme et son épouse avaient peut-être leurs difficultés, mais ils s'apprêtaient néanmoins à célébrer un jour de fête. Elle avait préparé un morceau de bœuf et un tonnelet du meilleur clairet. Lui travaillait dans sa forge. Ils menaient leur train. À la fin de la journée, Elias réclamait toujours un pichet d'eau de pluie fraîche puisée dans son tonneau réservé. L'apprenti soulève donc le couvercle, remplit le pichet et l'apporte. Elias boit et en redemande. Il est alors saisi de violentes douleurs ; il s'effondre et décède peu après. Sa femme se précipite, s'agenouille près du cadavre et s'abandonne à sa douleur. Grand-mère Croul arrive. Elias le maréchal-ferrant est mort et son âme a rejoint Dieu. Maîtresse Isabella retourne dans la cuisine. Elle se sent mal, faible et confuse. La table est prête pour le souper, comme ils l'avaient prévu. Éperdue, elle se sert une coupe de vin et elle aussi périt empoisonnée.

Kathryn, au centre de la pièce, observait ses compagnons.

— Il y a là deux grands mystères. D'abord, le fait que les poisons sont, sans nul doute, des potions. Je pense qu'Elias a été tué par une très puissante infusion de belladone – dont toutes les parties, et surtout les racines, les feuilles et les baies sont fort vénéneuses. Personne ne sait comment cela agit, mais les baies violacées ont un goût sucré et les plus fatales conséquences. La vision de la victime se trouble, le rythme de son cœur s'accélère, elle a très chaud, sa bouche est sèche et sa peau se couvre de taches rouges.

— Je connais l'action de la belladone, l'interrompit Adam l'apothicaire. En général, il faut des heures avant que la mort arrive.

— Pas si longtemps, pas si longtemps, contesta Kathryn en secouant la tête. Administrée sous sa forme la plus virulente et absorbée d'un trait, la belladone peut tuer en quelques secondes.

— Et Maîtresse Isabella ? interrogea le père Clement.

— Ah ! répondit Kathryn, il s'agit là de ce que les mires nomment le jus d'amande. On peut le distiller à partir des graines et des pépins de fruits comme les pêches, les abricots, les pommes, les merises ou les prunes. Ses effets sont immédiats : perte de conscience et horribles convulsions. La victime cherche à respirer ; la mort peut se produire en quelques minutes. Je crois qu'on a donné à Elias et à Maîtresse Isabella de fortes infusions de ces deux poisons, différents certes, mais très puissants.

— Et le second mystère ? intervint Lord Henry.

— Comment les toxiques ont-ils été introduits ? Nous savons que la barrique dans la cour était réservée à Elias. Nul n'avait le droit de s'en approcher. Ce que je soupçonne, et je vous en fais part, c'est que quelqu'un, pendant la journée, a pénétré dans la cour. Cet assassin a versé de la plus pure poudre de belladone dans ce tonneau. Ce pouvait être au petit matin, dans l'après-midi ou plus tard. N'oubliez pas que l'apprenti puisait de l'eau le soir venu. Il ne pouvait rien remarquer. La poudre avait eu le temps de se dissoudre, sans perdre néanmoins ses redoutables qualités, elle flottait à la surface et le gamin l'a aussi puisée. Elias, dans sa forge, au milieu des odeurs de fumée, de charbon brûlant, de crin calciné, d'urine croupie et de fer ardent, ne pouvait détecter le goût avant qu'il soit trop tard. Assoiffé, il voulait se purifier l'estomac avant de souper. Un pichet d'eau, suivi d'un autre, et la mort s'ensuivit. La façon dont Maîtresse Isabella a trépassé est encore plus mystérieuse. Voilà une femme qui descend dans sa cave et en rapporte un tonnelet ou un tonneau de clairet scellé. Comme à l'accoutumée, il a été cacheté à Bordeaux, embarqué pour l'Angleterre et vendu à un marchand chez lequel, sans doute, Elias ou sa femme l'ont acheté. Il faudrait une éternité pour retrouver ledit marchand. Je ne crois pas que le tonneau ait déjà été empoisonné quand ils l'ont acquis, ce qui signifie que quelqu'un est entré chez eux, est descendu à la cave, a choisi un tonnelet, a rompu les sceaux pour l'ouvrir, a versé le poison mortel, refermé le tonneau et s'est glissé hors de la maison. Ce qui est encore plus étrange, c'est qu'il semble que le criminel savait que ce serait ce tonnelet-là qui serait mis en perce le soir même où Elias buvait l'eau empoisonnée.

— Les deux meurtres étaient donc prémédités ? s'enquit Lord Henry.

— C'est ce que l'évidence semble suggérer, répondit Kathryn. Quelle autre explication peut-on proposer, Lord Henry ? Nous avons affaire à un assassin fort adroit et fort intelligent qui a choisi ses deux victimes, Elias et Isabella, pour Dieu sait quelle raison, et a décidé de les occire ensemble. En fait, si Elias n'avait pas bu de cette eau, lui et son épouse auraient consommé de ce vin empoisonné. De toute façon, le meurtrier s'était arrangé pour que le mari et la femme périssent en même temps et au même endroit.

— Mais pourquoi ? voulut savoir Lord Henry.

Kathryn haussa les épaules.

— Cela, Lord Henry, je ne peux l'expliquer !

Et l'archange Michel apparut dans les Cieux,
Armé d'une épée ardente il demanda :
« Qui sera semblable à Dieu ? »

Le père Clement entonna l'introït de la messe de la Saint-Michel dans la chapelle Saint-Fiacre. Kathryn, près de Colum Murtagh, s'empressa de se signer. On l'avait arrachée à sa couche nuptiale, et elle se sentait encore mal à l'aise et contrariée. Elle avait quitté le dépositoire et regagné sa chambre pour trouver Colum endormi, étalé sur le lit comme un bébé. Elle s'était vite déshabillée, avait fait sa toilette, revêtu une robe rouge foncé et un châle blanc et posé un voile de gaze sur ses cheveux aile-de-corbeau. Elle ne s'était pas fardée. Cela lui avait paru inapproprié et elle avait grommelé : « Les festivités sont terminées et la journée sera sans doute rude ! » Après avoir enfilé des bas de laine et glissé ses pieds dans de souples bottes de cuir, elle avait quitté la pièce et fait une courte promenade dans la cour à la fontaine qui séparait la chapelle de l'imposant corps de logis du manoir de Walmer. La cloche appelant à l'office avait commencé à sonner mais elle avait attendu que Colum, les yeux encore lourds de sommeil, la rejoigne. Sa mauvaise humeur se dissipant, elle regarda autour d'elle. Le spectacle de Colum qui, à moitié endormi, titubait encore, la fit sourire. La chapelle était un bijou de bâtiment de la même pierre couleur miel que le reste du château, avec une charpente noire et des rebords de bois sous les fenêtres à oriel de chaque côté. Il n'y avait pas de jubé devant l'autel, en revanche Lord Henry avait déjà engagé des imagiers pour couvrir le plâtre blanc des murs de fresques aux couleurs vives représentant sainte Agathe devant ses bourreaux romains et saint Sébastien, attaché à un poteau et criblé de flèches.

Au-dessus de l'autel se déployait une petite rosace. Le soleil matinal scintillait sur son vitrail et baignait la pierre du sanctuaire de resplendissants rayons lumineux. On montait à l'autel, simple table de bois érigée sur une estrade, par trois marches. Derrière, d'autres marches menaient à un tabernacle où on gardait la pyxide et devant lequel brillait une lampe rouge, signe que cette chapelle abritait le corps du Christ.

Le père Clement, dans les somptueux vêtements sacerdotaux dorés de la liturgie du jour, était tout à son office. Debout devant le lutrin en forme d'aigle prenant son envol, il faisait la première lecture. Kathryn regardait danser et trembler dans le courant d'air les flammes des cierges encadrant l'autel. L'air était chargé d'une douce odeur d'encens, de cire vierge, de vin et du parfum émanant des paniers de fleurs disposés un peu partout. Le jeune apprenti d'Elias, volontaire pour servir la messe, suivait le prêtre comme son ombre, jetait à la ronde des regards étonnés et cherchait d'un œil scrutateur les burettes afin d'être prêt pour l'offertoire. Son regard croisa celui de la jeune femme qui, d'un geste, lui désigna la petite niche creusée dans le mur, juste à côté du lavarium, où l'on gardait le vin et l'eau dans de petits flacons de verre. Le gamin acquiesça d'un signe de tête et se précipita.

Le père Clement continuait à dire sa messe. Distraite, Kathryn ne cessait d'observer l'endroit. Le contraste entre les scènes hideuses du dépositoire et ce lieu de vénération, de lumière, d'encens et de pureté la frappait. D'autres personnes se rassemblaient dans l'église, des lève-tard et trois visiteurs français nouveaux venus. Le vicomte de Sanglier l'aperçut et s'inclina, pourtant son salut avait quelque chose de moqueur et un amusement sardonique plissait ses yeux. Il était accompagné de ses deux compagnons, Cavignac et Delacroix, à qui Kathryn avait déjà été présentée. Les deux hommes lui déplaisaient. Ils avaient l'air de penser que sa place n'était pas à Walmer et, lui refusant le titre de médecin, préféraient lui donner celui de guérisseuse. Lord Henry, à sa gauche, toussa et maugréa au sujet de la grossièreté de ses hôtes. Colum tressaillit et regarda sa femme qui lui rendit son regard.

— Endormi ! chuchota-t-elle.

Il se pencha et lui effleura avec tendresse la joue des lèvres.

— À qui la faute ? murmura-t-il.

Kathryn lui enfonça le coude dans les côtes et, joignant les mains, se ressaisit et écouta l'office avec attention.

La fontaine coule grâce à trois principes :
la source, le jet et le bassin.
Mais bien qu'ils soient trois,
ces trois éléments sont d'une même essence.
Ainsi s'écoulent les eaux du salut.

Kathryn récita le célèbre poème sur la Trinité tout en examinant la petite fontaine qui se déversait dans la vasque bleu foncé devant elle. Elle était surmontée par une effigie de bronze et l'eau s'écoulait par des masques à têtes de lion. Autour du bassin quelques marguerites poussaient encore dans l'herbe cependant coupée avec soin. Des arbres entouraient le jardin miniature, agrément spécialement créé par les jardiniers de Lord Henry.

— Les pommes ont l'air bonnes, remarqua Colum en suivant son regard. Elles seront mûres, juteuses et tendres, d'ici un mois.

Il lui sourit.

— Tout comme vous !

Kathryn lui envoya une chiquenaude dans l'estomac.

— Endormi ! J'ai été tirée de mon lit nuptial par les serviteurs de Lord Henry et on m'a emmenée voir deux cadavres dans le dépositoire pendant que vous sommeilliez comme un enfant, sans l'ombre d'un souci !

— Je m'en suis déjà expliqué, répondit Colum, un sourire fendant son visage à la peau mate et plissant ses yeux bleus.

Il saisit les mèches noires qui tombaient sur son front et essaya de les discipliner du bout des doigts. Kathryn le regarda d'un air passionné. Colum ne s'était pas rasé, il donnait l'impression qu'il allait retourner se coucher et, bien entendu, il était vêtu n'importe comment. Sous son justaucorps de cuir mal lacé, il portait la même chemise blanche que la veille et ses hauts-de-chausses verts étaient enfoncés dans des bottes dépareillées. Colum avait beaucoup de mal à distinguer une paire d'une autre, surtout au réveil.

Kathryn saisit les mains de son époux.

— Colum, nous ne sommes mariés que depuis quelques jours et on dirait pourtant que cela fait un an que nous avons échangé nos vœux sous le porche de l'église Sainte-Mildred. Vous souvenez-vous du festoiement qui s'ensuivit ? À l'*Échiquier de l'Espoir* avec les cornemuses qui gémissaient, les tambours, les flûtes et Thomasina qui chantait et dansait ?

Colum se mit à rire.

— Je ne l'oublierai jamais, pas plus que le père Cuthbert de l'hospice des Prêtres Indigents qui caracolait avec elle !

Kathryn ferma les yeux. Leur mariage avait eu lieu par un des plus beaux jours de septembre. Ils s'étaient engagés durant la messe du matin, puis avaient rassemblé leurs amis dans l'enclos de l'église. Ils avaient ensuite rejoint leur maison pour recevoir les félicitations de Wulf, d'Agnes et des voisins, dont beaucoup étaient les patients de la jeune femme. Au début de l'après-midi, Kathryn avait revêtu une robe crème, avait voilé sa tête et son visage et s'était chaussée d'une paire de heuses vert foncé. Montée sur un palefroi, elle avait été conduite par Colum, à travers les rues de Cantorbéry, jusqu'à l'*Échiquier de l'Espoir*. Les invités suivaient en jetant des fleurs, en chantant et en glissant des petits présents dans les paniers fixés sur les flancs de sa monture. Tout le monde avait estimé que le festin avait été très réussi. On avait servi des crus – cadeau personnel du roi – provenant des caves royales de Windsor : le meilleur bordeaux, le plus frais des vins du Rhin, de la bière et de la godale. Un plat avait succédé à un autre : cygne, paon, faisan, bœuf, agneau – tous nappés de sauces différentes ; puis on avait dégusté des douceurs, du blanc-manger, des gelées et des tartes aux fruits couvertes de crème. Il y avait eu des discours, on avait échangé des compliments et écouté les poèmes des troubadours engagés par Colum. À la tombée de la nuit, les vraies réjouissances, avec musique et danse, avaient commencé sur la pelouse, dehors. Ensuite elle et Colum s'étaient retirés dans la chambre qu'ils avaient louée pour l'occasion dans l'auberge…

Kathryn ouvrit les yeux et sourit à son mari.

— Vous avez peut-être sommeil à présent, mon ardent Irlandais, mais ce n'était pas du tout le cas cette nuit.

Colum l'attira, la prit par la taille et lui baisa les lèvres avec passion. Elle s'agrippa à lui et le serra plus fort. Même maintenant, se dit-elle, bien qu'ils soient loin de Cantorbéry, Colum sentait le cheval, la sueur et la paille. Elle rit doucement.

— Qu'y a-t-il, lumière de mon cœur ? chuchota-t-il.

— C'est, murmura-t-elle, que vous passez d'un extrême à l'autre : vous êtes soit endormi soit brûlant d'ardeur.

— Nous devrions aller manger.

Il s'écarta néanmoins sans lui lâcher la main.

— Nous devrions nous rendre dans la grand-salle et nous mêler aux autres. Lord Henry nous attend.

— Lord Henry nous attend ! répéta Kathryn sur le même ton. Quelqu'un a-t-il dit à Lord Henry, sans parler de Sa Majesté le roi, que je ne suis mariée que depuis quelques jours, que vous êtes l'amour de ma vie, et que nous devrions être quelque part, seuls, dans un nid d'amour que nous aurions tissé nous-mêmes ? Pourquoi, Colum, pourquoi sommes-nous ici ? Nous aurions pu rester à Cantorbéry ou aller ailleurs.

Il voulut l'enlacer mais elle le repoussa.

— Des nuits de passion, dit-elle, les larmes aux yeux. Colum, je n'ai jamais été aussi heureuse, et pourtant à présent nous sommes à Walmer et les émissaires français attendent pour traiter avec nous pendant que les cadavres de victimes de meurtre ont été apportés du village. Est-ce cela notre vie, Colum ? Pourchasser sans cesse les fils et les filles de Caïn ?

Il mit un genou à terre, lui prit la main et y appuya sa joue.

— Je jure, Kathryn, par la terre, la mer et l'air, par le feu, par l'eau, par la sainte Croix et par le bienheureux saint Patrick que, quand nous en aurons terminé à Walmer, nous irons dans un endroit où nul ne nous connaîtra. Nous serons seuls.

Il se releva, la mena vers une banquette d'herbe et s'assit. Kathryn, apaisée, se délassa au soleil en dépit du vent qui agitait les feuilles sèches.

— Bel endroit, commenta-t-elle. Mais les fleurs mourront bientôt, les feuilles tomberont. C'est la fin de l'été, Colum.

— Mais le printemps ne tardera pas à revenir, contra-t-il, provocant. Écoutez, Kathryn, voilà pourquoi nous sommes ici. Louis XI, l'Aragne de France, a dépêché en Angleterre trois envoyés. Le vicomte Sanglier, que nous avons déjà rencontré, rampe comme un serpent dans l'herbe et s'est fait accompagner de deux autres vipères, Delacroix et Cavignac. Ces trois hommes sont proches du roi de France et connaissent les secrets de son cœur. Ils lui parlent à l'oreille à la

Chambre intérieure. Ils sont responsables du trépas de quelques-uns de mes amis, des agents qui travaillaient en France. Nous sommes engagés dans un corps à corps mortel avec eux, comme dans une partie de colin-maillard où, les yeux bandés, il faut essayer de trouver et d'attraper l'adversaire. Par contre, cette fois, les deux parties sont armées et avancent toutes deux à l'aveuglette. On frappe fort, on peut blesser l'adversaire, voire le tuer. C'est un jeu *à l'outrance*[1], c'est-à-dire à mort.

— Mais ils ne sont point céans pour tuer, n'est-ce pas ?

— Non, Kathryn, ils sont ici pour organiser le meurtre, répondit Colum en prenant une profonde respiration. Officiellement, Louis XI, l'Aragne royale, désire sceller un traité de paix éternelle avec Édouard d'Angleterre.

Il eut un rire soudain.

— On a, par le passé, signé ce genre de traité qui ne dure guère plus d'un an. Le véritable souci de Louis est d'éloigner les Anglais de France, de les enfermer à Calais et de les empêcher de prêter main-forte à son ennemi juré, Charles, duc de Bourgogne. Si Louis peut agir à sa guise en France, il mettra tous les grands seigneurs à sa botte. La puissance de son pays s'accroîtra. Notre souverain le comprend bien et il ne tient pas à pêcher dans le vivier de Louis. Ce qu'il veut, c'est obtenir une redevance annuelle en échange de sa bonne volonté et de la paix. Et il veut surtout que Louis de France expulse, ou lui livre, le dernier prétendant lancastrien, Henry Tudor. Lui et Jasper, son oncle, sont des épines dans le pied des York. Si Tudor était assassiné ou réduit à l'exil et à la misère, Édouard d'Angleterre n'en dormirait que mieux. Or, il y a environ six mois, Lord Henry Beauchamp se trouvait à Paris avec son clerc, William Marshall. Ce dernier vous aurait plu, Kathryn : c'était

1. En français dans le texte. (*N.d.T.*)

un bon danseur à l'esprit vif. Avec son doux visage de fille et ses cheveux noirs bouclés, c'était un vrai lion pour les dames. Il était intelligent et habile, capable de déchiffrer le code le plus compliqué. À ce qu'on en dit, il est allé pêcher dans la Seine et n'est jamais revenu.

— Assassiné ?

Colum fit une petite grimace.

— On l'ignore. Son corps n'a pas été retrouvé. Selon Lord Henry, Marshall portait à cette époque un livre de codes, semblable au psautier d'un prêtre, relié de cuir. Il contenait, chiffré, le nom de tous les agents anglais à Paris et ailleurs, des marchands, des chaudronniers, des nobles, des érudits, des étudiants, des religieux. Des gens qui rassemblent des informations et les transmettent en Angleterre contre des faveurs ou de l'or. Il contenait aussi la clé permettant de traduire toutes les missives codées que la Chancellerie anglaise envoie en France.

— Les Français l'ont-ils trouvé ?

— Peut-être. Le corps de Marshall n'a jamais été découvert bien que la cour française ait commencé à laisser entendre qu'il se peut qu'elle ait mis la main sur le recueil.

— Pourquoi alors les Français ne s'en servent-ils pas ?

— Parce qu'il existe une prétendue trêve entre l'Angleterre et la France.

— Ah, je vois ! dit Kathryn en souriant. Et si l'Angleterre la viole et entre en guerre avec la France ?

— Louis et ses ministres, expliqua Colum, seront alors en droit d'arrêter tous ceux dont le nom figure sur la liste en tant qu'agents de la Couronne anglaise. Donc, cette trinité diabolique – Sanglier, Delacroix et Cavignac – a débarqué en Angleterre. Peut-être désirent-ils que la trêve se transforme en paix éternelle. Si Édouard d'Angleterre y consent sans recevoir de compensation financière de la cour de France ou sans exiger que Tudor soit expulsé, Louis laisse entendre que le livre des codes lui sera rendu.

— Et sinon ?

Colum haussa les épaules.

— Édouard ne peut-il avertir ses espions ? interrogea Kathryn. La Chancellerie ne peut-elle modifier son chiffre ?

— C'est plus facile à dire qu'à faire. Oh, le code a déjà été changé. Mais si Louis a découvert nos secrets et démasqué les affidés anglais cachés, à quoi bon envoyer des messages en France s'il n'y a personne pour les capter ?

— Se pourrait-il que le chiffre ait déjà été décodé et que les Français soient prêts à agir ?

— Nous en doutons, répondit Colum. Il est complexe et cela pourrait prendre des années. Louis ne l'ignore pas, et nous non plus.

— Vous ne savez donc rien de la vérité ?

— C'est un margouillis de mystères, dit Colum, pensif. Un vrai bourbier. Marshall est-il mort ou retenu vivant dans une prison française ? Le torture-t-on pour qu'il cède, qu'il avoue et traduise le livre des codes au bénéfice de ses geôliers ? Louis cherche-t-il simplement une excuse pour reprendre les hostilités et entrer en guerre ? Enverra-t-il ses troupes écumer bourgs et villes de son royaume pour appréhender tous ceux qui sont à la solde d'Édouard d'Angleterre ?

— Alors, qui a demandé ces pourparlers ? Édouard ou Louis ?

— En fait, c'est surtout l'idée de Lord Henry. Il a dépêché des messagers en France pour savoir si le roi serait disposé à négocier la trêve au manoir de Walmer, un lieu peu officiel. Il a insisté pour que nos trois goupils soient présents. Louis croit Lord Henry fort soucieux et, voulant profiter de la situation, les a envoyés ici.

— Que pense découvrir Lord Henry ? Si Louis signera un nouveau traité de paix, ce qui est arrivé à Marshall, ou ce qu'il en est du livre des codes ?

— Pourquoi pas les trois ? répondit Colum.

— Louis ou ses sbires ont-ils pu occire Marshall ?

— C'est possible, mais, dit l'Irlandais en écartant les bras, c'était un émissaire accrédité. Les souverains s'engagent par serment solennel à considérer ces gens-là comme sacro-saints. Si nous pouvions prouver que Louis a ourdi le trépas de Marshall, ou en avait connaissance, il serait montré du doigt dans toute l'Europe. Il se pourrait même que le pape l'excommunie. Plus personne ne lui ferait confiance. Qui oserait alors lui déléguer des ambassadeurs ? Non, il semble que Marshall et son recueil ont tout simplement disparu : c'est un point sur lequel Lord Henry veut faire la lumière avec nos visiteurs français.

— Qu'en est-il de Lord Henry lui-même ? voulut savoir Kathryn. Il est plutôt affable mais très réservé.

— Je me demandais quand vous aborderiez cette question, observa Colum en passant son bras sur ses épaules. Vous avez l'œil perçant, ma mie, et avez pressenti qu'il y avait là un mystère.

Il s'interrompit, le temps de rassembler ses idées.

— Lord Henry est le fils d'un propriétaire terrien de la contrée. Son père l'a envoyé à Cambridge où il s'est révélé brillant étudiant et clerc des plus subtils. On lui a donné un poste à l'Échiquier et, un an plus tard, il a été transféré à la Chancellerie, le grand office des écritures du palais de Westminster. Il a aussi fait ses preuves en tant que combattant. Or le frère aîné de Lord Henry, Maurice, était marchand. Il possédait une cogghe, le *Saint Ange*, qui mouillait à Gravesend et naviguait dans les eaux du Nord. Voilà quelques années, le long de cette côte, des naufrageurs attiraient les bateaux sur les rochers à l'aide de fanaux et de lumières trompeuses afin de pouvoir piller les cargaisons. Le *Saint Ange* fut l'un des navires ainsi éventrés. L'équipage fut soit noyé soit tué et le fret volé. Lord Henry était fou de rage. Sa bravoure lors de la bataille de Mortimer's Cross avait déjà retenu l'attention d'Édouard d'York à l'époque. Il devint l'ami intime de notre jeune roi. Henry voulait se venger et Édouard lui donna son accord. Des édits, autorisant Lord Henry à pourchasser les naufrageurs de Walmer, furent promulgués. Il fut impitoyable. Il fit ériger un gibet à six branches sur la falaise – appelée à présent Gallows Point – et se mit à poursuivre les hors-la-loi, les assassins de son frère. Il finit par les capturer. C'était une bande d'environ vingt-quatre hommes et femmes. Quelques-uns étaient apparentés aux villageois actuels. Lord Henry avait tout pouvoir d'Oyer et Terminer[1]. Sa justice fut rapide et brutale. Les vingt-quatre coquins furent déclarés coupables et condamnés à la pendaison. Lord Henry organisa en personne les exécutions par fournées de six. Puis il fit construire des gibets de fortune autour du grand échafaud. En guise d'avertissement à tous les naufrageurs potentiels, les corps des malandrins furent enduits de goudron et restèrent pendus, enchaînés, jusqu'à ce qu'ils pourrissent. Par la suite, les navires croisant dans ces parages ne furent plus jamais inquiétés. Lord Henry devint l'homme d'Édouard d'York, corps et âme. Il se battit à ses côtés bataille après bataille, protégeant ses arrières et lui sauvant même la vie une fois. Quand la fortune ne souriait pas au prince, il en allait de même pour Lord Henry. Quand Édouard d'York fut exilé, Lord Henry le suivit. Il y a à peu près deux ans, le prince décida de régler une fois pour toutes son différend avec la maison de Lancastre. Vous savez cela. Votre premier mari, Alexander Wyville, rejoignit les troupes lancastriennes qui ont quitté Cantorbéry…

Kathryn réprima un frisson. Même suprêmement heureuse, assise aux côtés de l'homme qu'elle aimait

1. *Oyer and Terminer* en anglais. L'expression s'applique à la procédure d'audition et de jugement d'une cause criminelle ou à l'autorisation accordée aux juges itinérants de présider une cour de justice. (*N.d.T.*)

par-dessus tout, le fantôme de Wyville, son premier époux violent et ivrogne, hantait encore sa mémoire.

Colum, sensible au changement d'humeur de sa femme et désireux de la distraire, reprit :

— Lord Henry participa aux grandes batailles de Barnet et de Tewkesbury. En récompense, il reçut de vastes domaines dans le Kent. On lui avait donné le château de Walmer quelques années auparavant. Il a dépensé son argent à faire abattre la vieille bâtisse et construire cette nouvelle demeure. Il la nomme sa résidence privée, sa Plaisance des Plaisirs.

— Je le comprends fort bien !

Kathryn se leva. Ce jardin miniature s'étendait au mitan d'un verger plus grand planté de pommiers, de poiriers et de cerisiers, orné de pelouses verdoyantes et agrémenté de pavillons multicolores où les visiteurs pouvaient s'abriter quand le temps se montrait inclément. Des treillis recouverts de rosiers grimpants entouraient des massifs de fleurs exubérantes. Lord Henry avait creusé des puits, érigé des fontaines, pavé des cours et peuplé des viviers de carpes. Kathryn avait compté au moins trois fuies, deux chenils pour les chiens de chasse et une écurie assez grande pour loger une troupe de chevaux. On retrouvait opulence et luxe dans le manoir lui-même. Elle avait traversé galeries et couloirs, admiré les chambres, la pièce réservée aux écritures, le solar, tous en cette pierre couleur miel qui arrêtait l'œil. Les murs étaient recouverts, à mi-hauteur, d'un lambris de chêne à motif d'étoffe drapée. Les fenêtres garnies de verre inondaient de lumière les sols pavés, les tapisseries et les tableaux aux cadres dorés. Un large escalier à la courbe majestueuse et couvert de tapis d'Orient s'élevait à partir du grand vestibule et partout chandeliers et candélabres d'étain et de bronze brillaient gaiement de façon à repousser les ténèbres à la nuit tombée.

Kathryn se dirigea vers un petit carré de simples.

— Regardez, Colum, dit-elle en lui montrant les différentes herbes, basilic, fenouil, menthe.

— Lord Henry s'y entend en jardinage, déclara-t-il.

— Et en poisons ? suggéra Kathryn.

Colum lui prit le bras.

— Un serviteur m'a dit ce qui s'était passé. Est-il vrai que deux villageois ont été lâchement empoisonnés ?

Kathryn narra à son mari ce qu'elle avait vu dans le dépositoire.

— En regardant ce carré de simples, continua-t-elle, je me demande où le meurtrier a bien pu obtenir ce genre de potions mais, après tout, ces plantes dangereuses pullulent dans les champs et les prairies.

— Vous ne suspectez pas Lord Henry, n'est-ce pas ? plaisanta Murtagh.

— Il était fort silencieux, et il est resté sur le seuil, répondit Kathryn. Il… il avait l'air accablé, précisa-t-elle en choisissant ses mots avec soin.

Colum l'enlaça.

— Kathryn, je vais vous révéler quelque chose. J'ai cru comprendre qu'Isabella, l'épouse d'Elias le maréchal-ferrant, avait été assassinée.

La jeune femme acquiesça.

— Lord Henry est un courtisan, un érudit. Avant d'épouser Lady Mary, c'était sans conteste un homme à femmes.

— A-t-il entretenu des relations avec Isabella ?

— Peut-être, chuchota Colum en embrassant avec tendresse Kathryn sur le front. Il paraît que les villageoises étaient fort attirées par leur seigneur. Quand il est arrivé à Walmer, il n'a pas manqué d'admiratrices.

— Et Lady Mary ?

Murtagh recula et leva les yeux au ciel.

— Je dirais que Lady Mary était effacée. Elle était plaisante et avenante, des cheveux brun-roux, un doux visage, et plutôt rondelette. Son père était lui aussi un ami du roi et, par conséquent, c'est Édouard en personne qui les a appariés. Il y avait plus d'amitié que d'amour dans ce mariage. Lord Henry a amené son épouse à Walmer. Elle n'avait pas l'air malheureuse mais, il y a un an environ, elle est sortie du manoir juste au moment où les travaux s'achevaient. Elle a dit qu'elle allait se promener à cheval pour fuir le désordre, la confusion et la poussière. Elle s'est rendue à Gallows Point. Quand la nuit est tombée, elle n'est pas rentrée. Le lendemain matin, on a organisé des recherches et une jouvencelle de la contrée a retrouvé son corps sur les rochers, en bas des falaises.

Le regard de Colum se perdit au loin.

— Qu'y a-t-il, Colum ? S'est-elle suicidée ? Était-ce un accident ?

Murtagh poussa un profond soupir.

— C'est l'une des raisons pour lesquelles je suis ici, n'est-ce pas, Colum ? Les choses sont plus complexes qu'il n'y paraît.

— Un jury criminel fut constitué, répondit-il, pensif. Et il a prononcé que Lady Mary avait glissé, qu'elle avait été victime d'un malheureux accident. Tout le monde a accepté le verdict. Lord Henry a porté le deuil, et le corps de son épouse repose à présent dans la crypte de l'église Saint-Swithun.

Colum soupira à nouveau, ouvrit son escarcelle et en sortit un carré de parchemin. Il le tendit à Kathryn, qui le déplia sans hâte et se mit à lire l'écriture bien formée. Quoique la lettre fût écrite en anglo-normand, elle n'eut aucune peine à la traduire.

Au Lord Chancelier

Prospérité et salutations.

Cela me navre, Monseigneur, de devoir porter cette information à votre connaissance, mais je jure, par tout ce qui est saint, par le corps du Christ et par Sa douce Mère, que moi, Mary, femme de Lord Henry Beauchamp, ai été assassinée sans pitié, jetée en bas de la falaise. Le coupable de cette vilenie n'est autre que mon époux, Lord Henry.

Surprise, Kathryn leva les yeux.

— Continuez, la pressa Colum.

Kathryn s'exécuta. La missive expliquait que Lady Mary avait sellé son cheval en août passé pour se rendre à Gallows Point et que son mari, revenu de guerre depuis peu, l'y avait suivie. À la tombée de la nuit, ils s'étaient querellés et il l'avait poussée en bas de la falaise. Kathryn restait interdite. Le message était signé « Lady Mary Walmer » et portait le sceau de cette dernière – une goutte de cire verte frappée d'un faucon perché – mais était daté de la fête de l'Annonciation, en mars de cette année-là.

Elle rendit le document à Colum.

— Qu'est-ce que ça signifie ? C'est un faux, une macabre plaisanterie, une farce stupide ; une âme malveillante hait Lord Henry.

— J'aimerais pouvoir l'affirmer, rétorqua Murtagh d'un ton calme. Mais l'écriture est bien celle de Lady Mary. C'est son sceau, et les détails qu'elle donne intéresseraient sans nul doute un jury chargé de son cas.

— Mais ce message a été rédigé huit mois environ après son trépas.

— C'est là le mystère, Kathryn. En tout cas, voici une lettre de la main de Lady Mary, validée de son sceau et envoyée au Lord chancelier d'Angleterre, l'homme même à qui Lord Henry rend des comptes.

— Je comprends, dit la jeune femme en fermant les yeux. Le chancelier d'Angleterre n'est nul autre que l'archevêque de Cantorbéry, Thomas Bourchier, qui m'a engagée comme médecin au nom de la Couronne et de la ville de Cantorbéry.

Elle rouvrit les yeux.

— C'est donc pour cela que nous sommes céans, n'est-ce pas ?

Colum acquiesça.

— Le roi vous respecte fort, Kathryn. Il sait, tout comme l'archevêque, que vous avez déjà croisé le fer avec le vicomte de Sanglier. Ils apprécient votre esprit vif, votre sens aigu de l'observation et vos commentaires mordants. Cette missive les a aussi beaucoup troublés. Certes, c'est peut-être un jeu odieux, le fait d'une âme méchante, mais, quoi qu'il en soit, l'archevêque de Cantorbéry, Lord chancelier d'Angleterre, a reçu un message prétendant que Lady Mary Walmer a été tuée par son mari. Bien entendu, cela entraîne d'autres questions. Le cadavre découvert au pied des falaises était-il celui de Lady Mary ou celui de quelqu'un d'autre ? Notre chancelier a pris soin de mener sa propre enquête. Selon l'apothicaire du village, le visage de Lady Mary était presque méconnaissable à cause de sa chute et de la façon dont le corps avait été sans cesse roulé contre les rochers. En fin de compte, le roi désire que cette lettre soit examinée, soupira Colum. Il exige que justice soit faite et qu'on y veille.

— Mais ce n'est pas seulement au nom de la justice ? Le souverain est rusé.

— Lui et l'archevêque sont très inquiets. Si on leur envoie ce message, alors pourquoi pas aussi aux parents de Lady Mary ? Si ce genre d'écrit devenait public, une dette de sang pourrait diviser la cour. Et, plus important, le monarque a juré qu'aucun de ses sujets ne serait au-dessus de la loi, et cela inclut Lord Henry Beauchamp. Je vous prie, Kathryn, d'enquêter là-dessus par n'importe quel moyen, mais avec discrétion.

— Lord Henry le sait-il ?

Alors que Colum ouvrait la bouche pour répondre il s'interrompit, pour prêter l'oreille au fracas d'épées qui montait de la lice de l'autre côté du manoir.

— Je l'ai croisé hier soir après que vous eûtes quitté la table. Il a fait allusion à une certaine froideur de la part du roi et m'a demandé si j'en connaissais la raison. Bien entendu, je me suis contenté de hausser les épaules et d'en rire.

— Pourtant si j'enquête, insista Kathryn, il voudra, tôt ou tard, savoir pourquoi.

— De toute façon, rétorqua Murtagh, il l'apprendra, tôt ou tard.

— Est-il aimé dans le pays ? interrogea Kathryn. S'il est venu ici il y a des années pour pendre les parents, les frères et sœurs aînés des villageois de Walmer, n'y a-t-il pas une dette de sang entre lui et certains de ses métayers ?

S'appuyant contre son mari, elle ôta sa botte et compta les petits cailloux qui s'y étaient logés.

— Les naufrageurs venaient du village tout comme des fermes des alentours, répondit Murtagh. C'étaient des forbans, hommes et femmes, responsables de la perte d'au moins une douzaine de navires et du trépas d'une centaine d'âmes. Ces hors-la-loi éveillaient fort peu de commisération. Walmer est à présent serein. Il y a eu de petites querelles, des meurtres occasionnels et des accès de violence, mais Lord Henry semble plutôt aimé et respecté, surtout par les dames.

— Y a-t-il autre chose ? Pourquoi Lord Henry vous a-t-il appelé, Colum ?

— Eh bien, parce que si je venais, vous deviez venir aussi, expliqua Murtagh avec un grand sourire.

— Vous êtes un compagnon de Lord Henry, n'est-ce pas ?

— Nous sommes venus ici juste après la guerre, avant que je m'installe à Cantorbéry pour m'occuper des écuries royales et rencontrer un certain médecin.

Kathryn ramassa une cerise tombée et la lui jeta. Preste, Colum se baissa pour l'éviter.

— Après la bataille de Tewkesbury, expliqua-t-il, les rebelles lancastriens se sont enfuis dans tout le royaume, au nord, au pays de Galles, en Cornouailles. Quelques-uns décidèrent de gagner le Kent et ses nombreux ports afin d'embarquer pour les Pays-Bas ou la France. Le roi divisa certaines de ses meilleures troupes en détachements, chacun sous la conduite d'un de ses lieutenants. Lord Henry reçut mandat de fouiller les bois du Kent pour dénicher tout fuyard lancastrien ; je faisais partie de sa troupe. Nous avons pourchassé les ennemis. Ceux qui résistaient étaient abattus là où ils se trouvaient. D'autres se rendaient et, sauf s'ils étaient sur la liste de la mort civile, étaient désarmés et pouvaient regagner leurs foyers.

« Nous avons entendu parler d'un groupe qui se serait réfugié sur la côte près de Walmer. Lord Henry s'est lancé à sa poursuite. Il s'agissait de quelques archers et soldats qui décidèrent de se battre mais nous les avons vite dispersés. En fin de compte, nous avons traqué le chef et deux archers. On nous prévint qu'ils avaient atteint Walmer et voulaient se réfugier dans l'église s'ils ne pouvaient trouver un bateau. Nous avons continué la poursuite. Mais, avant que nous soyons arrivés ici, les villageois, afin de montrer leur loyauté au roi et à Lord Henry, avaient occis les trois hommes. Il semble que ces derniers étaient arrivés à l'enceinte du cimetière et qu'ils ont été attaqués par les habitants, qui les ont taillés en pièces à coups de hache, les ont dévêtus et ont jeté leurs dépouilles sur les marches de la croix du marché. Bien entendu, Lord Henry n'avait pas le choix : il devait soutenir les villageois, les féliciter pour leur fidélité et ordonner le rapide enterrement des cadavres dans le coin réservé aux miséreux du cimetière de Saint-Swithun. Je ne sais rien d'autre, ajouta Colum en levant les mains.

Kathryn regagna son siège et s'y installa, les mains dans son giron. Son mari la rejoignit.

— À quoi pensez-vous ?

— Je pense, Irlandais, que vous devriez aller vous laver, vous raser et vous changer. Car je suis certaine que Lord Henry voudra très bientôt voir les émissaires français.

— Viendrez-vous vous reposer avec moi ?

Kathryn le repoussa avec douceur et lui adressa un sourire malicieux.

— Je suis encore épuisée par la nuit dernière. N'ai-je point le droit de me délasser ?

— À propos de ces deux meurtres, croyez-vous qu'il ne s'agit que d'une querelle de villageois ? demanda Colum, faisant fi de sa bonne humeur.

— Je ne sais, mais, là encore, le mystère nous environne et, avant que nous quittions Walmer, il faudra bien que la vérité surgisse.

Colum la saisit par les épaules et l'embrassa sur le front.

— Je vais revenir, murmura-t-il.

« Mon fanfaron d'Irlandais ! » pensa Kathryn en le regardant s'éloigner. Pourtant, de bien des façons, Colum était resté enfant : quelque chose en lui n'avait pas grandi. Il aimait les chevaux et les soignait avec passion. Il parlait d'eux ou de son pays natal jusqu'à ce qu'on le supplie d'arrêter. Kathryn rit *in petto*. Colum était un soldat et pouvait se montrer violent. S'il avait une âme de combattant et était adroit à l'épée, il était aussi gentil, ardent et amoureux. En repensant à la nuit passée, Kathryn rougit.

Elle se leva, retourna vers le carré de simples et examina les diverses plantes, si belles sous le soleil. Elle se demanda quels autres mystères se cachaient sous la sérénité de ce manoir luxueux et du village prospère qui ne s'étendait qu'à un mille des grilles. Elle ne comprenait rien à ces empoisonnements. Quelqu'un avait-il un compte à régler avec le forgeron et son épouse ? Si c'était le cas, alors l'assassin, tôt ou tard, commettrait peut-être une erreur. Elle regarda avec attention l'un des pommiers. Ou n'était-ce que le début d'une série d'empoisonnements ? Et Lord Henry ? Elle se mordilla les lèvres. Comment diable une lettre, l'accusant de meurtre avec moult détails, pouvait-elle venir de sa femme supposée trépassée ? Le vélin de la missive était de bonne qualité et l'écriture, en anglo-normand précis et correct, était celle d'un érudit. L'auteur n'en était donc pas un des villageois mais un lettré. Kathryn s'accroupit et effleura les plantes du doigt, perdue dans le labyrinthe d'énigmes qui s'épaississait autour d'elle.

Adam l'apothicaire était un homme fort troublé. Il n'avait été que trop heureux de s'échapper du manoir de Walmer et de retourner chez lui à Winingate Lane, la ruelle qui menait à l'église Saint-Swithun. La maison à colombages à un étage reposait sur une base de pierre et un jardin s'étendait devant et derrière. On pouvait accéder au premier soit par un escalier extérieur, soit par un escalier intérieur. Les affreux événements de la veille préoccupaient Adam. Elias et Isabella éteints, comme deux chandelles soufflées, ne laissant rien si ce n'est un peu de fumée dans l'air… leurs corps gisant sur ces grabats ! Et cette fouineuse de médecin de Cantorbéry ! Adam ne l'aimait pas. En fait, il la craignait. Elle était intelligente, celle-là, avec son regard perçant et son esprit vif ! Son visage serein, ses cheveux noirs et son regard assuré lui donnaient un air avenant, mais Adam savait reconnaître un véritable médecin quand il en rencontrait un. Swinbrooke était une *peritus*, tout à fait savante. Elle n'ignorait rien des herbes et des potions. Alors combien de temps lui faudrait-il pour venir à Walmer et commencer à espionner ?

Adam s'assit sur son trépied et embrassa son apothicairerie du regard. C'est là, sur le comptoir, qu'il distillait potions et philtres. Il avait à dessein peint les murs et le plafond en noir et veillait à ce que l'unique fenêtre soit toujours fermée. Il préférait qu'il en soit ainsi : quand il introduisait ses clients dans la pièce, il tenait à ce qu'ils aient l'impression d'être ailleurs, dans une chambre où régnait le pouvoir, une chambre de troubles secrets. Sous la fenêtre se trouvait sa table, un mortier, un pilon, des mesures, des pelotes de ficelle et des morceaux de cuir. Pots et cruchons, jarres et sacs, chacun contenant une herbe déterminée, étaient rangés, étiquetés avec soin, sur des étagères autour de la pièce. Adam était un homme méticuleux qui aimait que tout soit en ordre. À gauche, il y avait les plantes destinées à faciliter l'accouchement et à traiter les maladies infantiles. Du marrube blanc qui, bouilli dans l'eau, aidait les femmes en travail. De l'herbe aux écus, très efficace contre la toux des enfants. De l'ail, de l'origan et de la camomille contre les fièvres. Des collerettes de la Vierge… à quoi donc servaient-elles, déjà ? Adam s'enorgueillissait de son savoir mais il était pour l'heure si agité qu'il avait oublié.

L'apothicaire, installé sur son tabouret, tenait dans ses mains serrées sa précieuse chope de bière tout en contemplant les diverses herbes que contenait cette chambre des secrets. Des simples pour soigner les rhumatismes, la goutte et les articulations douloureuses ; des herbes pour la maisonnée, les animaux, les insomnies et pour ceux dont les rêves étaient hantés de démons. Sous la table était glissée sa cassette de poisons, fermée par une serrure résistante, et c'était ce qui le troublait. Ce coffret renfermait du jus d'amande, de l'arsenic, de la digitale, de la jusquiame, de la belladone et quelques toxiques moins connus. Combien de temps faudrait-il avant que Maîtresse Swinbrooke, ou quelque autre beau babillard de Walmer, commence à s'étonner parce que le maréchal-ferrant et sa femme avaient été empoisonnés en même temps mais par des poisons différents ? Adam ferma les yeux. Dieu merci, Mathilda, sa mère grabataire, dormait sans doute sur ses deux oreilles. Il s'en était assuré. Il était las de l'entendre agiter sa clochette, frapper le plancher de sa canne ou l'appeler si fort que même les voisins dans la rue pouvaient l'ouïr. Il ne voulait que la paix. Au fond de son cœur il souhaitait que sa mère meure et, oh ! comme il avait été tenté ! Peut-être une puissante potion juste avant qu'elle s'endorme ?…

Adam frissonna, rouvrit les yeux et fixa le rai de lumière qui passait à travers les volets. Il l'avait déjà fait ! Oui, il l'avait fait trois ans auparavant avec Margaret, son épouse. Margaret, qui ne cessait de crier et de se mettre en colère, une mégère, une harpie, et négligente, en outre. La cuisine n'était jamais récurée, la table jamais frottée, le pain moisi jamais jeté, puis elle venait ici et provoquait tout autant de désordre. Elle se servait de ceci ou cela. Elle se plaignait toujours : pourquoi restaient-ils à Walmer ? Ne pouvaient-ils aller s'installer dans quelque grande ville comme Cantorbéry, Maidstone, voire Londres ? Mais Adam était né à Walmer. Il regrettait à présent de n'avoir pas épousé une femme du village au lieu de Margaret, fille d'un fermier de la contrée, à environ dix milles à l'ouest. À peine marié, il avait compris que c'était une erreur. Il n'oublierait jamais cette voix suraiguë, ces doigts osseux qu'elle lui enfonçait dans les côtes quand ils étaient au lit, à l'église ou ailleurs, et qu'elle voulait attirer son attention, sa bouche près de son oreille pour lui chuchoter quelques mots, son incessant ressentiment, sa jalousie perpétuelle à l'encontre de tout un chacun. En fait, Adam était sûr que s'il avait dû supporter cela plus longtemps, il serait devenu sourd et aurait été obligé de se soigner à coups de chardon bénit ou de quelque autre remède. Il avait fini par découvrir que Margaret souffrait d'insomnie. Il ne s'agissait donc plus que de forcer les doses de poudres ou de potions mêlées à un peu d'arsenic. Personne n'avait rien remarqué. Pas même Ursula, sa carogne de sœur, mariée avec ce tabellion pompeux.

Ursula ne valait pas mieux. Rien d'étonnant, donc, à ce que Benedict, son mari, aime à prendre le large en tant que messager de Lord Henry. Étrange bonhomme que ce Benedict ! Un peu plus fortuné qu'il n'aurait dû – et pourquoi ce bizarre prêcheur, sorti de nulle part, s'intéressait-il autant à lui ? Le prédicateur avait entraîné Adam à converser, le questionnant sur le notaire. Adam bâilla et repensa à Margaret. Il avait fallu trois mois en tout. Il avait commencé vers la Saint-Jean, et oui, aujourd'hui c'était l'anniversaire, le 29 septembre. Margaret avait été enterrée trois ans auparavant, silencieuse à jamais sous une pierre tombale dans le cimetière de Saint-Swithun. Adam avait cru que le fantôme de sa femme le hanterait, mais, en réalité, la suppression de cette dernière lui avait procuré un merveilleux soulagement. Il était libre de diriger sa maison, libre d'aller et venir à sa guise, libre de causer à qui il voulait ; et c'est alors qu'il avait retenu l'attention d'Isabella. Depuis toujours il rêvait en cachette de sa taille svelte et de ses seins arrogants, du halo de ses cheveux blonds, de ses lèvres rouges et pulpeuses.

Adam se remémora le corps d'Isabella, qui gisait à présent, pitoyable, sur un grabat. Il essaya de murmurer une prière, pourtant, bien qu'il allât à l'église, il pensait qu'il n'avait pas d'âme ; et s'il en avait une, elle était déjà avec les démons. Il prit une profonde inspiration. Que devrait-il faire ? La raison lui disait qu'on pouvait se procurer n'importe quel poison dans les champs alentour. En outre il avait tant d'ennemis ! Il craignait que quelqu'un ait eu vent de ses rencontres secrètes avec Isabella dans la campagne, dans les bois ou les prés où elle s'étendait nue et lui permettait de la posséder. Et maintenant qu'elle était morte, un villageois aux aguets ou amateur de ragots – une vieille femme comme grand-mère Croul, par exemple – se souviendrait-il de ce qu'il avait vu ? Lancerait-il des rumeurs sur la place du marché à propos d'Adam l'apothicaire qui avait désiré Isabella, l'épouse du forgeron… et qui, de plus, connaissait les propriétés des simples ?

Adam leva les yeux. En temps ordinaire, il allumait une chandelle, cependant à présent il préférait être seul et réfléchir dans cette pièce assombrie. Il redoutait les habitants de Walmer. Il n'avait pas oublié le sort réservé, un an plus tôt, aux trois réfugiés lancastriens qui étaient venus chercher asile. Sous la conduite de l'échevinage, lui et d'autres hommes et femmes avaient crié haro et s'étaient emparés de leurs épées, gourdins, pelles, pioches, tout ce qui leur tombait sous la main. Ils les avaient pourchassés jusqu'à la porte de l'église. Les avaient-ils occis dans le feu du combat ou était-ce un massacre ? Ce jour-là, Adam avait eu l'impression d'être un véritable soldat. Les trois fuyards, bien que faibles, épuisés et affamés, avaient tenté de se défendre. Ils avaient protesté au nom du droit d'asile, ce dont nul n'avait tenu compte. Adam avait mené l'attaque et tué l'un des archers pendant qu'Elias et les autres cernaient les deux restants et leur tranchaient la gorge. Ensuite ils s'étaient vantés par tout le village, jouant les Hector et les héros célèbres, oui, les chevaliers de la Table ronde d'Arthur. Elias avait trompeté qu'il les avait abattus tous les trois, mais ses compagnons l'avaient fait taire. D'autres n'avaient pas les mêmes certitudes. Les âmes moins échauffées semblaient tristes et, après tout, qu'y avait-il de si glorieux dans ces trois corps nus taillés en pièces qui gisaient sur les marches de la croix du marché ? Lord Henry était venu avec sa petite troupe. Il avait mis pied à terre, avait contemplé les dépouilles et, l'air plutôt mécontent, avait ordonné qu'on les enterre aussi vite que possible. Ce jour-là, on n'avait vu ni le père Clement ni Amabilia, sa sœur aux yeux rieurs. Ils étaient en voyage dans la région boisée du Kent. On les avait simplement informés, à leur retour, que le cimetière comptait trois tombes fraîches dans le coin des indigents.

Adam revint à la question des poisons. Les prairies de la contrée regorgeaient d'herbes et de plantes, toxiques ou salutaires, mais qui en connaissait les propriétés ? Le prêtre et sa sœur ? Adam eut un petit sourire suffisant. Ni l'un ni l'autre n'avaient fait preuve de ce savoir. Pourtant il en était certains, dans le village, qui pouvaient énumérer les dangers de la mandragore ou dire quels champignons étaient dangereux ou non. Il lui faudrait préparer une liste de ces gens juste au cas où on l'accuserait. Il regarda la porte de la pièce ; elle était close et verrouillée. Personne ne pouvait entrer. Il resterait céans, à déguster sa chope, jusqu'à ce que ses craintes se calment. Peut-être boirait-il un peu de camomille pour régler ses humeurs et de la menthe pour s'adoucir l'estomac. Swinbrooke était déjà bien assez inquiétante, alors la rencontrer en présence de Lord Henry !… Adam avait peur de ce grand propriétaire. Il se remémora les histoires sur Lord Henry traquant les naufrageurs et eut un sourire contraint. Là, il devrait vraiment rendre grâce à Dieu et à Lord Henry. Un de ses oncles, hors-la-loi, avait été pendu au grand gibet ; cette demeure, et tout ce qu'elle renfermait, était donc échue au père d'Adam, puis à lui.

L'apothicaire jeta un nouveau coup d'œil au plafond. Sa mère se tenait tranquille même si, à présent, elle avait dû se rendre compte que son fils était revenu. D'un instant à l'autre elle agiterait sa sonnette ou frapperait sur le plancher. Bon, peut-être dormait-elle encore… Il pouvait attendre. Il serra plus fort sa chope et repensa à Lord Henry. Adam avait toujours aimé s'installer ici avec son gobelet, sentir le contact du cuir et être sûr de ce qu'il contenait. Il avait toujours adoré boire dans ce gobelet. Il le porta à ses lèvres et avala une lampée. La bière était bonne ; il venait de la tirer au tonnelet de la cuisine.

Une douleur à l'estomac l'assaillit et il revit le cadavre d'Elias étendu dans la cour de la forge. Un autre élancement, comme une langue de feu dans son ventre.

Il se leva d'un bond, la douleur irradiant dans son dos et montant dans sa poitrine, le poignardant. Adam s'écroula et la chope lui échappa. Il avait du mal à respirer. Il avait envie de vomir et ses yeux le piquaient. Que se passait-il ? De quel poison s'agissait-il ? Était-il victime de ces mêmes poudres qu'il avait vendues ? Terrorisé, il fixa la porte. Il voulait se déplacer, ramper, tirer le verrou, tourner la clé, appeler à l'aide, mais il n'en avait plus la force. C'était si difficile de respirer ! Il avait le visage en feu et, en même temps, il ruisselait d'une sueur froide ; son estomac se soulevait. Il glissait dans un cauchemar. Il se souvint d'Isabella, de sa dépouille sur les planches, jambes étendues, tête inclinée de côté, une expression hideuse sur le visage. Et ces trois hommes, sur les marches de l'église Saint-Swithun, les lancastriens qui, dépouillés de leurs épées et de leurs dagues, imploraient merci. Elias fondant sur eux en brandissant la grande hache qu'il avait prise dans l'appentis du jardin. Adam souffrait tant ! Il essaya de vomir. En vain. Il tenta de ramper mais ne réussit qu'à rouler sur le flanc. Il se demanda pourquoi sa mère gardait le silence. Y avait-il quelqu'un là-haut ? Était-il arrivé quelque chose ? Il sombra dans sa propre douleur, les jambes agitées de spasmes, toussant et hoquetant en expirant sur le sol de sa chambre secrète.

Bien que de dimensions modestes, la bibliothèque du manoir de Walmer était fort belle. Les poutres du plafond étaient étroites. Une petite cheminée en brique rouge et au manteau de chêne ciré avait été construite dans le mur qui donnait sur l'extérieur. Comme on était en septembre, l'âtre vide était dissimulé derrière un écran de couleur aux armes des Beauchamp. Pour laisser entrer le plus de lumière possible, deux oriels encadraient le foyer. Dessous se trouvaient deux alcôves aux sculptures élégantes où Sir Henry ou tout érudit pouvait s'installer pour profiter de la clarté du jour. À droite de Kathryn, sur le mur, des étagères supportaient livres et manuscrits ; elle en avait déjà descendu quelques-uns, des copies de Froissart et Joinville, deux ouvrages d'Aristote et *La Cité de Dieu* de saint Augustin. C'était une belle collection de livres, certains reliés en cuir brun foncé, d'autres d'un bordeaux profond. Au fond, le mur était lambrissé et, au-dessus, un beau triptyque montrait, au centre, la Sainte Famille, avec un ange de chaque côté. Le plancher poli sentait la cire d'abeille. Kathryn était assise à une table du plus pur noyer. À sa gauche, au haut bout, Lord Henry étudiait une pile de documents qu'il avait extraits d'un sac, et, à sa droite, se tenait Colum Murtagh, à présent lavé, rasé et changé, afin de rencontrer les envoyés français, qui étaient installés en face.

Kathryn leur sourit. Le vicomte de Sanglier, au milieu, s'inclina. « Il ressemble à un goupil », pensa-t-elle en regardant l'homme aux cheveux rejetés en arrière, à la moustache et à la barbe taillées avec soin. Sanglier n'était pas, comme à l'ordinaire, habillé de rouge mais arborait les couleurs royales de France : une cotte-hardie bleu et blanc bordée de fourrure, aux manches à plis serrés. Dessous, il portait un pourpoint crème molletonné au col fermé par une fleur de lys en or. Il était coiffé d'un élégant chaperon dont la longue pointe passait sous son menton et retombait sur son épaule droite. Delacroix et Cavignac étaient vêtus de même et, comme Sanglier, exhibaient deux anneaux : le premier frappé de la fleur de lys royale, l'autre de l'oriflamme, la bannière gardée au fond de la chapelle Saint-Denis à Paris, celle que les Français déployaient pendant la bataille quand ils avaient l'intention de ne pas faire de prisonniers.

Sanglier voulait s'assurer que Colum et Lord Henry avaient bien compris qu'ils étaient des émissaires français venus négocier, dicter les termes d'un contrat et pas seulement accepter ce qu'Édouard d'Angleterre était disposé à leur accorder.

Kathryn, quant à elle, avait, sur une longue chemise blanche comme neige, passé une robe vert émeraude lacée juste au-dessus de la poitrine et était coiffée d'un simple voile blanc retenu par de grosses épingles. Un bracelet d'or – présent de son mari – ornait son bras. Cavignac, fasciné, ne la quittait pas des yeux. Kathryn remarqua des traces rouges – peut-être du sang – aux commissures de ses lèvres. Cavignac, s'en rendant compte, les frotta de ses doigts aux ongles polis et reprit son examen attentif, s'intéressant surtout au bijou. Incapable de le supporter plus longtemps, Kathryn ôta le bracelet et le lui tendit pour qu'il l'inspecte. Cavignac le contempla avec intérêt et le fit tourner entre ses mains.

— Une véritable œuvre d'art, murmura-t-il. Il est superbe, Maîtresse Swinbrooke.

— Il est celte, intervint Murtagh. Un cadeau en guise de dot à mon épouse.

Cavignac le rendit en saluant la jeune femme. Sanglier ne cessait de fixer un point au-dessus de sa tête. Kathryn ignorait s'il souriait à son bonnet ou savourait à part soi quelque plaisanterie. Ils étaient dans la pièce depuis quelque temps. Flanquée de petits pots de fleurs, la chandelle des heures posée au mitan de la table avait brûlé de façon notable. Lord Henry semblait mal à l'aise. Il avait commencé la réunion en s'en tenant à ses documents à propos de certains points que Sanglier avait soulevés, des sujets mineurs concernant la navigation en Manche et en mer d'Irlande et la sécurité des envoyés à Londres.

Kathryn observait le seigneur du manoir avec attention. Était-ce un meurtrier ? Avait-il occis sa femme ? La lettre la préoccupait encore. Comment une femme pouvait-elle rédiger une missive huit mois après avoir été tuée ? S'il s'agissait d'une plaisanterie stupide ou d'un méchant tour, comment quelqu'un avait-il pu imiter si bien son écriture et d'où son sceau provenait-il ?

Lord Henry toussa à nouveau et s'éclaircit la gorge.

— Je pense, dit-il en levant les yeux et en tapotant le manuscrit du doigt, je pense que nous pourrions partir de là, Messire.

— D'où, Messire ? rétorqua Sanglier. Où commencerons-nous ? Pourquoi le devrions-nous ? Voilà un moment que nous sommes céans. Vous semblez embarrassé, Lord Henry. Nous sommes vos hôtes et aimerions connaître les pensées de votre royal maître. Quand ce sera fait, nous exposerons nos propres avis.

Kathryn eut envie de faire voler en éclats ces politesses diplomatiques en s'écriant : « Détenez-vous le livre des codes ? Savez-vous quelque chose sur William Marshall ? » Mais, comme l'avait clairement laissé entendre Lord Henry, elle n'était là qu'en tant qu'observatrice, pour avoir déjà croisé le fer avec Sanglier et l'avoir emporté.

Lord Henry se frotta les joues puis se rencogna dans sa chaire :

— Je veux parler de la question des émissaires ! Il y a six mois, mon clerc, William Marshall, m'a accompagné à Paris.

Sanglier, réprobateur, claqua de la langue et secoua la tête.

— Vous pouvez désapprouver et protester, déclara Lord Henry avec fougue, son visage pâle marbré de rouge par le courroux, mais William Marshall était un ami et un ambassadeur accrédité, un clerc de haut rang à la chancellerie de la Cire verte. Il est allé se promener en barque un mardi, juste après midi, en disant qu'il serait de retour avant que les cloches sonnent vêpres.

— Je sais, je sais, l'interrompit Sanglier, et on a retrouvé l'embarcation qu'il avait louée en train de dériver ; on l'a ramenée au quai.

Il écarta les bras dans un geste d'impuissance.

— Mais nulle trace de William Marshall ou de ses biens !

— A-t-on sondé le fleuve ? s'enquit Murtagh.

Delacroix rit sous cape sans relever la tête.

— Veuillez m'excuser, Messire, releva Colum, mais me trouvez-vous plaisant ?

— Vous pourriez aussi bien chercher... que dit le proverbe, déjà ? railla Sanglier. Ah oui ! Irlandais, c'est ça : une aiguille dans une meule de foin. La Seine est un fleuve large et profond ; sous sa surface les ordures s'amoncellent depuis des siècles. Chaque jour, des gens disparaissent entre ses rives et on ne retrouve jamais leurs corps.

— Avez-vous essayé ? insista Colum. A-t-on envoyé des hommes ?

— La propre flotte de pêche du roi en a été chargée, répondit Sanglier d'un ton calme, mais ses recherches ont été infructueuses. N'oubliez pas, Lord Henry, ajouta-t-il en tendant un doigt accusateur vers son hôte, que seule votre parole nous prouve que Marshall était dans ce bateau pour pêcher.

— Pourquoi mentirais-je, rétorqua Lord Henry, au sujet d'un ami, d'un clerc de haut rang ? Je l'ai accompagné en personne à cet esquif.

— Y avait-il quelqu'un d'autre avec vous ?

— Non ! dit Lord Henry en serrant le bord de la table comme pour se calmer. Mais je vous en donne ma parole. Pourquoi mentirais-je sur un tel sujet ? William Marshall était robuste et en bonne santé. Il se faisait une fête d'un bon repas. Il est parti. Je suis retourné chez moi. Et il n'est jamais revenu.

— Messire, Messire, veuillez, de grâce, accepter mes excuses, énonça Sanglier en tentant d'apaiser la colère grandissante de son interlocuteur tout en adressant un sourire à Colum, toujours offensé par le rire moqueur de Delacroix.

— Nous voulons que vous nous assuriez que vous ignorez tout de la disparition de Marshall, précisa Lord Henry.

— Sommes-nous céans, aboya Delacroix d'une voix cinglante comme un coup de fouet, pour débattre d'un traité de paix entre nos maîtres respectifs ou de la disparition d'un clerc anglais à Paris ?

Il écarta les bras.

— Lord Henry, chaque jour, dans vos grandes villes, quelqu'un disparaît. Nous sommes désolés que William Marshall ait été victime d'un malheureux accident sur la Seine, hélas nous n'y pouvons rien.

Cavignac prit la parole, cachant le venin de ses propos derrière l'air affable de son visage juvénile :

— N'était-il pas proche de feu votre femme, Messire ?

L'agitation de Lord Henry était manifeste. Les mains tremblantes, il regarda le triptyque puis son manuscrit, et tenta de se détendre en jouant avec l'anneau d'améthyste qu'il portait à gauche.

Sanglier revint à la charge.

— Est-ce vrai ? William Marshall était-il un ami intime de votre épouse ? L'annonce de son malheureux trépas nous a vraiment navrés, Lord Henry. Mais nous avons cru comprendre que Marshall servait souvent de messager entre vous et Lady Mary. Peut-être était-il bouleversé alors qu'il se trouvait dans sa barque, peut-être pensait-il à l'infortuné accident dont votre femme a été victime ?

Le harcèlement ne cessait pas. Kathryn frissonna. Ces trois agents de Louis XI avaient reçu des instructions claires. Ils étaient là pour pousser Lord Henry à bout, pour tourner et virevolter comme les fouines qu'ils étaient. Ils avaient sans conteste acculé Lord Henry.

— Possédez-vous le livre des codes ?

Les mots avaient échappé à Kathryn avant qu'elle puisse réfléchir et leur effet fut immédiat. Les Français se turent. Cavignac, souriant, se renversa dans sa chaire et croisa les bras. Delacroix joignit les mains comme s'il priait. Sanglier la regarda, un sourcil levé.

— Le livre des codes, Maîtresse Swinbrooke ?

Cette dernière ignora le léger coup que lui donna Colum sous la table et la gêne de leur hôte.

— Oui, le livre des codes, répéta-t-elle.

— Je croyais que vous n'étiez qu'observatrice lors de ces réunions, intervint Cavignac sans relever la tête. Je n'avais point compris que vous étiez à présent une envoyée du roi.

— L'épouse de Maître Murtagh peut prendre la parole si elle le désire. Elle jouit de la pleine confiance de mon maître, comme vous du vôtre, bafouilla Lord Henry, manifestement soulagé de ne plus être la cible des quolibets.

— J'ai posé une question, insista Kathryn. Avez-vous le livre des codes ?

— Qu'est-ce donc ?

— Un recueil que portait William Marshall, répondit-elle en se penchant en avant. À peu près de la taille d'un livre d'heures, d'un psautier, d'un bréviaire. Il contenait les clés du chiffre dont usent la couronne d'Angleterre et ses ministres pour communiquer avec leurs affidés à l'étranger. Ainsi qu'une liste des noms de ces agents anglais en France. Je suis sûre que vous avez pris de semblables dispositions dans ce pays-ci. La disparition de William Marshall signifie aussi celle de ce registre.

Sanglier se mit à rire.

— Eh bien, si nous avions trouvé Marshall, nous aurions trouvé le livre des codes. Il est vrai, ajouta-t-il avec un sourire narquois, que nous en avons entendu parler. De pures rumeurs…

— Je peux vous assurer, renchérit Cavignac d'une voix traînante, que si nous l'avions découvert, nos excellents soldats se seraient chargés d'arrêter ces traîtres qui osent vendre des renseignements aux autres princes.

Sanglier claqua des lèvres.

— Je suis affamé, Lord Henry. Nous sommes venus à votre requête. Nous espérions que la trêve donnerait naissance à un traité de paix qui fonderait une amitié éternelle entre les souverains d'Angleterre et de France. Et nous voici, par une agréable matinée de septembre, nous interrogeant sur un clerc anglais et un mystérieux livre de codes !

Il repoussa sa chaire et, sans hâte, embrassa la pièce du regard, incluant Lord Henry, Kathryn et Colum.

— Peut-être, quand les choses seront mieux organisées, pourrions-nous reprendre ces questions ? En attendant, Messire, nous ne passerons point notre temps à échanger des amabilités jusqu'au dîner.

Les trois Français se levèrent et sortirent.

Kathryn se rencogna dans sa chaire et contempla un vitrail. On y voyait Satan, en joueur de cornemuse, menant une légion d'âmes vers la sombre et caverneuse bouche de l'Enfer. Le chemin était bordé de flammes bondissantes et de démons dansant. Dans une autre scène, au-dessus, des anges conduisaient des processions de justes, vêtus de blanc et d'or, vers des tables chargées de nourriture et de boissons. Le banquet se tenait dans un vaste jardin verdoyant où le Christ et sa mère siégeaient sous une tonnelle.

— Vous n'auriez pas dû, Maîtresse Kathryn, déclara Lord Henry en enlevant la main de son visage, vous n'auriez pas dû faire ça.

— Vraiment ? répondit-elle sans éviter son regard. Messire, nous sommes ici pour cela. Les Français savent-ils quelque chose sur les allées et venues, le sort de William Marshall ? Ont-ils le livre des codes ? Si c'est le cas, cela soulève bien des difficultés pour vous et votre royal maître. Sinon, vous pouvez négocier à égalité.

— Mais vous leur avez mis la puce à l'oreille !

Lord Henry, affolé et apeuré, avait l'air d'un homme aux abois. Il tourna la tête mais Kathryn eut le temps, une seconde, de discerner un éclair de plaisir dans ses yeux. Jouait-il la comédie ? Était-ce la raison pour laquelle il ne cessait de se cacher la figure, de se frotter les joues et les paupières ? Kathryn avait vu un de ses patients se comporter de même pour se donner l'air anxieux, pour chasser le sang de ses joues et avoir les yeux cernés de rouge.

— Eh bien ? questionna le seigneur en cillant, mal à l'aise sous l'impitoyable examen de son interlocutrice.

— Nous n'avons point commis d'erreurs, Messire, déclara cette dernière. J'apprécie votre hospitalité mais je sais, tout comme vous, que le vicomte de Sanglier peut caracoler et tourbillonner comme un danseur autour d'un mai. Il nous faut découvrir la vérité. Vous devez aller de l'avant.

Lord Henry se plongea à nouveau le visage dans les mains.

— Je réfléchirai à ce que vous avez dit, Maîtresse Kathryn, annonça-t-il d'une voix qui sonnait creux.

Il enleva ses mains et sourit.

— Peut-être avez-vous raison. C'est une question que nous devons régler une fois pour toutes. Je reconnais, ajouta-t-il en hochant la tête, que je suis las. Ces empoisonnements, au village, m'ont fort troublé.

Il rassembla ses documents, se leva, s'inclina et quitta la bibliothèque.

Colum, se retournant, posa le doigt sur le bout du nez de son épouse.

— Vous ne mâchez pas vos mots, Kathryn. Vous vous êtes montrée fort hardie et c'est votre intervention qui a mis une fin abrupte à cette réunion.

Kathryn examina la belle salle avec ses ouvrages reliés de cuir, ses manuscrits empilés avec soin et attachés par des rubans rouges, bleus ou verts, ses alcôves pourvues d'encriers, de pierres ponces, de plumes, dans l'attente des érudits, le soleil qui passait à travers ses fenêtres, rehaussant les vives couleurs des vitraux.

— En réalité nous ne sommes pas ici, murmura-t-elle. On dirait, Colum, que nous sommes allés sur la côte et que nous avons pris un bateau. Nous n'avons pas de voile et les avirons ont disparu : nous tournons et errons sur la mer, dans la brume. Je ne comprends rien à ce qui s'est passé. Mais venez.

Ils sortirent dans la petite cour qui séparait la bibliothèque et la chapelle de la grand-salle du manoir. Après l'avoir traversée, ils poussèrent une barrière et se dirigèrent vers un banc de pierre installé près d'un jardinet planté autour d'un bassin avec une fontaine. L'air embaumait le parfum de maintes variétés de fleurs sauvages. La fontaine, quant à elle, avait la forme d'une hideuse gargouille et Kathryn se demanda pourquoi le sculpteur avait choisi ce thème dans un endroit si agréable. La statue était épouvantable. Elle supportait le haut de la fontaine sur son dos squameux et, avec son visage démoniaque à la gueule hurlante, ses yeux exorbités, ses mains comme des griffes, elle semblait sur le point de bondir.

— L'artisan a voulu démontrer que dans chaque verger se love un serpent, dans chaque plaisance, un diable, commenta Kathryn quand ils s'assirent. C'est sans nul doute le cas à Walmer. Il fallait que je pose la question au sujet du livre des codes pour que Sanglier cesse de harceler Lord Henry, ajouta-t-elle en se blottissant contre son mari et en posant la tête sur son épaule. La situation est fort périlleuse, Colum. William Marshall, un fidèle clerc de la Couronne, un ami de Lord Henry et de sa femme trépassée dans des circonstances troublantes, disparaît lui aussi de façon mystérieuse quelques mois plus tard alors qu'il est chargé de l'inestimable livre des codes, document d'importance vitale aussi bien pour l'Angleterre que pour la France.

— Je dois reconnaître, dit Colum en délaçant son pourpoint de cuir et en desserrant la chemise qu'il portait dessous, que je n'ai onc vu Lord Henry si troublé. D'ordinaire, il maîtrise ce genre de situations avec aisance et rapidité, mais aujourd'hui il s'est montré nigaud comme un écolier devant son maître.

— Et n'oublions pas cette autre affaire, déclara Kathryn. Il y a un sergent au village, n'est-ce pas ?

Murtagh acquiesça.

— Alors pourquoi Lord Henry a-t-il fait transporter les morts céans pour que je les examine ? Il était manifeste qu'ils avaient été empoisonnés, tués par un ou des inconnus. On dirait presque que…

Elle se redressa.

— On dirait presque qu'il a voulu m'appâter, me faire découvrir quelque chose. Était-ce par culpabilité ? Vous disiez qu'il pourrait y avoir eu un lien entre Isabella et Lord Henry ?

Colum se contenta de hausser les épaules.

— Je répétais des ragots, rien de plus.

— Quelle heure est-il ? interrogea Kathryn, qui se sentait soudain somnolente, les paupières lourdes.

— Environ midi !

Kathryn sursauta en entendant la voix derrière elle et se retourna. Lord Henry était là. Plus loin, la jeune femme aperçut le gamin qui trépignait de l'autre côté du portillon.

— Nous ne vous avons pas entendu venir, Messire.

Lord Henry, ayant repris son sang-froid, la fixait d'un œil impavide.

— Maîtresse Kathryn, je dois vous demander encore une faveur. J'ai reçu un autre message du village. Il y a eu un nouvel empoisonnement ; il s'agit de l'homme que vous avez rencontré ce matin, Adam, l'apothicaire. On l'a retrouvé mort dans son logis. Pourriez-vous me rendre un service ? Accepteriez-vous d'être mon coroner et de mener l'enquête ?

— Mort ? s'exclama Kathryn en se levant.

— Empoisonné ! répondit Lord Henry. C'est ce qu'affirme Walter, le sergent. D'après ce gamin, mais son histoire est embrouillée, Adam était en train de savourer une chope de bière. Sa mère, qui est alitée dans la chambre au-dessus, a secoué sa clochette et a frappé le parquet de sa canne mais n'a pu faire monter son fils. Il y a peu, une visiteuse a ouï la mère qui criait et la clochette qui tintait. Elle a emprunté l'escalier extérieur. La mère d'Adam a expliqué ce qui se passait, aussi la femme a-t-elle ouvert la porte intérieure et est-elle descendue. La pièce de l'apothicaire était close et verrouillée. Après avoir longtemps heurté à l'huis, la visiteuse a compris que quelque chose n'allait pas et a envoyé quérir le sergent. On a forcé la porte et trouvé Adam gisant sur le sol.

Kathryn décida d'affronter Lord Henry.

— Pourquoi irais-je là-bas ? Il y a un sergent, un médecin.

— Je connais votre réputation, Maîtresse Kathryn, dit le seigneur en souriant. Œil vif et esprit prompt. Comparés à votre talent, les villageois sont ignares. J'apprécierais beaucoup votre aide.

— Nous irons, déclara Colum, qui se leva en resserrant son ceinturon.

— Prendrez-vous des chevaux ?

— Non, répondit Murtagh en secouant la tête. Nous marcherons : cela nous fera du bien.

— Nous accompagnez-vous, Messire ? proposa Kathryn.

— Que nenni.

Lord Henry s'était éloigné. Il revint pourtant sur ses pas et s'approcha de Kathryn en la scrutant de ses étranges yeux bleus.

— Que nenni, je n'irai point. J'ai des hôtes et je dois me ressaisir pour être plus… comment dire ?… avisé avant notre prochaine réunion.

Quelques instants plus tard, Kathryn et Colum franchissaient le portail principal du manoir et empruntaient le sentier qui menait au village en serpentant au flanc de la colline. Ils n'avaient fait que quelques pas quand la jeune femme s'arrêta et contempla la vue.

— C'est beau, n'est-ce pas ? Regardez, on voit tout Walmer d'ici, avec ses maisons, la place du marché, les rues et les venelles tortueuses, la grand-rue. Par un jour comme aujourd'hui, tout est aussi limpide qu'au regard de Dieu.

— Excepté le cœur de l'homme ! railla Colum.

Oui, certes, pensa Kathryn, les yeux baissés sur le village serein, mis à part les actes secrets de l'esprit humain. Walmer présentait néanmoins un spectacle riant avec ses logis, ses prés, ses jardinets et le clocher carré de son église coiffé de tuiles rouges. Elle pouvait apercevoir le presbytère derrière l'église et le grand cimetière qui l'entourait. Entre le village et la côte, des arbres et des bosquets s'étendaient jusqu'à une bande de sable, puis c'était la mer, scintillante et calme sous le soleil. De l'autre côté, la campagne vallonnée déployait champs et prairies. Les récoltes d'automne avaient été engrangées tôt et la terre dormait comme pour profiter des dernières chaleurs de l'été. Kathryn fit demi-tour et se dirigea vers le château. Elle fit un signe au garde, dépassa la petite poterne et, sans tenir compte des questions de Colum, longea la muraille jusqu'au sommet de la colline qui dominait la campagne. Les pâturages verdoyants descendaient en pente douce avant de remonter vers Gallows Point. Elle distingua sans mal la potence à trois bras, sombre et nue, l'endroit d'où Lady Mary avait fait une chute mortelle.

C'était par une journée semblable à celle-ci, réfléchit Kathryn, que Lady Mary avait quitté le manoir pour monter à cheval en haut de cette colline. Elle avait mis pied à terre, s'était peut-être assise sous le gibet... et puis ? Si Lord Henry se trouvait au logis quand elle avait trépassé, William Marshall devait y être aussi. Était-ce à cela que Sanglier avait fait allusion ? Que Marshall et Lady Mary étaient peut-être amants ? Il n'était pas rare dans les grandes maisons, se dit-elle, qu'un jeune écuyer courtise sa maîtresse et que, très vite, la situation leur échappe. Se pouvait-il que, fou de jalousie, Lord Henry ait tué sa femme et, plus tard, décidé d'abattre son amoureux ?

— Vous pensez à Lady Mary, n'est-ce pas ? s'enquit Colum en enlaçant la taille de Kathryn et en nichant son visage dans son cou. D'autres tâches nous attendent, murmura-t-il.

Elle resta immobile quelques minutes pour savourer la clarté du soleil, la brise rafraîchissante, les divers parfums de fleurs et de foin coupé. Un tintement de cloche, les voix des servantes et des marmitons qui vaquaient à leurs besognes, s'élevèrent du manoir.

— Nous devrions redescendre, remarqua Colum ; il faut aller voir ce qui s'est passé à Walmer.

Kathryn en convint et, main dans la main, ils suivirent le sentier. Au début il était abrupt et tous deux riaient quand ils trébuchaient. Enfin ils parvinrent au bas de la colline et empruntèrent le chemin du village. Ils dépassèrent les demeures à colombages et aux fondations de pierre rouge des fermiers fortunés. Les toits n'étaient plus de chaume mais de tuile, signe de la richesse croissante de cet endroit entouré de terres fertiles et tirant profit de la mer. La grand-rue était pavée et, profitant du beau temps, on avait ouvert les portes. Les femmes s'étaient rassemblées soit pour bavarder soit pour brasser la bière ou filer. Elles s'arrêtaient au passage de Kathryn et de Colum, et se mettaient à chuchoter entre elles, levant parfois la main en guise de salut ou lançant un bonjour.

La grand-rue les conduisit sur la petite place du marché où étals et éventaires faisaient de bonnes affaires. Quelques-uns proposaient les marchandises des colporteurs – cuir, tissus, étains ou cuivres – pourtant la plupart appartenaient aux villageois, fermiers vendant leurs produits, pêcheurs désireux de se débarrasser de leurs prises de la nuit le plus vite possible. La foule s'affairait ; les chalands passaient d'un étalage à l'autre ou s'arrêtaient dans les échoppes et tavernes qui encerclaient la place et emplissaient l'air d'odeurs savoureuses. Kathryn eut l'eau à la bouche en sentant l'odeur du pain frais et le fumet des viandes épicées. Elle se rendit compte que, mis à part son déjeuner au petit matin, elle n'avait rien mangé. Elle aurait aimé prendre son temps, s'imprégner de l'atmosphère des lieux, faire le tour des éventaires, voire entrer dans une auberge, mais Colum, plus décidé, la pressa. Ils traversèrent la place et descendirent la rue qui menait à Winingate Lane.

La maison d'Adam se dressait à l'écart sur son propre terrain et une petite foule s'était regroupée près du portillon. Les notables du village étaient déjà là. Le père Clement, portant une bure grise, capuchon remonté pour se protéger du soleil, présenta Kathryn et Colum à l'assemblée : Walter le sergent, un homme râblé au visage bouffi, l'air d'un féroce mastiff sous sa tignasse de cheveux noirs, Maître Benedict, le tabellion, et sa femme, Ursula, vaniteux personnages aux figures replètes et arrogantes. Ils s'étaient attendus à une journée de marché affairée et prospère. Ils semblaient tous les deux furieux d'avoir été arrachés à leurs occupations, mais curieux et un peu craintifs. Près d'eux, Amabilia était plongée dans une conversation avec Simon le bedeau, teint rubicond et crâne dégarni, vêtu de vert de Lincoln, efflanqué et nerveux comme un limier. Ses yeux rusés et son sourire en coin déplurent à Kathryn. Un autre membre du conseil paroissial, Roger le médecin, avait hâte d'entrer dans la maison. Étroit visage un peu congestionné et non rasé, yeux larmoyants, goutte à son nez busqué au-dessus de lèvres minces et exsangues, il salua la jeune femme d'un rapide signe de tête. Habillé d'une onéreuse cotte-hardie et arborant une chaîne d'argent autour du cou, il ne cessait de respirer un pomander comme s'il ne pouvait supporter l'odeur de ses collègues. D'un cillement de ses yeux incolores et d'un rictus, il manifesta qu'il accordait peu de valeur au titre de médecin de Kathryn. Le médaillon de sa chaîne d'argent proclamait qu'il appartenait à la guilde des médecins de Farringdon Ward, à Londres, et Kathryn se demanda pourquoi un homme de sa sorte vivait à Walmer. Grand-mère Croul, appuyée sur sa canne, était là aussi, un peu à part.

Le prêtre termina les présentations et les villageois entourèrent Kathryn. Ursula, l'épouse du notaire, l'œil aux aguets et la bouche pincée, l'étudiait de la tête aux pieds. Elle avait ce que Kathryn nommait « l'air mauvais », ce qu'accentuait la coiffe blanche qu'elle avait serrée autour de sa tête. Walter le sergent était toute fatuité comme un coq en sa basse-cour, prêt à s'élever contre l'ingérence de Colum et de Kathryn, bien qu'il gardât bouche cousue : c'était à Lord Henry, non seulement seigneur du manoir mais détenant aussi les droits d'un coroner, de décider de qui enquêterait sur une mort mystérieuse. Kathryn souriait sans cesse malgré l'hostilité non dissimulée de ces gens. Elle se tourna vers le père Clement derrière lequel se tenait Amabilia, mains jointes comme pour prier, un chapelet entre les doigts.

— Que s'est-il passé ici, mon père ? s'enquit-elle.

— Je vais vous l'expliquer, intervint Ursula d'un ton décidé. Je suis venue comme d'habitude rendre visite à Maîtresse Mathilda, la mère d'Adam. Dès le milieu de l'escalier, j'ai entendu ses cris, sa canne qui tapait sur le plancher et sa clochette qui sonnait, aussi ai-je poursuivi mon chemin. Quand j'ai ouvert l'huis... – elle désigna le haut de l'escalier extérieur – quel spectacle ! Maîtresse Mathilda était assise dans son lit, secouant la cloche, criant comme une possédée. Je l'ai calmée et elle m'a dit ce qui était arrivé. Aussi ai-je déverrouillé...

— Déverrouillé ? s'étonna Kathryn.

Ursula rejeta la tête en arrière, comme une poule affamée.

— Non, enfin, j'ai ouvert la porte, je veux dire la porte intérieure. J'ai descendu les marches qui mènent au reste de la maison. La petite cave était vide, comme la cuisine et la resserre. Je me suis dit qu'Adam devait être dans ce qu'il appelait sa chambre des poudres et, parfois, sa chambre noire. Il aimait se gausser des gens, voire leur faire peur. Bon, j'ai cogné à l'huis et, comme on ne répondait pas, je suis sortie. J'ai rencontré Walter, le sergent, et lui ai demandé s'il avait vu Adam sur le marché. Il m'a répondu que non.

— J'y suis toujours, précisa ce dernier d'une voix rauque. Je surveille les larrons. Nous avons une légion de mendiants ! Une véritable légion ! Je n'avais pas aperçu Adam, ajouta-t-il après réflexion. J'ai donc rejoint Maîtresse Ursula dans la maison. Nous avons frappé et cogné et, en fin de compte – il bomba le torse autant qu'il le put —, j'ai donné l'ordre qu'on enfonce la porte. Je suis sorti et ai réquisitionné quelques hommes. Nous avons forcé l'huis. Dedans, c'était terrible : Maître Adam gisait sur le sol, tout tordu, le visage… eh bien ! vous verrez…

— Ce jour-là…

Une voix forte monta de la place derrière eux.

— … ce jour-là, le Seigneur viendra accompagné de ses anges qui, avec tous les feux de l'Enfer, sépareront les bons des méchants, les agneaux des boucs et, en ce jour, où serez-vous ? Souvenez-vous, en ce Jour de Colère et de Deuil, les cieux et la terre s'embraseront !

Kathryn pivota sur ses talons et jeta un regard sur le marché. Les enfants qui jouaient au pied de la croix et les femmes qui s'y étaient installées pour bavarder avaient disparu et avaient cédé la place à une sombre silhouette, tout de noir vêtue, tel un corbeau, qui fulminait. La jeune femme ne pouvait distinguer ses traits mais la voix était aussi retentissante et vibrante qu'une trompette. Elle quitta le groupe et s'avança sur les pavés.

— Que plaiderons-nous ? continuait le prêcheur qui avait à présent attiré une petite foule. Que plaiderons-nous quand les justes demanderont merci ? Ô voyez quelle terreur nos cœurs déchirera quand du Ciel le juge descendra !

Sa voix mélodieuse et chantante retenait l'attention des passants.

Kathryn se fraya un chemin. L'homme, de taille moyenne, barbe et cheveux noirs hirsutes, la figure tannée par le soleil, battait l'air de ses mains puissantes en vociférant ses terribles imprécations. Le rythme même de son sermon, sa façon de bouger, faisaient oublier aux spectateurs où ils se trouvaient. En une fraction de seconde, il réussissait à les faire réfléchir à ce qui se passerait quand le monde sombrerait et que les éléments se fondraient dans les flammes.

Le prêcheur décida alors de s'adresser directement à ses auditeurs.

— Vous, habitants de Walmer, vous n'êtes point différents des autres.

Et il se lança dans une nouvelle description des horreurs à venir.

Kathryn l'écouta quelques instants. Ces prédicants la fascinaient toujours, par leurs gestes, la force de leur voix, leur langage coloré, leur manière de séduire une foule : elle avait souvent souhaité que d'autres prêtres, dans leur sermon du dimanche, fassent montre d'une étincelle de ce feu qui inspirait ces hommes.

Colum lui prit le bras.

— Ce n'est qu'un prédicateur itinérant, Kathryn. Le père Clement dit qu'il est ici depuis quelques jours. Nous ne devons pas offenser les autres, ils attendent…

Kathryn rejoignit le petit groupe et présenta ses excuses pour s'être laissé distraire.

— Je voudrais qu'il s'en aille, grommela Walter. Je voudrais qu'il ramasse son gourdin et parte ailleurs. La vie est bien assez difficile sans qu'on nous rappelle les quatre dernières choses.

— C'est-à-dire ? railla la jeune femme.

— Eh bien, le Ciel, l'Enfer, le Purgatoire et le Jugement dernier, précisa Walter en plissant les yeux. Je ne suis qu'un sergent, parfois un peintre, et pas un théologien. Il vaudrait mieux que vous interrogiez le père

Clement. Je ne les ai pas énumérés dans le bon ordre, n'est-ce pas, mon père ?

— Ce prêcheur ne fait pas de mal, déclara le prêtre en désignant la place du marché. Et pourquoi m'opposerais-je à ceux qui veulent m'aider à soigner la vigne du Seigneur ? Maîtresse Swinbrooke, entrez donc ; je veux vous montrer quelque chose.

CHAPITRE III

« Car l'intempérance est le vrai tombeau de l'entendement et de la sagesse de l'homme. »

Chaucer, « Le conte du Pardonneur »,
Les Contes de Cantorbéry

Ils pénétrèrent dans la maison par la porte de derrière. Kathryn remarqua combien l'endroit était propre et entretenu avec soin : bien que le logis soit petit, tout était à sa place. Dans le solar aux murs chaulés la jonchée était fraîche. Les tables et les chaires de bois, comme les instruments de cuivre suspendus près de l'âtre, avaient été polis et luisaient dans la pâle lumière qui filtrait à travers les fenêtres. Il en allait de même pour le couloir embaumé d'herbes aromatiques. Cuisine et resserre avaient été récurées et on avait éparpillé des herbes sur le dallage. La porte de la chambre des poudres pendait encore de guingois sur ses gonds. Une fois entrée, Kathryn sentit ces odeurs que sa propre apothicairerie d'Ottemelle Lane lui rendaient si familières. Là aussi, tout était rangé et les étagères divisées en sections autour de la pièce portaient des étiquettes distinctes. Plantes pour les enfants, pour les accouchements, pour les animaux de la ferme. La jeune femme ne s'attarda pas mais s'accroupit près du corps étendu sur les dalles. Quelqu'un l'avait dissimulé sous une couverture qu'elle repoussa. Adam gisait la tête un peu de côté comme pour la regarder, les yeux ouverts, révulsés, et la bouche béante. Une écume blanche gouttait de la commissure de ses lèvres et tachait le sol. Son teint était d'une pâleur mortelle et on aurait dit qu'on avait barbouillé ses joues d'une poudre violette. Elle tâta le cou : la peau était moite et froide ; les épaules et les doigts commençaient à se raidir. Elle ramassa la chope et l'examina. L'odeur âcre la convainquit. C'était la même que sur Elias le forgeron.

— De la belladone, murmura-t-elle. On en a versé dans son gobelet.

Elle vit qu'on avait renversé le trépied et, contournant avec précaution la flaque de bière empoisonnée, le redressa et s'y assit en serrant la chope.

— Adam est venu ici ce matin, sans doute après être rentré de Walmer, déclara-t-elle à ceux qui l'entouraient. Il voulait s'isoler et s'est installé céans pour déguster sa bière. Il a fermé et verrouillé la porte, ce qui a scellé son destin. Il a dû ne disposer que de peu de temps pour appeler à l'aide.

Elle huma le gobelet.

— C'était une infusion puissante. Il s'est senti soudain mal, les nausées ont commencé et les effets ont été violents. Adam a été pris d'étourdissements et de faiblesse, les jambes lui ont manqué, il s'est écroulé, paralysé. C'est pour cela qu'il n'a pas pu atteindre l'huis pour donner l'alarme. Où tirait-il sa bière ?

— À la cuisine. Venez, Maîtresse Swinbrooke, proposa le sergent qui paraissait s'être un peu radouci, je vais vous montrer.

Ils revinrent tous dans le couloir. Kathryn aurait aimé que Walter éloigne les autres, mais elle ne voulait pas les offenser, aussi les autorisa-t-elle à rester autour de la table pendant qu'elle examinait le pichet de bière et le tonneau d'où elle provenait.

— Aucun des deux n'est souillé, annonça-t-elle enfin. Alors comment est-ce arrivé ?

On cria, juste au-dessus de leurs têtes. Kathryn n'y prit pas garde. Elle remarqua une étagère à crochets fixée en hauteur sur le mur de la cuisine. Trois chopes y étaient appendues. Le quatrième crochet était vide. Elle sortit, répandit ce qui restait de la bière empoisonnée sur le sol, revint et suspendit le gobelet au crochet vide.

— Voilà un vrai mystère. Adam vient ici, décroche la chope et la remplit de la bière qu'il a prise dans le pichet tiré au tonnelet de la resserre. Puis il se rend dans sa chambre des poudres. Il veut y être seul et s'y enferme. Sans nul doute préoccupé, il est probable qu'il médite sur les trépas mystérieux d'Elias et de son épouse, la veille. Il boit, s'empoisonne et périt sans alerter quiconque. Le plus étrange, c'est la façon dont la boisson a été altérée.

— Peut-être l'a-t-il fait lui-même, intervint grand-mère Croul qui se tenait derrière les autres.

Walter le sergent se retourna et eut un claquement de langue désapprobateur.

— Quelqu'un a dû verser le toxique dans la chope, dit Ursula.

— Certes, admit Kathryn, mais comment pouvait-on savoir qu'Adam choisirait cette chope-là ce matin ? De plus, la maison ne dispose que de deux entrées. Une derrière…

— Et Adam la gardait toujours close à cause de ses précieuses poudres ; il ne laissait jamais traîner la clé ! s'exclama Walter.

— Et si quelqu'un avait fait irruption céans hier, ou ce matin, alors qu'Adam se trouvait au manoir, l'apothicaire, étant un homme fort méticuleux et ordonné, l'aurait remarqué.

— Quant à l'escalier extérieur qui donne accès à l'autre entrée, déclara le père Clement, il est très raide. Autrefois je rendais visite à Maîtresse Mathilda ; à présent je ne le puis.

Il se pencha et se frotta les genoux.

— De l'inflammation, de vraies piqûres d'aiguille ! Adam me donnait des poudres, mais j'ai fini par ne plus venir ; rien n'est réellement efficace.

— Ce sont vos pauvres genoux, entonna Amabilia. Ce sont ses genoux, Maîtresse Swinbrooke : il lui est même difficile de monter en chaire.

— On a pu, insista Walter, prendre l'escalier extérieur, rendre visite à Maîtresse Mathilda, ouvrir la porte et descendre par l'intérieur.

— C'est impossible, coupa Ursula. Mathilda n'aurait autorisé personne à franchir cet huis et je peux vous dire qu'elle a le sommeil léger. Qui plus est, si on s'est faufilé ici, il a fallu se déplacer sans bruit. Les jambes de Mathilda sont peut-être faibles ; ses oreilles et ses yeux, eux, sont encore bons.

Perplexe, Kathryn revint à la chambre des poudres. Elle était persuadée qu'Adam avait été victime du même assassin que celui qui, la veille, avait occis Elias et sa femme, mais, là encore, la question était comment et pourquoi. Elle regarda le cadavre avec attention.

— Il faudrait l'emporter au dépositoire.

— J'aimerais que vous veniez à l'église, proposa soudain le prêtre.

Il paraissait agité et avait les yeux rouges comme s'il avait pleuré. Il ne s'était pas rasé et semblait avoir enfilé sa bure en hâte.

— Je pense que vous devriez vous rendre à l'église. Je veux vous montrer quelque chose, à vous et aux autres membres du conseil paroissial. Peut-être, si vous n'avez pas mangé, pourriez-vous dîner au presbytère ?

Kathryn accepta son aimable offre, imitée par les villageois, qui gardaient un silence lugubre en réalisant qu'un autre horrible meurtre venait d'avoir lieu.

— Je crois que nous sommes tous en danger, murmura le prêtre.

— Que voulez-vous dire ? Le sommes-nous tous ? s'insurgea Walter en se frottant le ventre. Est-ce le cas de tout le monde à Walmer ?

— Je l'ignore, répondit le père Clement à voix basse. Je voudrais juste que vous veniez voir ce que j'ai vu, mais d'abord, nous devons en finir ici.

Ils quittèrent la chambre, regagnèrent la cuisine et montèrent l'escalier extérieur. Kathryn nota qu'il était très abrupt. Avant qu'elle et Colum soient parvenus en haut, l'Irlandais jurait entre ses dents. Elle frappa à la porte.

— Entrez ! répondit-on d'un ton strident.

Kathryn ouvrit. La pièce était plutôt confortable, avec ses poutres assez basses et ses murs crème chaulés ornés, de-ci de-là, d'une tenture colorée ou d'une petite tapisserie. La vieille femme était couchée au milieu d'une pile de couvertures dans le lit qui trônait. Adossée aux oreillers, elle jeta un coup d'œil malveillant à Kathryn. Elle se redressa à l'entrée de ses visiteurs.

— Qu'y a-t-il ? glapit-elle. Tout Walmer va-t-il envahir ma chambre ? Que se passe-t-il ?

Elle se retourna comme pour saisir la grande cloche posée sur la table près de sa couche. Puis la mémoire lui revint, elle retira sa main et se mit à pleurer en silence. Kathryn alla s'asseoir au bord du lit. Elle perçut le parfum des épices dont Adam s'était servi pour masquer les odeurs d'une chambre de malade et, de l'autre côté du lit, vit un gobelet sale ainsi que les pots et cuvettes destinés à la toilette cachés sous un linge souillé. Elle embrassa la pièce du regard. Les coffres étaient ouverts. De solides cannes étaient disposées avec soin tout autour de la chambre afin que Maîtresse Mathilda puisse en saisir une sans peine. Il y avait deux autres portes et, à force de questionner Mathilda avec patience et d'ignorer ceux qui se pressaient dans les lieux, Kathryn finit par comprendre que la porte latérale conduisait dans la maison et que l'autre ouvrait sur un petit couloir qui donnait accès à la chambre de Maître Adam. La vieille femme lui permit d'y jeter un coup d'œil. Le couloir était vide. Sur chaque mur étaient fixées des patères, puis il y avait une autre porte qu'elle poussa. La pièce était fort semblable à celle de Mathilda mais meublée avec plus de goût. Tout était propre, net et rangé. Kathryn retourna chez la malade en sanglots, le visage plongé dans les mains : Qu'allait-elle devenir ? Qui s'occuperait d'elle à présent ? Kathryn se rendit compte que le fils et la mère ne s'aimaient pas beaucoup. Cette dernière se souciait davantage d'elle-même que de ce qui s'était passé à l'étage du dessous. Kathryn parvint à calmer le vacarme et alla à nouveau s'asseoir sur le lit. Mathilda maintenant lançait des coups d'œil torves à Colum comme si c'était un démon sorti de l'Enfer.

— Je n'ai jamais apprécié les Irlandais, chuchota-t-elle. Et ça ne me plaît guère qu'il y en ait dans ma chambre.

Murtagh haussa les épaules et s'éloigna.

Mathilda saisit la main de la jeune femme en la scrutant de ses yeux chassieux.

— Maîtresse Kathryn, on vous dit médecin. Alors, pouvez-vous me guérir ? demanda-t-elle avec une pointe de raillerie.

— Je ne le peux. Je ne suis point ici pour cela mais pour découvrir qui a assassiné votre fils.

Kathryn regretta ses mots. À peine les avait-elle prononcés que la malade rejeta la tête en arrière et se mit à se lamenter en criant :

— Que va-t-il m'arriver ? Que va-t-il m'arriver ?

L'apothicaire parvint enfin à l'apaiser.

— Que s'est-il passé ici ce matin ? questionna-t-elle.

— J'ai le sommeil très léger, répondit Mathilda en hochant la tête comme si elle s'adressait à son bonnet. Maître Adam était debout tôt, bien avant l'aube. Il est venu me narrer la mort d'Elias et d'Isabella. Bon débarras, ajouta-t-elle en reniflant, je ne les ai jamais aimés. Vous comprenez, Maître Elias faisait toujours payer plus cher qu'il n'aurait dû...

— Oui, oui, l'apaisa Kathryn. Et qu'a dit Adam ?

— Qu'il avait reçu un message de Lord Henry.

Elle renifla derechef.

— Les deux corps devaient être portés au manoir. Un médecin – il devait parler de vous – était arrivé pour les examiner. Il est donc parti.

— Cette porte latérale était-elle fermée ?

— Oh, bien sûr ! Adam la fermait, tournait la clé de ce côté-ci, sortait par l'escalier extérieur, descendait et faisait le tour jusqu'à la porte de derrière.

Mathilda s'exprimait comme si Kathryn était sourde.

— Il rentrait par la cuisine et, avant de s'en aller, vérifiait toujours qu'on ne pouvait accéder à sa précieuse chambre des poudres. Je l'entendais tourner la clé de l'huis de derrière puis il partait vaquer à ses affaires comme à l'ordinaire. Vous savez, je suis contente, continua-t-elle à jacasser, que mon fils ait connu un peu de bonheur avant de mourir. Son affreuse femme était une souillon, elle ne valait pas mieux qu'une souillon de taverne.

— Allons, intervint le père Clement, il ne faut pas dire du mal des morts.

— Donc ce matin, insista Kathryn, votre fils, Adam, a fermé la porte intérieure et est passé par l'escalier extérieur. L'avez-vous entendu partir ?

— Je l'ai entendu, puis j'ai un peu somnolé.

— Quelqu'un est-il monté céans ?

— Et pour quoi faire ? Je vous ai dit qu'une mouche me réveille ! Si quelqu'un avait franchi cette porte et essayé de manœuvrer cette clé, je l'aurais vu, et je l'aurais sans nul doute ouï !

— Et il ne s'est rien passé de bizarre le reste de la matinée ?

— Non. Mon fils est rentré. Je pensais qu'il allait monter mais il ne l'a point fait. Alors je me suis dit qu'il valait mieux le laisser tranquille. Il appréciait quelques moments de solitude. Oui, je l'ai entendu dans la cuisine puis dans le couloir. J'ai aussi entendu l'huis de la chambre des poudres s'ouvrir et se fermer. J'ai pensé que quand il en aurait terminé là-bas, je sonnerais ma clochette. Il est bon qu'un homme soit seul parfois, n'est-ce pas, Maîtresse Swinbrooke ?

Kathryn la calma et quitta la pièce, suivie par la petite troupe. Elle descendit, inspecta la cuisine, le tonnelet de bière et le pichet puis décrocha la chope incriminée. Elle était lourde. Elle la mit dans un seau d'eau.

— Je crois qu'il vaut mieux la laisser là. Maître Walter, veuillez faire un inventaire soigneux de ce qui se trouve dans cette maison et sceller la chambre des poudres.

— Je ne peux mettre des scellés sur ce logis comme chez Elias, objecta-t-il. Il faut d'abord s'occuper de Maîtresse Mathilda.

— Je m'en charge, intervint Amabilia. Quelques-uns parmi nous lui rendront peut-être visite.

Kathryn acquiesça et alla à nouveau examiner la dépouille.

— Tenez les autres à l'écart, souffla-t-elle à Colum.

Il s'exécuta avec diplomatie et les regroupa devant la porte pendant que sa femme regagnait la chambre des poudres. Elle observa le cadavre, le tabouret, la flaque de bière empoisonnée à la forte odeur de levure qui avait dû masquer celle du toxique.

La voix du père Clement lui parvint :

— Souperez-vous à l'église ?

— Oui, oui. Je serai honorée d'être votre invitée, répondit-elle par-dessus son épaule. Peut-être avec certains membres du conseil paroissial ? J'aimerais qu'ils soient présents ; j'ai quelques questions à poser.

« Il y a autre chose », dit-elle entre ses dents. Elle coucha le corps sur le dos. Un souffle d'air s'échappa du ventre. Kathryn s'efforça de ne pas regarder les yeux épouvantés tandis qu'elle tâtait la ceinture à la recherche du trousseau de clés. Elle finit par les trouver accrochées à un petit fermail. Elle se dirigea vers le coffre à poisons poussé sous la table au-dessous de la fenêtre. Elle l'avait vu auparavant mais n'en avait pas fait mention afin que le sergent ne s'en mêle pas. Elle tira la lourde arche et manœuvra les trois serrures avec soin. Le coffre contenait deux plateaux superposés divisés en petits casiers qui, chacun, renfermaient un sachet marqué de façon lisible du nom d'un poison. Kathryn fut surprise. Adam était bien approvisionné en arsenic rouge et blanc, en belladone, en champignons vénéneux, en tanaisie et en mandragore. Au fond de l'arche se trouvait ce que Kathryn cherchait en réalité, c'est-à-dire le registre des produits, épais volume à la reliure de cuir noir frappé d'une mandragore sur la couverture et clos par un fermail. Kathryn l'ouvrit. Le parchemin des premières pages était jaune et craquelé par le temps, les pages suivantes, plus récentes, étaient lisses et blanches. Chacune était remplie avec exactitude en conformité avec la loi et énumérait le moindre détail des achats – ce qui avait été acquis, en quelle quantité, par qui – d'une écriture de lettré. Les deux dernières colonnes indiquaient le prix et la date. Kathryn referma le recueil et sortit sur le seuil.

— Je l'emporte.

— Vous n'avez pas le droit ! s'insurgea Walter. Tout doit être mis sous scellé jusqu'à ce que le coroner ait pris une décision !

— C'est Lord Henry le coroner ! rétorqua Colum. Il se prononcera. En attendant, Maîtresse Kathryn conservera ce livre.

L'agitation était manifeste. La jeune femme se dit qu'ils avaient sans doute des choses à cacher. Le document qu'elle tenait était un vrai livre des secrets. Il pouvait non seulement révéler le nom de l'empoisonneur mais aussi qui à Walmer avait acheté quoi. Dans un endroit comme celui-ci, chacun avait quelque chose à taire. Kathryn scruta derechef la chambre. On avait allumé deux torches de joncs mais l'atmosphère n'en était que plus sinistre.

— C'est une belle maison, réfléchit-elle à voix haute, et voilà des années que cette pièce sert d'apothicairerie. Comment cette demeure est-elle échue à Adam ?

— Il l'a héritée de son oncle ! cria grand-mère Croul, qui se tenait derrière les autres. C'était un méchant homme, un naufrageur, l'un de ceux que Lord Henry a pendus à Gallows Point !

— Il a aussi fait un riche mariage ; feu son épouse, Margaret, était ma sœur, ajouta Ursula en pinçant les lèvres et en toisant Kathryn. Vous comprenez, nous ne sommes pas tous des manants. Mon père était un fermier fortuné ; il élevait du bétail et des moutons dont il vendait la laine.

— Je veux bien le croire, dit Kathryn en souriant. Adam était veuf, n'est-ce pas ?

— Il avait épousé ma sœur. Adam avait étudié à l'école ecclésiale d'Ely. Il devait aller aux collèges de Cambridge mais son père l'a ramené ici. Il connaissait bien la médecine puis il a pris Margaret pour épouse et a hérité de ce logis ; voilà comment il a pu acquérir toutes ces poudres. Pour le bien que ça lui a fait ! ajouta-t-elle avec un reniflement de dédain.

— Depuis combien de temps était-il veuf ?

— Trois ans environ. Margaret est morte d'un dérangement d'entrailles il y a à peu près trois ans.

Kathryn serra plus fort le livre des poisons. Plus elle restait dans cette maison, plus elle la trouvait sinistre et menaçante. Le simple fait qu'Ursula ait indiqué comment sa sœur avait trépassé éveillait ses soupçons. Elle n'avait rencontré Adam qu'un court moment, mais ce qu'elle avait vu lui avait déplu. À Cantorbéry, le nombre de morts presque subites dues à des maux d'estomac ou à des élancements à la nuque la troublait toujours. À moins qu'un habile mire ne soit présent, le défunt pouvait être enterré en hâte et sa fin être considérée comme la volonté de Dieu plutôt que l'œuvre d'un homme et le péché de meurtre. Elle décida que sous peu elle questionnerait davantage Ursula sur la disparition de Margaret.

— Bon, nous ferions mieux de partir, déclara Colum en s'avançant, pouces passés dans son ceinturon.

Les membres du conseil paroissial se dispersèrent comme des poulets devant un goupil. Ils avaient observé Murtagh de très près et leur méfiance s'était accrue face à ce grand Irlandais au teint mat avec ses yeux profondément enfoncés, sa bouche et son menton fermes, sa démarche assurée, le ceinturon qui entourait sa taille et le fourreau qui battait le haut de ses bottes en cuir noir. L'Irlandais, ami proche de Lord Henry et, par conséquent, homme de pouvoir, faisait montre d'autorité. De plus, les villageois se souvenaient d'avoir eu affaire, pendant la récente guerre civile, à ce genre d'individus : des mercenaires irlandais, dévoués corps et âme à la maison d'York. Colum s'arrêta et désigna Roger.

— Vous, Messire !

Le médecin, traits tirés et yeux larmoyants, lui répondit par un regard peu amène.

— Adam est mort ; son âme a rejoint Dieu et ce monde n'existe plus pour lui, déclara Murtagh. Vous devez emporter son corps au dépositoire.

— Il vaut mieux, en effet, renchérit Kathryn. Le poison va enfler le ventre. Ce ne sera pas un spectacle agréable. Je suggère qu'on s'empresse de lui faire sa toilette mortuaire. Mon père, vous devez l'enterrer sans délai, demain matin au plus tard, ainsi qu'Elias et Isabella.

— C'est à moi d'enlever les cadavres et de décider de la date de l'inhumation, intervint Walter.

— Tant qu'on l'emporte et qu'on l'ensevelit demain matin, je n'ai cure, Messire, de vos décisions, répliqua Colum en souriant.

Le père Clement intervint :

— La dépouille sera enlevée, je fournirai un coffre de l'église.

Il se tourna vers Simon le bedeau.

— Ne vous faites pas de souci, répondit le bonhomme, la mine chafouine. Je m'en occupe dès que possible.

Ils sortirent de la maison et regagnèrent la rue. Le jour avait perdu de son éclat. Kathryn nota que le ciel était plus sombre, la place du marché moins gaie et moins animée. Une femme passa près d'eux. Elle portait un poulet mort et se dirigeait vers le four banal du village. De l'autre côté de la rue, un mendiant, ivre comme une grive, agenouillé sur des planches, était appuyé contre un mur, à moitié endormi, bouche baveuse et nez morveux. La chaussée était rude, remplie de boue et d'ordures. Par-dessus son épaule, Kathryn jeta un coup d'œil aux villageois et trébucha. Colum la retint et lui sourit avec nonchalance. Elle sentit une colère soudaine l'envahir. Elle n'aurait pas dû être là ! Elle n'avait pas envie d'y être ! Elle devrait se trouver à Ottemelle Lane avec Thomasina à préparer du pain frais. Elle devrait vaquer dans son jardin de simples, Wulf sautillant dans l'herbe, ou encore dans son apothicairerie avec Agnes coupant et broyant différentes herbes. Elle regarda Saint-Swithun qui se dressait au bout de la rue avec son portail à quatre pignons et, à l'arrière-plan, son clocher et sa nef qui s'élançaient vers le ciel sombre ; la pierre jaunâtre de l'église et son toit d'ardoise rouge la faisaient ressembler à un bâtiment vu en rêve.

— Il y a eu meurtre, n'est-ce pas ?

Kathryn se retourna brusquement.

Le prêcheur se tenait là. Il avait tout d'une corneille. Non, corrigea la jeune femme, plutôt d'un corbeau, traits aigus et yeux malins. Il la contemplait avec amusement. Sans la quitter du regard, il passa ses doigts crochus dans ses cheveux et sa barbe hirsutes comme pour se rendre présentable. Elle remarqua que son teint était hâlé par le soleil et que l'ourlet de sa bure noire était incrusté de fine poussière blanche. La façon dont il ne cessait de la dévisager lui déplut.

— *Êtes-vous fatigué ?* dit-elle en français. *Vous êtes un étranger ici ?*

— *En effet, Madame.*

L'homme ferma les yeux en constatant son erreur, puis les rouvrit et eut un large sourire. Il s'apprêtait à faire demi-tour quand Kathryn lui prit le bras. Il leva son gourdin mais l'abaissa lorsque Colum tira à moitié son épée.

— Vous êtes observatrice, Madame.

— Votre figure est tannée par le soleil, expliqua Kathryn, et j'ai vu du sel et des traces d'eau de mer sur votre habit. Alors, soit vous êtes écervelé et avez pataugé dans l'écume, soit vous étiez il y a peu à bord d'un navire fouetté par les embruns. Je vous ai posé une question en français : Êtes-vous fatigué ? Êtes-vous étranger ici ? Et vous avez répondu sans hésiter dans la même langue.

— Comme je le disais, vous êtes fort perspicace, Madame.

— Je me demandais seulement pourquoi un sermonnaire, qui peut venir de France en traversant la Manche, se rendrait dans un village comme Walmer. Et c'est vrai, il y a eu meurtre. Connaissiez-vous la victime, Adam l'apothicaire ?

— Je lui ai parlé de son âme immortelle, soupira le prêcheur.

Kathryn lui serra le bras plus fort.

— Eh bien, c'est à présent l'affaire de Dieu. Pourquoi vous trouvez-vous à Walmer ?

— Pour sauver des âmes ! se justifia-t-il.

Il se dégagea avec douceur, cligna de l'œil à l'adresse de Colum et s'éloigna nonchalamment.

Kathryn et Colum, suivis de leur petite escorte composée du père Clement, Amabilia, Simon, Walter,

Benedict, Ursula et Roger le médecin, empruntèrent la grand-rue et passèrent devant des maisons aux portes ouvertes. Des enfants et des chiens couraient de-ci, de-là ; le claquement des rouets s'élevait de toutes parts. Des vieillards perchés sur des tabourets prenaient le soleil ; l'air fraîchissant, ils avaient, pour se réchauffer, posé les pieds sur des chaufferettes de bois renfermant un pot de charbon ardent. L'odeur du pain qu'on cuisait et de la viande salée qui rôtissait se mêlait à la puanteur des légumes fermentés, du bois humide et des détritus qui formaient un haut tas au milieu du passage. Chats miaulants et corneilles imprudentes s'y battaient sans merci. Kathryn avançait comme dans un rêve. Ces gens voyaient en elle une étrangère, une intruse. Il devait à présent être notoire qu'il y avait eu des assassinats et que le seigneur du manoir avait chargé ces inconnus de fourrer leur nez partout.

Au coin de Carter Lane, Walter s'arrêta pour se consulter, ainsi qu'il l'expliqua avec fatuité, avec ses baillis qui se préparaient à pilorier une rangée de vagabonds et de coquins dont les gémissements fendaient le cœur. La vue de deux femmes furieuses aux joues rubicondes, qu'on avait surprises à racoler et qu'on allait coucher sur une barrique pour les passer par les verges, accentua le désarroi de Kathryn.

— Maître Walter, dit-elle en saisissant le bras du sergent, Maître Murtagh et moi venons de nous marier et sommes les hôtes d'honneur de Lord Henry.

Elle montra la file des malheureux en haillons.

— Ne pourriez-vous leur accorder le pardon ? Leur faire grâce ?

— La loi est la loi, Maîtresse, répondit Walter en se rengorgeant comme un pigeon. Il faut que justice soit faite et que cela se sache.

Colum ouvrit son escarcelle et fourra un carré de vélin couleur crème portant des sceaux verts et rouges entre les doigts grassouillets de l'officier.

— Lisez ceci ! Allez !

L'homme déplia le parchemin et se mit à le déchiffrer en bougeant lentement les lèvres.

— Il est spécifié à tous les coroners, baillis et officiers de la Couronne, que ce que le porteur de ce document a fait, il l'a fait pour le bien du roi et celui du royaume, expliqua Colum.

Il s'interrompit.

— Et si vous ne pouvez le lire, sachez qu'il est signé « Edwardus Rex » et porte la marque de son anneau sigillaire personnel et de celui du chancelier. Et maintenant, ajouta Murtagh en haussant la voix, je déclare que ce jour, jour de la Saint-Michel, est jour de fête, une espèce de jubilé ! Sergent, libérez les prisonniers !

La lèvre inférieure de Walter trembla, tandis que les captifs lançaient des cris de joie devant leur bonne fortune. Il fit un pas en avant, les pouces passés sous le ceinturon de cuir bouclé autour de sa panse. Colum porta la main à sa dague. Walter s'empressa de battre en retraite.

— Libérez-les ! beugla le sergent. Et à présent, Messire, par ici, dit-il en claquant des doigts à l'intention de Colum.

Avec le père Clement murmurant des louanges sur la charité de Colum et les éloquentes exclamations d'Amabilia – « Loué soit le Seigneur et qu'Il nous accorde Sa miséricorde » –, Kathryn et Colum suivirent Walter qui descendait Carter Lane en se dandinant. C'était une large rue bordée d'éventaires qui proposaient des tissus et des objets en cuir. La plupart des étals étaient clos et gardés par des apprentis. Les fils et filles des propriétaires s'étaient rendus dans les cabarets, les auberges ou l'une des grandes tavernes – *le Cygne d'argent, le Sanglier bleu* – les plus proches pour boire une chope de bière et se restaurer. Ils parvinrent enfin dans la cour d'Elias. Le portail était verrouillé et recouvert des sceaux apposés par le sergent. Soufflant et haletant, ce dernier les rompit, souleva la barre et les conduisit dans la cour pavée, vaste espace au milieu duquel on avait creusé une fosse destinée à l'écoulement des ordures. L'endroit exhalait le crin brûlé, le charbon et les lourds effluves du crottin de cheval. L'atelier lui-même consistait en un grand appentis ouvert situé derrière la maison : enclumes, marteaux, tenailles et clous recourbés y étaient dispersés. La porte de la forge était ouverte, et des cendres grises avaient voltigé et s'étaient répandues sur une paire d'énormes soufflets. Aux poteaux étaient accrochés des licous et des colliers pour les chevaux. Kathryn, oublieuse de ses compagnons, examina la forge poussiéreuse. On aurait dit qu'elle symbolisait ces lieux déserts et hantés. Elle frissonna en se remémorant les mots du prêtre lors du mercredi des Cendres : « *Souviens-toi que tu es poussière et que tu retourneras à la poussière.* » Elle se sentait pleine de vie et comblée par l'amour qui existait entre Colum et elle : confiante, elle était en paix avec elle-même et ceux qui l'entouraient, pourtant cette cour vide était un puissant rappel de la précarité de la vie.

— Kathryn ?

Elle tapota le bras de son mari et se dirigea vers le tonneau brisé. Les douves étaient éparses et la cuve de cuivre qu'il avait contenue était renversée. S'emparant d'un bâton, elle la retourna et renifla le bord avec attention. Elle n'avait plus d'odeur. Elle soupira et entra dans la forge. Un pichet gisait près d'un tabouret. Elle le prit par l'anse et le huma aussi : une odeur désagréable de vieille graisse brûlée dans un poêlon la fit reculer. Elle jeta un coup d'œil derrière elle. Les autres, attroupés près du portail, bavardaient entre eux. Colum, las de leur compagnie, admirait un fer à cheval et en suivait la courbe du doigt. La cuve de cuivre luisait dans la faible lumière, fanal rappelant à la jeune femme les terribles actes commis en ces lieux. La veille au soir encore, cette même cuve était dans son tonneau près du portail, un grillage posé dessus pour filtrer crasse et poussière et ne collecter que l'eau de pluie la plus pure, aussi fraîche que si elle provenait d'une source. La porte était ouverte ; les gens allaient et venaient. Au crépuscule, l'assassin n'avait eu aucun mal à se faufiler céans et à verser la poudre empoisonnée dans le tonneau. Elle imaginait fort bien le maréchal-ferrant réclamant son pichet à grands cris : deux chopes, et son âme avait été précipitée dans les ténèbres.

Kathryn embrassa derechef l'endroit du regard, reposa le pichet et s'approcha de la porte de derrière, scellée par des gouttes de cire blanche salie qui portaient le cachet du sergent. Elle rompit les sceaux et poussa l'huis. Dans la cuisine humide, froide et sombre, les volets de la fenêtre étaient tirés. Alors qu'elle les ouvrait, un bruit dans son dos la fit se retourner soudain. Elle retint son souffle. Deux rats gris qui farfouillaient dans les reliefs laissés sur la table détalèrent vers le bord ; l'un se dressa sur ses pattes postérieures et flaira l'air de son museau pointu. Kathryn saisit une coupe d'étain et la lança sur l'animal qui décampa. Elle entendit de violents grattements à la porte de la cuisine et se précipita pour l'ouvrir : un grand matou au pelage noir s'engouffra dans la pièce et se jeta dans la poursuite éperdue des rats, passant comme un éclair – véritable ombre de la mort – par l'huis entrouvert de la resserre. Du vacarme, un couinement aigu, et le chat revint en bondissant, un gros rat se balançant dans sa gueule. Le matou s'esquiva par la porte entrebâillée au moment précis où le sergent et les autres faisaient irruption. Walter était sur le point de protester, aussi la jeune femme pria-t-elle Colum de les reconduire tous dehors. L'Irlandais ferma la porte et Kathryn fit sans se presser le tour de la salle.

Le morceau de bœuf abandonné sur la table avait été grignoté par les rats et des mouches bourdonnaient autour. Elle remarqua un candélabre d'argent à trois branches ainsi que de jolis plats et gobelets d'étain. Au sol gisait la coupe, encore chargée d'une désagréable odeur douce-amère, où avait bu Isabella. Kathryn examina le tonnelet de vin qui reposait, massif et sinistre, sur son tréteau de bois. Le fausset attendait d'être tourné. Elle s'accroupit et manipula le grossier robinet de bois. Le vin jaillit en éclaboussant le sol. Elle prit un gobelet d'étain, le remplit et le porta à son nez. Bien que le bordeaux fût généreux et fort, elle perçut une exhalaison douce-amère d'amande. La malheureuse Isabella, éperdue, abattue et choquée par le brutal trépas de son mari, n'avait pas dû comprendre ce qui se passait. Elle s'était servi du vin et avait bu sa propre mort à longs traits. Kathryn se redressa et se demanda comment et pourquoi le vin avait été empoisonné.

— Kathryn, Kathryn, tout va bien ?

Colum, la main sur le pommeau de son épée, se tenait sur le seuil. Il sourit d'un air penaud.

— Les membres du conseil paroissial commencent à s'inquiéter et à avoir faim.

— Dieu aussi, lui répondit-elle avec un léger sourire. Il a faim de justice. Il veut que ces sanglants mystères soient résolus et que les victimes soient vengées.

Elle lui fit un clin d'œil.

— De grâce, demandez-leur d'attendre un peu. Le jeûne leur sera salutaire, au corps et à l'âme.

Elle reprit l'examen du tonnelet. Elle distingua les lettres marquées au fer rouge qui attestaient qu'il provenait des vignobles du château de Mauléon, à la frontière de la Gascogne. Elle ne découvrit rien d'autre. Alors, où le liquide avait-il été empoisonné ? Ici, dans la maison, ou ailleurs ? Kathryn savait qu'on pouvait ouvrir et refermer la bonde d'un tonneau ; c'était une duperie bien connue des négociants qui voulaient couper le vin d'eau afin d'accroître leurs profits. Comment, et pourquoi, Isabella avait-elle choisi ce tonnelet-là pour ce jour spécial ? Kathryn laissa le vin s'écouler sur le sol. Il valait mieux que le récipient soit vidé et ensuite brûlé. C'est ce qu'elle dirait à Walter le sergent.

Elle quitta la cuisine. Dans le couloir elle trouva une porte branlante qui menait à la cave. Elle s'ouvrit en grinçant sur ses gonds de cuir. La jeune femme revint sur ses pas, alluma un lumignon et descendit avec prudence les marches raides en agrippant la grosse corde chevillée au mur. L'endroit empestait : quand elle parvint en bas, un léger bruissement l'alarma. Elle leva sa grosse chandelle et étouffa un cri. Sur le sol, au pied de l'escalier, Elias et sa femme avaient déposé une planche de bois couverte d'une épaisse couche de glu, système banal pour attraper rongeurs et blattes, après quoi on l'ôtait et on la brûlait. Sur la planchette se trouvaient des cadavres de vermine : des cafards, un rat et quelques souris dont l'une, encore vivante, s'agitait faiblement. Kathryn d'un coup de pied envoya le piège au loin et s'avança. Le plafond était bas. Elle se courba un peu et, lumignon levé, regarda autour d'elle.

— Un endroit hanté ! murmura-t-elle en s'efforçant d'ignorer l'horrible bruissement.

La répugnante odeur la gênait. Elle se couvrit le nez et la bouche et regretta de ne pas avoir de pomander. Elle respira profondément pour tenter de dissiper son envie de vomir. En sentant la crème parfumée dont elle s'était oint les mains le matin, elle se détendit. Elle devait se concentrer sur cette cave, un simple carré aux murs chaulés et sales. Dans un coin étaient empilés de vieux outils, des meubles abîmés et une barrique de bière déjà mise en perce dont le robinet gouttait un peu. À côté se trouvait un amas de vêtements usagés, de jarres fendues, de pots et de poêlons hors d'usage. Kathryn découvrit un bâton et fouilla dans les ordures. Elle finit par mettre au jour la réserve de vin mais il n'y avait qu'un tas de jarres scellées provenant de chez un marchand – elle ne vit pas d'autre tonneau.

Elle fut heureuse de sortir de la cave et de continuer ses recherches dans les autres parties du logis. Il était confortable, cependant elle releva un manque de soin, une absence de chaleur. Les sols dallés étaient crasseux et la jonchée point trop propre. Si la pièce principale était bien meublée, les chandelles n'étaient pas taillées et l'air empestait l'huile de lampe bon marché. Les tentures, de mauvaise qualité, étaient un peu mangées aux mites. Au fond, Kathryn découvrit une porte étroite qui ouvrait sur une petite alcôve carrée renfermant une table tachée, une chaire à haut dossier et un tabouret. Chambre étriquée éclairée par une meurtrière percée haut dans le mur, elle avait dû servir de cabinet de travail. Il y avait quelques manuscrits mais aucun livre. Kathryn fouilla parmi les parchemins graisseux et mit la main sur un registre à la tranche jaune et relié en veau dans lequel Elias notait ses comptes. Elle le déposa hors de la salle afin de l'étudier plus tard et se dirigea vers l'escalier d'angle qui menait aux chambres à l'étage. L'une d'elles était tout à fait vide, l'autre était garnie de deux châlits, de sellettes, d'une table et d'un crucifix cassé fixé au mur par quelques chevilles de bois. Kathryn devina que ce devait être là que dormaient la servante et l'apprenti. Il n'y avait nul objet personnel. La jeune femme se souvint que Lord Henry avait promis de prendre en charge les deux enfants et de les placer dans ses cuisines.

La chambre des maîtres était plus confortable, avec son lit à quatre montants rehaussé de courtines bleu et or. Un triptyque, au mur, montrait des scènes de la vie de saint Dunstan, patron des forgerons. Une grande armoire pleine de vêtements se dressait près d'un coffre recelant des biens personnels, breloques et bijoux. Kathryn en explora le contenu, et ne trouva rien d'anormal. Elle tira les volets et jeta un coup d'œil à travers la fenêtre à épaisse plombure. La rue était déserte, les gens profitant encore de leur repos de la mi-journée après l'activité frénétique du matin. Un enfant poursuivait un chien ; un vieillard chancelant sur sa canne traversa en tirant sur la laisse de deux belettes apprivoisées plus disposées, semblait-il, à se battre qu'à suivre leur maître.

Kathryn se détourna et regarda autour d'elle. La courtepointe du lit était en laine peignée bleu et or. Une robe fauve à jupon blanc était jetée à côté. Isabella était-elle sur le point de se changer en cette fatale soirée ? Kathryn alla jusqu'au lavarium. La cuvette était vide ; le broc rempli d'eau souillée à présent de poussière et de saletés. Au bord de la cuvette se trouvaient deux linges blancs pliés avec soin et un morceau de précieux savon de Castille. Elle le prit et le huma, se délectant du riche et doux parfum. Puis elle le reposa et s'essuya les doigts sur un linge. Il était évident qu'Isabella avait eu l'intention de faire ses ablutions et de se changer, mais pourquoi ? Pour célébrer la Saint-Michel ? Kathryn se rappela la cuisine et, dans sa lèchefrite, la petite côte de bœuf grignotée par les rats sur la table. Oui, c'était bien une sorte de fête, mais y avait-il un rapport entre la Saint-Michel et la guilde des forgerons ?

Elle s'assit au bord du lit. Elle avait l'impression que les fantômes des deux malheureuses victimes étaient tout près, peu disposés à quitter les lieux. Elle ferma les yeux et chuchota le Requiem. Ce qu'elle avait perçu ici, c'était de la tristesse, celle de deux âmes dont la vie avait été déchirée par la suspicion, le courroux et la rancune. Elias était sans nul doute un bon maréchal-ferrant, un habile artisan, cependant mis à part les habits de son épouse et la cassette de bijoux que Kathryn avait trouvée dans le grand coffre, la demeure semblait peu prospère. Elias avait-il bu ses gains et, généreux par accès, avait-il essayé d'apaiser sa femme par de coûteux présents, des robes, des bliauds, des babioles et du savon de Castille ? La jeune femme ouvrit les yeux et eut un sourire amer. Elle se remémora son premier mariage avec Alexander Wyville. Il avait été ainsi, agressif et violent, et il essayait ensuite de la calmer avec un affiquet acquis chez un orfèvre. Elle n'en avait gardé aucun. Dès qu'Alexander l'avait quittée pour rejoindre les lancastriens, elle avait tout vendu à un orfèvre local.

Quand elle se releva, elle heurta du talon de sa botte le pot de chambre glissé sous le lit. Elle s'accroupit et l'en sortit. Il était vide et récuré. Kathryn aperçut alors le sac coincé entre le plancher et la couche. Elle le tira par à-coups, prit le petit couteau qu'elle portait dans son escarcelle, coupa la lanière qui le fermait et en vida le contenu sur le sol : un ceinturon avec un étui décoré. Le manche de la dague était en bois poli orné d'étoiles d'argent, le fourreau de l'épée, en riche cuir renforcé de clous d'or sur le bord. Quant à l'épée, elle avait un pommeau d'argent. Kathryn la tira et poussa un cri de surprise devant la lame étincelante, qui prit des reflets bleus quand elle la tourna vers la lumière. Elle avait vu assez d'armes dans l'armurerie de Kingsmead pour reconnaître l'ouvrage d'un artisan de Tolède ou de Milan. Elle la rengaina et examina le ceinturon. Comment se faisait-il qu'Elias, un forgeron, détienne quelque chose de si précieux, propriété, en général, d'un chevalier ou de l'écuyer d'une maison seigneuriale ? Elle ramassa la ceinture et sa curiosité s'accrut. Elle portait une devise héraldique aux couleurs vives représentant un faucon d'or sur fond d'argent au-dessus d'une herse rouge traversée d'une barre noire de bâtardise. Kathryn reconnut les armes d'un chef lancastrien, le Bâtard de Faucomberg, qui avait tenté de défendre Londres contre Édouard d'York mais avait perdu et la cité et la vie.

Elle fouilla dans le sac et y découvrit une chemise de bonne toile un peu déchirée et effilochée. Elias et sa femme n'avaient pas réussi à faire disparaître les taches de sang. Kathryn se remémora l'histoire que lui avait narrée Colum des fugitifs lancastriens taillés en pièces à Walmer. Ce ceinturon avait-il appartenu à l'un d'entre eux ? Elle remit les différents objets dans le sac, descendit l'escalier, prit le registre et rejoignit les autres qui l'attendaient, maussades, dans la cour pavée.

Remarquant ce qu'elle tenait, Walter ouvrit la bouche pour protester puis changea d'avis, maugréa à haute voix et se détourna.

— Qu'est-ce ? s'enquit Colum en s'approchant.

La jeune femme se hissa sur la pointe des pieds et l'embrassa sur les lèvres.

— Les fantômes se rassemblent, Colum, murmura-t-elle, le sang répandu crie vengeance ! Dieu commence à intervenir.

CHAPITRE IV

> « Ce monde n'est qu'un passage, plein de peines,
> et nous sommes des pèlerins qui vont et viennent. »
>
> Chaucer, « Le conte du Chevalier », *Les Contes de Cantorbéry*

Kathryn mit le registre dans le sac qu'elle tendit à Murtagh.

— Voulez-vous le garder un instant ? lui demanda-t-elle. J'aimerais vous dire un mot, déclara-t-elle à l'intention de la petite troupe qui se rassembla autour d'elle.

Grand-mère Croul arriva de l'autre côté de la cour où elle se tenait seule. Kathryn scruta les visages de ses interlocuteurs : la vieille femme avec ses yeux intelligents, l'aimable père Clement, Amabilia, son sourire disparu, Roger le médecin, efflanqué et revêche, qui jouait avec l'anneau qu'il portait au doigt, Benedict et Ursula, côte à côte. Le tabellion était blême et avait les yeux larmoyants. Ursula avait quelque peu perdu de son arrogance : ce lieu de mort paraissait l'avoir vidée de son énergie. Walter le sergent – figure rubiconde et bulbeuse, petits yeux porcins, cheveux gras hérissés en pointes noires – continuait à se rengorger comme un coq. Toujours mortifié par la contestation de son autorité, il lançait des regards torves et flamboyants alentour et semblait réclamer de l'aide contre ces intrus. Il ne manquait que Simon le bedeau. Kathryn allait prendre la parole quand la cloche de l'église se mit à sonner.

— Le sacristain a déposé les corps devant l'autel, dit le prêtre. Le temps du deuil a commencé.

— Faut-il que nous restions céans, Maîtresse Swinbrooke ? questionna Amabilia.

— J'aimerais vous rencontrer tous quelque part où le carillon assourdissant de cette cloche ne couvrira pas la conversation, répondit Kathryn.

Elle haussa les épaules.

— Peut-être n'est-ce ni le moment ni l'endroit.

— Nous devrions apaiser notre faim, proposa Amabilia. J'ai préparé un ragoût que nous pourrions manger au réfectoire.

Tous, y compris Kathryn, accueillirent ses paroles par des murmures approbateurs et ils quittèrent la cour. La rue était à nouveau animée : les pauvres s'assemblaient autour des étals improvisés et clinquants où on vendait des habits de seconde main. Plus loin, les bouchers récuraient leurs bancs, vidaient des seaux d'eau bouillante sur les planches de bois, enlevaient les déchets pendant que leurs aides tenaient à distance les chiens qui jappaient et les miséreux en haillons avides de rogatons gratuits. La rue se faisait plus étroite et le prêcheur, robe noire battant au vent, sortant comme un spectre d'une ruelle, leur coupa la route. Il ne prit même pas la peine de s'arrêter, de se retourner ou de leur adresser un signe de reconnaissance ; il poursuivit son chemin sans ralentir, un quignon de pain dans une main, un morceau de viande grillée dans l'autre. Kathryn le regarda disparaître dans l'ombre d'une venelle. Elle remarqua que son gourdin était passé dans la corde qui ceignait sa taille à la manière de l'épée d'un soldat.

Le père Clement ne voulait pas s'attarder. Ils parvinrent à un terrain communal qui s'étendait jusqu'au haut mur de brique du cimetière. Au centre s'élançait l'énorme portail à quatre pignons. Kathryn et Colum suivirent le prêtre dans le cimetière, vaste enclos d'herbe haute et verte, de buissons, de fleurs sauvages, à l'ombre fraîche de vieux ifs noueux. Les tombes étaient bien entretenues. Quelques-unes n'avaient qu'une simple croix de bois érodée par le temps, d'autres des pierres gravées. La jeune femme fut frappée par leur propreté – ni mousse ni lichen. Il en allait de même dans sa vieille paroisse de Sainte-Mildred à Cantorbéry. Seul le chant d'un oiseau ou la stridulation des sauterelles rompait le profond silence. Le doux parfum des fleurs – alchémilles et pois de senteur – flottait dans l'air comme une brume odorante.

— L'arpent du bon Dieu, murmura le père Clement. J'essaie de faire respecter la loi canon. J'insiste sur la sainteté du lieu et n'y autorise que certaines célébrations. Goûter la bière de l'église, par exemple, prier ou processionner pendant les rogations. N'ai-je pas raison, Maîtresse Swinbrooke ?

Kathryn acquiesça. Ils lui emboîtèrent le pas dans l'allée gravillonnée. Du coin de l'œil, Kathryn aperçut un jouvenceau et son amie qui, surgissant soudain de l'herbe haute, quittaient en rampant leur nid d'amour pour se diriger vers l'enceinte.

— Maître Ralph, Maîtresse Alison, je vous ai vus ! cria le père Clement. Vous n'êtes point ici dans la grand-salle d'une taverne.

Les jeunes gens se précipitèrent vers le mur qu'ils s'empressèrent d'escalader. Des rires saluèrent ce spectacle et la réflexion du prêtre.

— C'est la même chose dans tous les cimetières, n'est-ce pas ? commenta le père Clement en souriant à

Kathryn. Moult gens se couchent céans, mais tous ne sont pas morts !

Cette saillie dénuée de malice fit sourire la jeune femme. Elle lui rappela celle du père Cuthbert, son confesseur, à l'hospice des Prêtres Indigents : « Davantage d'enfants sont conçus parmi les morts que parmi les vivants. »

Ils passèrent devant l'église à la nef impressionnante, au toit d'ardoise noire et aux fenêtres, soit à nervures soit ajourées, garnies de vitraux. Le curé expliqua qu'on avait utilisé du grès de bonne qualité pour obtenir une douce nuance dorée. Le clocher, à présent silencieux, avait été ajouté tardivement à l'édifice, tout comme le grand portail du porche, au-dessus duquel un maçon avait sculpté un tympan terrifiant montrant le Christ au Jugement dernier. Sur sa droite, des anges brandissaient des épées de feu et, sur sa gauche, des scorpions, dragons et démons à tête de singe symbolisaient la puissance de l'Enfer.

— Un terrible avertissement, commenta le père Clement, mais venez voir, Maîtresse Swinbrooke.

Il l'entraîna vers la porte et lui désigna les gargouilles de pierre. Leurs yeux exorbités, leurs nez en forme de groin et leurs bouches ricanantes leur donnaient l'air diabolique, bien qu'elles soient pourtant toutes deux coiffées de mitres d'évêque.

Kathryn traduisit l'inscription gravée au-dessous de chacune : « Puissent ses jours être courts et son épiscopat revenir à un autre. »

— Curieuse épigraphe pour une église ! remarqua-t-elle.

— Saint-Swithun a été construite aux temps troublés du roi Jean, raconta le père Clement. Le seigneur de la contrée, qui possédait le droit d'attribuer les bénéfices, ne les accordait qu'aux prêtres hostiles à l'évêque de la région.

— Lord Henry détient-il encore ce droit ? Est-ce lui qui désigne les curés de la paroisse ?

— Oui, répondit le père Clement en la regardant de près. Mais, pendant les récents bouleversements, le seigneur local a été si souvent changé, les Lancastre choisissant celui-ci et les York celui-là, que c'est tombé en désuétude.

Il fit une grimace puis sourit, et Kathryn nota qu'il avait des dents très blanches et une haleine agréable.

— Lord Henry a sur-le-champ confirmé ma nomination à vie. Il n'en était que trop content. Vous comprenez, ajouta-t-il bien vite en s'approchant pour que nul ne puisse l'entendre, je bâtis un tombeau dans la crypte pour son épouse, Lady Mary.

— Vous êtes maçon ? demanda Colum.

— Tailleur de pierre, Messire, murmura le prêtre sans tenir compte de l'exclamation du sergent qui clamait qu'il mourait de faim. J'étais en effet tailleur de pierre, et bon artisan, membre de la guilde de Douvres.

Il se redressa.

— C'était avant que je comprenne que le Seigneur m'appelait à être un bâtisseur d'une autre sorte, pour ériger son Église d'une façon plus spirituelle. Je me suis rendu à Cantorbéry et l'archevêque Bourchier m'a accepté dans les saints ordres.

— Ah, Bourchier ! releva Kathryn, taquine. Sa Grâce a maintenant quatre-vingts ans passés. Il a l'air d'être vieux depuis si longtemps !

— Eh bien, c'est lui qui m'a ordonné, précisa le père Clement. Il m'a nommé à Hardlestone, puis, depuis seize ans, à Walmer. Pourtant les habitudes ont la vie dure. J'aime le contact de la pierre, j'aime la tailler. Venez, faisons le tour de l'église.

Il les précéda et s'arrêta près de l'étroite porte des morts. Il signala que la chapelle du côté ouest était une addition plus tardive due à un autre seigneur et qu'il s'était occupé du briquetage. Ils longèrent l'église. Derrière, entouré d'arbres, se dressait le presbytère, maison à un étage flanquée d'ailes qui enserraient une cour dallée. Les bâtiments coiffés d'ardoise noire possédaient des fenêtres rondes, certaines garnies de verre, d'autres de panneaux de toile tendue. Le père Clement expliqua qu'une des ailes servait d'écurie et d'appentis, l'autre d'atelier. Il proposa à ses compagnons de suivre Amabilia dans la maison – offre qu'il n'eut pas à réitérer – pendant qu'il emmenait Kathryn et Colum dans ce qu'il nomma sa demeure de pierre, une longue construction basse aux courtes poutres entrecroisées. Au centre se trouvait un grand établi encombré d'outils, de haches, de ciseaux, de fils à plomb, de compas, et, tout autour, des blocs de pierre, du grès d'excellente qualité, et des auges portant des instructions lisibles peintes sur leur flanc : deux mesures de sable et une de chaux.

— On vous livre les pierres ? interrogea Colum.

— En effet ; les fardiers chargés sont derrière. Lord Henry est un protecteur généreux. Il m'a dit qu'il ferait venir de la pierre de l'Oxfordshire et de Portland, dans le Sud-Ouest, ainsi que les meilleurs moellons proposés sur le marché.

Il les fit sortir. Kathryn, en trébuchant sur le seuil, bouscula le couvercle d'un bidon à lait. Elle s'arrêta, le ramassa et allait le remettre en place quand elle remarqua l'odeur presque rance. Non seulement le lait avait tourné mais il commençait à sécher. Le père Clement présenta ses excuses et lui prit le couvercle des mains en se justifiant ; à cause des événements, on avait négligé les tâches domestiques. Néanmoins, ajouta-t-il, prolixe, le repas préparé par Amabilia serait sans nul doute délicieux.

— La toilette des corps a été faite, déclara Simon le bedeau en traversant la cour d'un pas décidé. Mais Dieu seul sait où sont les âmes !

Il serrait une chope. C'était, de toute évidence, un ivrogne, mais pas un écervelé, ce que dénotaient ses yeux bleu acier et ses traits résolus.

Sur le seuil, Amabilia les appelait à grands signes.

— Venez vite, tout est prêt.

Kathryn et Colum la rejoignirent tandis que Simon entraînait le prêtre à l'écart pour lui glisser quelques mots à l'oreille.

— Qu'y a-t-il dans ce sac ? s'enquit Murtagh.

— Vous verrez, répondit sa femme avec un clin d'œil. Je crois que nous allons découvrir maints secrets, Colum. Nos bons paroissiens ont beaucoup à cacher.

Ils entrèrent dans le presbytère. Il était confortable et accueillant : il n'y avait pas de jonchée ; le dallage était récuré et des pots d'herbes aromatiques disposés dans les coins. C'était, à l'origine, une grande pièce qu'on avait divisée. Par une porte entrebâillée, sur sa droite, Kathryn aperçut des chaires et des tabourets garnis de coussins. Le réfectoire, longue salle qui donnait sur la cuisine, se trouvait à gauche. Au fond, la cheminée était à présent dissimulée derrière un écran décoré. Au-dessus des lambris, de part et d'autre de l'âtre, on avait accroché des tableaux, des tapisseries et des tentures. La longue table sur tréteaux avait été frottée. Amabilia y avait disposé des plats, des cuillères en corne et des chopes d'étain. Le dîner qu'elle servit – des morceaux de bœuf épicé accompagnés d'écuelles de légumes – était savoureux et elle annonça avec fierté qu'elle brassait elle-même la bière. Le pain était un peu rassis mais Kathryn se sustenta avec appétit tout en regardant les autres convives se remplir la panse. Colum et elle encadraient le père Clement, Amabilia était assise près d'elle et les autres invités s'étaient installés tout autour de la table. Ils dévorèrent comme s'ils mouraient de faim. Le sergent enfournait sa nourriture et relevait parfois la tête pour lui lancer des regards torves. Simon le bedeau buvait plus qu'il ne mangeait. Benedict et Ursula commencèrent par picorer comme à contrecœur puis finirent par se repaître en bavardant entre eux. Grand-mère Croul et le médecin gardèrent le silence pendant tout le repas. À la fin, Amabilia, aidée par Kathryn, desservit. Puis elle apporta une tarte aux poires et un doux vin blanc du Rhin. Ensuite Kathryn plongea ses doigts dans un bol d'eau et s'essuya les mains et les lèvres.

— Je dois vous poser quelques questions, déclara-t-elle en reposant le linge et en soulevant le sac de cuir.

Elle repoussa son bol et renversa le sac sur la table, sans tenir compte des exclamations de surprise. Colum se leva et prit le ceinturon qu'il boucla autour de sa taille. Il tira l'épée et la leva vers la lumière, ce qui plongea les paroissiens dans la consternation.

— Voici ce que j'ai trouvé dans la chambre d'Elias, expliqua Kathryn. Pourquoi possédait-il une arme de cette valeur ? Pourquoi un forgeron détenait-il quelque chose qui a dû appartenir à l'un des principaux écuyers du Bâtard de Faucomberg ?

— Vous le savez bien, répliqua Roger.

La jeune femme l'avait estimé taciturne et plutôt sournois, mais à présent, la panse pleine de bière et de bonne chère, Roger semblait décidé à laisser libre cours à la contrariété qu'il éprouvait devant les événements.

— Vous nous avez fait danser toute la matinée, Maîtresse Swinbrooke !

— Que nenni ! rétorqua-t-elle d'une voix coupante. Trois personnes ont été vilement tuées !

— Et qu'est-ce qui vous permet de croire que nous pourrions savoir quelque chose là-dessus ? dit Ursula.

— Parce que vous êtes tous membres du conseil paroissial. Je suis certaine que vous avez constaté que les trois victimes l'étaient aussi. Vous faites autorité dans le village. Vous n'ignorez rien d'Elias, d'Isabella, ni d'Adam l'apothicaire. Au nom de votre allégeance à la Couronne, sans parler de votre loyauté envers Dieu, si vous avez des renseignements qui pourraient aider à résoudre ces mystères, vous êtes tenus de par la loi de les révéler. Je vais donc vous interroger. Je peux mettre en doute les réponses, mais j'aimerais les ouïr de votre bouche.

Roger se leva à moitié en lançant, par-dessus la table, un regard furieux à Kathryn.

— Alors je répondrai. La guerre est terminée depuis un an. Nous sommes des villageois, des gens de peu. Nous vaquons à nos affaires pendant que les puissants, bannières au vent, font la guerre et se disputent la Couronne, des biens, des terres et des domaines. Walmer était un bastion lancastrien, non parce que nous le voulions mais parce que les seigneurs en avaient ainsi décidé. Édouard d'York se vengea. Il détruisit la maison de Lancastre à Barnet et à Tewkesbury et tous les ennemis qui échappèrent à la mort ou à la captivité durent s'enfuir. Les trois qui parvinrent jusqu'ici représentaient un danger pour nous ; nous avons proclamé notre fidélité à la Couronne et les avons pourchassés.

— Nous ? releva Murtagh.

— Nous participions tous à la tuerie !

— Pas moi ! cria grand-mère Croul.

— Ni moi, intervint le père Clement d'un ton sec. Pas plus que ma sœur !

— Asseyez-vous, physicien, ordonna Colum. Je connais les soldats, de même que les médecins. Avez-vous lu Chaucer ? « Personne de par le monde ne l'égalait. »

— Vous vous intéressez aux contes ? s'enquit le prêtre.

— Je trouve Chaucer amusant et instructif, expliqua Murtagh. Je connais maints de ses vers par cœur. Mais nous ne sommes point céans pour parler de poésie, n'est-ce pas, Maître physicien ? Que s'est-il passé quand ces trois lancastriens sont arrivés ici ?

Le silence accueillit sa question.

Kathryn désigna Benedict, qui lui faisait face.

— Dites-moi ce qui est arrivé ce jour-là.

— Comme l'a narré Roger – le tabellion se passa la langue sur les dents –, nous, petites gens, nous occupions de nos travaux habituels. Nous avions entendu parler des grandes batailles, l'une au nord et l'autre à l'ouest.

— J'ai reçu des ordres, intervint Walter. Le coroner du Kent a proclamé que tous les lancastriens qui tentaient de fuir le pays devaient être considérés comme des traîtres et être abattus s'ils ne se rendaient pas.

— Maître sergent, peut-être pourriez-vous nous conter l'histoire, suggéra Kathryn.

Walter haussa les épaules.

— Il n'y a pas grand-chose à ajouter, déclara-t-il.

Il ramassa une miette sur la table et se la fourra dans la bouche.

— Trois cavaliers ont surgi à Walmer. Ils ont mis pied à terre et sont entrés dans la taverne pour commander des chopes de bière. Nous avons deviné que c'était des soldats : leurs montures étaient fourbues et ils étaient couverts de boue et de poussière. L'un d'entre eux était blessé au bras gauche.

— Décrivez-les, ordonna Kathryn.

— Il y avait un jeune écuyer, guère plus de vingt printemps, je pense, et deux archers plus âgés, mais l'écuyer semblait être le chef. Il portait une belle demi-armure et un ceinturon à la taille. Comme à l'ordinaire, Elias le maréchal-ferrant étanchait sa soif au *Cygne d'argent.* Il s'est mis à plaisanter et il a levé sa chope : « À Édouard d'York », a-t-il proposé. Les trois hommes se sont contentés de lui jeter un regard froid. « À Monseigneur Édouard d'York », a répété Elias. Le jouvenceau a posé sa chope à grand bruit sur la table, s'est levé et est sorti. Elias et les autres l'ont suivi. Nous étions tous au *Cygne d'argent* à l'exception du père Clement et de grand-mère Croul. Elias, qui était ivre, s'est mis en colère. Il leur a demandé pourquoi ils n'avaient pas voulu boire à la santé du roi. L'écuyer l'a envoyé au diable et lui a dit de s'occuper de ses propres affaires. Elias a ramassé un morceau de bois et a frappé le jeune homme au moment où il allait se mettre en selle. Les deux archers ont tenté de tirer leurs épées. Elias et nous tous les avons encerclés. Je suppose, expliqua Walter en reniflant, que nous avions beaucoup bu. Les trois hommes ne sont pas parvenus à monter sur leurs chevaux, qui se dérobaient. Ils se sont enfuis et nous les avons poursuivis. On a donné l'alarme. Nous avons crié « haro ! haro ! ». L'écuyer semblait savoir où il allait. Il a pris la direction de Mercery Lane, a traversé en courant le terrain communal et est entré dans le cimetière. Il espérait atteindre le sanctuaire. C'est là que nous l'avons rattrapé.

Le sergent était inquiet, à présent. Des gouttes de sueur brillaient sur ses joues couperosées. Il lança un regard autour de lui mais l'assistance gardait la tête basse, mis à part grand-mère Croul qui souriait sous cape. Kathryn avait le sentiment que Walter mentait mais elle voulait entendre sa version de l'histoire pour ce qu'elle valait.

— Nous nous étions munis de gourdins et d'armes de toute sorte, continua le sergent. Les trois lancastriens étaient épuisés et blessés. Adam et Elias ont frappé l'écuyer à coups de marteau et de hache. Il s'est effondré. Les deux archers ont voulu fuir ; nous les avons séparés, abattus et poignardés.

La description de ces faits sanglants ne semblait pas le troubler.

— Puis nous avons dévêtu les dépouilles et les avons déposées au pied de la croix du marché jusqu'à ce que Lord Henry arrive. Ah, ajouta-t-il en montrant Murtagh du doigt, il me semblait bien vous avoir déjà vu : vous faisiez partie de l'escorte de Lord Henry !

— Je m'y trouvais, en effet.

— Et qu'est-il arrivé aux cadavres ? l'interrompit Kathryn.

— Je suis revenu le lendemain matin, répondit le père Clement, manifestement gêné par la violence de ses paroissiens. Lord Henry avait déjà ordonné qu'on les ensevelisse dans le coin des indigents, à l'ouest du cimetière – c'est là que reposent les étrangers et les vagabonds qui meurent soudain et n'ont pas de famille. J'ai béni les tombes…

Sa voix s'éteignit.

— Et personne n'est onc venu réclamer les corps ? Ni les biens de ces hommes ? demanda Kathryn.

— Comme je vous l'ai dit, rétorqua Walter, Elias était notre chef. Il était soûl comme une grive. Quand il était courroucé, il ne faisait pas bon lui chercher querelle. Et Adam ne valait guère mieux.

— Et vous vous êtes servis, n'est-ce pas ? accusa Kathryn. Ce faisant, vous avez violé la loi. Les biens des hommes de cette sorte doivent être remis à un officier de la Couronne.

— Nous pensions, déclara Benedict, avoir occis trois félons.

— Leur avez-vous laissé une chance de se rendre ? interrogea Kathryn. Chaucer ne dit-il pas que nos hommes de loi sont censés être bien renseignés ? Ignorez-vous la loi, Maître Benedict ?

— Mon mari la connaît, rétorqua Ursula. Ces traîtres étaient armés. On les a tués et déshabillés. N'avez-vous jamais pillé un champ de bataille, Maître Murtagh ?

Elle haussa les épaules.

— Trois étrangers, ennemis de la Couronne, ont donc été frappés alors qu'ils tentaient d'échapper à la justice du roi. Quel rapport cela a-t-il avec le trépas d'Adam ou celui d'Elias ?

— Peut-être aucun, répondit Kathryn, ou peut-être y en a-t-il un. Je veux en savoir davantage sur ce village. Lord Henry a reçu des domaines aux alentours et il est le seigneur du manoir.

— En effet, il est le seigneur du manoir, railla le médecin. Nous connaissons tous le célèbre Lord Henry. Il possède viviers, pâturages, bois, terres arables, entre autres biens. Nous lui payons tous son dû.

— C'est un bon maître, précisa, prudent, le tabellion. Oui, c'est un bon maître. Mais nous vous le redemandons : en quoi tout cela concerne-t-il les meurtres d'Adam, d'Elias et de sa femme ?

— Je viens de vous expliquer que je veux en savoir autant que possible sur votre village. Donc ces trois lancastriens, ces félons comme vous les appelez, ont été tués et enterrés dans le coin des indigents. Que s'est-il passé depuis ? Y a-t-il eu quelque événement inattendu ?

— « *Mane, thecel, phares* », murmura le père Clement. N'est-ce pas ce qui est écrit, ma sœur ?

Amabilia, qui se trouvait dans la cuisine depuis le moment où Kathryn avait déversé le contenu du sac sur la table, revint et s'assit. Elle regarda la jeune femme et acquiesça.

— À quoi faites-vous référence, mon père ?

— Il y a un tableau dans l'église, expliqua le prêtre, qui montre le prophète Daniel à la fête d'un roi de Babylone. La main de Dieu apparaît et écrit cet avertissement sur le mur.

— Et ? demanda Colum, qui prit place près de son épouse.

— Ces mêmes mots ont été inscrits sur le sol au seuil de notre église.

Le père Clement, furieux, se mordit les lèvres.

— Il s'agissait donc de quelqu'un qui savait écrire ? s'enquit Kathryn.

— Les lettres étaient malhabiles, intervint Benedict. N'importe qui aurait pu les copier. Dimanche dernier, quand nous sommes entrés dans l'église pour assister à la messe, nous avons découvert ces mots griffonnés par terre : nous ignorons par qui et pourquoi.

— Cela a pu être fait à tout moment, soupira le prêtre.

— J'avais fermé l'église juste avant minuit la veille, précisa Simon le bedeau, et je l'ai rouverte avant l'aube. La lumière y est mauvaise.

Il hocha la tête.

— Je ne l'aurais point remarqué. Vous savez bien qui c'était, mon père !

Kathryn lança un coup d'œil au prêtre.

— Le prêcheur, dit-il en cillant. On l'a vu à l'église samedi soir. Il ne cesse de citer les Évangiles mais, après tout, Satan en est aussi capable et le Diable peut apparaître sous la forme d'un ange de lumière.

Le trouble du père Clement et de sa sœur était manifeste. Le pasteur était blême et Amabilia se tamponnait sans arrêt les yeux.

— Il y a autre chose, n'est-ce pas, mon père ? insista Murtagh. Vous y avez fait allusion auparavant. Quelque chose que vous vouliez nous montrer…

L'assistance fit écho à la question de Colum. Le prêtre se signa, se leva et quitta le réfectoire. Ses hôtes chuchotaient entre eux quand il revint en tenant un morceau de parchemin carré, sombre et graisseux. Il le tendit à Kathryn. Le vélin paraissait avoir été arraché à un volume et était déchiré d'un côté mais vierge à l'exception du texte rédigé à l'encre bleu foncé. L'écriture rappela à Kathryn celle du registre de l'apothicaire. Les mots étaient bien formés : « Qui nous débarrassera de ce fléau de prêtre ? »

Dessous, Kathryn reconnut une citation erronée d'un des prophètes : « Je châtierai d'abord le troupeau, puis le berger. »

— Je l'ai trouvé cloué à la porte du presbytère dimanche matin, murmura le père Clement. Cela explique pourquoi j'étais si courroucé quand j'ai prêché après l'office.

— Qui ? Pourquoi ? questionna Kathryn.

Le bedeau, l'air belliqueux, rompit le silence.

— Je sais de qui il s'agit. Et vous aussi, mon père. Je vous ai dit de ne pas…

— J'ai autorisé le prêcheur à passer la nuit dans le dépositoire samedi, avoua ce dernier. Je lui ai donné une couverture, du vin et de quoi se restaurer. J'essayais de me comporter en bon chrétien. Il avait l'air assez affable et il m'a interrogé sur mes ouailles.

Le prêtre désigna le tabellion.

— Surtout vous, Benedict.

— Un espion ! lança, venimeuse, Ursula alors que son mari rougissait un peu et portait les doigts à sa bouche.

— Si c'était le prêcheur, demanda Colum, où s'est-il procuré parchemin, plume et encre ?

— Chez l'apothicaire, répondit le père Clement en haussant les épaules. Ce matin, Adam a dit qu'il lui avait rendu visite samedi tard dans la soirée. Il a remarqué qu'il avait les doigts plutôt noirs, comme s'il avait manipulé du charbon. Il a prié Adam de lui remettre une plume, un encrier et un morceau de vélin. Adam a accepté, le bonhomme s'est assis dehors sur un socle pour rédiger quelque chose, puis il est parti.

— Oui, c'est bien ça ! s'exclama le bedeau en lançant des sourires triomphants autour de lui. Adam utilisait ce vélin pour envelopper des poudres et, dans l'église, la menace a été rédigée avec du charbon. Bien sûr, pavoisa-t-il, Adam n'a-t-il pas, lors de la réunion du conseil paroissial, fait allusion à la visite du prêcheur ?

Tous acquiescèrent d'un signe de tête.

— On devrait l'arrêter ! proclama le sergent. Pourquoi ne pas en avoir parlé plus tôt, mon père ?

— Nous avons d'abord cru que c'était quelque méchant tour, expliqua Amabilia. Le prêcheur est un étranger, Maître sergent ; ce n'est point un bouc émissaire.

Colum et Kathryn manifestèrent leur accord.

— Il y a eu d'horribles meurtres, releva Colum. Cependant nous ne devons pas accuser sans preuves solides.

Kathryn prit le pichet d'étain et l'appuya contre sa joue brûlante.

— Donc, trois lancastriens, des inconnus, sont occis et enterrés ici. Elias, l'un des meneurs de la bande d'assassins, a pris leurs biens les plus précieux et les a cachés en attendant de pouvoir les revendre. Dimanche dernier, un avertissement recopié d'après l'un des tableaux de l'église est gribouillé sur le sol. Le père Clement est menacé et le prêcheur a un comportement suspect. Venons-en à présent au trépas d'Elias. Avait-il des ennemis ?

— Vous devriez poser la question autrement, ricana Roger. Avait-il des amis ? Pour parler sans fard, Maîtresse Swinbrooke, Elias était grossier, coléreux et n'hésitait pas à se servir de ses poings. Il se montrait violent envers sa femme et ses voisins. Nombreux étaient ceux à Walmer qui souhaitaient sa mort.

— Et Isabella ? s'enquit Kathryn.

— Elle était jolie, intervint Ursula, d'une beauté plantureuse.

— Elle était volage, déclara Roger en un murmure feint. Que Dieu ait pitié de son âme, mais Isabella avait l'œil aguicheur et n'hésitait pas à accorder ses faveurs.

— À vous ?

Le physicien se contenta de s'essuyer les lèvres du dos de la main.

— À un des hommes ici présents ? insista Kathryn.

Benedict baissa les yeux sur la table en mordant ses lèvres sèches.

— Maître Benedict, connaissiez-vous la femme du forgeron ? Je veux dire de façon intime ?

— Comment osez-vous ! piailla Ursula. Comment osez-vous accuser mon époux d'avoir fréquenté une telle dévergondée !

— Elle est morte, intervint le père Clement. Quels qu'aient été ses péchés, puisse Dieu avoir pitié d'elle.

— J'ai juste posé une question à votre mari, dit Kathryn avec calme. Il peut répondre oui ou non.

— Je ne la connaissais point ! s'écria Benedict en levant les yeux. Pas dans le sens où vous l'entendez. Je la croisais dans la rue et nous nous saluions. Je bavardais avec elle au sujet des récoltes, du temps, des actions des grands de ce monde.

Nerveux, il se mordit derechef les lèvres.

— Rien de plus !

— Si vous cherchez un coupable, déclara Walter, alors vous venez de voir son corps.

— Adam l'apothicaire ?

— Lui-même, répondit le sergent. Il était notoire que lui et Isabella faisaient des escapades dans les bois. N'est-ce pas, grand-mère Croul ?

Au bout de la table, la vieille femme semblait plus intéressée par les mets et le vin que par la compagnie.

— Nous sommes tous pécheurs, énonça-t-elle. Chacun, ici, a commis des fautes. Isabella n'était pas différente des autres. Elle a péché, mais le Seigneur est toute compassion. Son mari était un homme violent et dangereux. Si Elias n'avait pas été empoisonné dans quelque taverne, cette année ou la prochaine, il aurait été poignardé.

La véhémence de ses réflexions surprit Kathryn. Grand-mère Croul la dévisagea.

— Vous voilà céans, Maîtresse Swinbrooke, à poser des questions. Je sais où vous voulez en venir. Cette menace dans l'église, les mots qui y ont été copiés, sont un avertissement pour nous tous. Dieu va tirer vengeance des coulpes ici commises.

— Lesquelles ? demanda Murtagh. Pourquoi Walmer serait-il plus corrompu qu'un autre endroit du royaume ?

— Je ne sais, répondit grand-mère Croul. Si je le savais, je vous le dirais. Qui a occis le maréchal-ferrant et sa femme, sans parler de l'apothicaire, frappera, et frappera derechef. C'est bien ce que vous croyez, Maîtresse Swinbrooke ?

Elle tendit un doigt décharné vers Kathryn qui fit un signe d'acquiescement.

— Alors, venons-en au fait, continua grand-mère Croul d'une voix plus forte. Posez vos questions. Elias était brutal, Isabella était chaude gaillarde et Adam l'apothicaire… oui, c'est vrai, je l'ai aperçu dans la forêt avec Isabella, comme vous aussi peut-être, Maître physicien.

Roger se contenta d'agiter la main, ramassa quelques miettes sur la table et plongea le nez dans sa chope.

Kathryn reprit :

— Le soir où Elias a été tué…

— Il y a eu une réunion du conseil paroissial, dans cette pièce, en fin d'après-midi, précisa le père Clement.

— Qui y assistait ?

— Ceux qui sont présents en ce moment. Amabilia s'affairait à la cuisine. Nous servons toujours aux membres du conseil quelques douceurs et du vin blanc.

— Elias et son épouse ne sont pas venus, je crois ? interrogea Kathryn. Pourquoi ?

— Ils avaient présenté leurs excuses, expliqua le prêtre. Ils avaient envoyé un message disant qu'ils étaient occupés, et c'est vrai qu'ils l'étaient. Ils ont dit qu'ils allaient festoyer. Je pense qu'ils se préparaient pour la célébration d'aujourd'hui.

— L'un d'entre vous est-il entré dans la cour du forgeron ce jour-là ?

Des signes de tête négatifs lui répondirent.

— En êtes-vous certains ? insista-t-elle. Si je peux prouver que l'un de vous, dans cette pièce en ce moment, se trouvait dans la cour d'Elias, et s'il le nie maintenant, vous serez soupçonnés.

— Je suis allé chez lui plus tôt, rétorqua Benedict, mais c'est parce qu'il voulait dresser un contrat avec un fournisseur de clous. Je n'ai point pénétré dans la cour ; je l'ai rencontré dans la cuisine. Oh, c'était environ une heure avant midi.

— Avez-vous remarqué quelque chose d'insolite ?

— Rien ! affirma le tabellion en hochant la tête. Sauf les préparatifs. J'ai demandé à Isabella ce qu'elle faisait. Elle m'a répondu : « Elias et moi ferons bombance comme roi et reine ce soir. » C'est tout.

— Avez-vous vu le tonneau de vin ? s'enquit Kathryn. Un tonnelet ? Maître sergent, quand vous retournerez dans cette maison, vous trouverez du vin répandu sur le sol de la cuisine. Il faut brûler le tonneau : il contenait du poison.

— Je l'ai vérifié ce matin ; il venait d'être ouvert et était presque plein. Elias ou Isabella sont les seuls à avoir pu le mettre en perce, commenta Walter avec une grimace.

— En effet. Je pense que la boisson a été empoisonnée avant même qu'on l'ait livrée chez le forgeron.

Des exclamations de surprise accueillirent la déclaration de la jeune femme.

— Cela s'est déjà produit, poursuivit-elle. Il est notoire que les marchands ôtent la bonde, prélèvent un peu de vin, le remplacent par de l'eau puis scellent à nouveau la barrique. Si eux peuvent le faire, pourquoi quelqu'un d'autre ne le pourrait-il pas ? Seulement, cette fois c'était du poison.

— S'agissait-il du même toxique ? voulut savoir grand-mère Croul.

Kathryn fit un geste de dénégation.

— Celui donné à Elias agit au bout d'un certain temps ; tout dépend de sa concentration. Elias était très fort mais le jus d'amande, avec sa potion douce-amère, est un redoutable tueur. En quelques secondes, la victime a péri. L'autre question troublante, c'est que la personne qui a empoisonné Elias avait l'intention d'occire sa femme en même temps. Lui, elle, ou eux, voulaient que le maréchal-ferrant et son épouse quittent ce monde ensemble.

— Mais, mais… intervint le tabellion.

Il remonta les manches de sa robe et, se moquant de Kathryn, se mit à imiter un avocat devant la cour face à une plaignante hésitante.

— Mais c'est impossible, Maîtresse Swinbrooke. Comment le meurtrier pouvait-il deviner qu'Elias et Isabella boiraient, en même temps, une boisson empoisonnée ?

— Si, c'est possible, maintint Kathryn. Tout le monde ici sait que, sa tâche achevée, Elias avalait toujours deux pichets d'eau claire puisée à son propre cuveau. Quant à son épouse, combien d'entre vous, en préparant un banquet ou une fête, ne dégusteraient pas une gorgée de vin ? Isabella ne l'a pas bu pour festoyer mais plutôt pour se calmer, pour reprendre des forces après le trépas de son mari. Mais admettons…

Elle fixa le notaire.

— … pour le plaisir de la discussion, comme on dit dans les tribunaux, qu'Elias, ce soir-là, au lieu de prendre son eau ait rejoint sa femme à la cuisine. Le tonneau mis en perce, les coupes remplies, ils seraient quand même morts ensemble. La seule différence, c'est qu'alors ils auraient partagé le même poison. Leur vin était le meilleur bordeaux et provenait de Mauléon, aux frontières de la Gascogne. Isabella ou Elias ont-ils jamais fait allusion à une personne qui leur en aurait fait cadeau ?

Le silence, à nouveau.

— Quelqu'un sait-il d'où venait ce tonneau ?

— La plupart d'entre nous achetons nos vins au *Cygne d'argent* ou au *Sanglier bleu*, observa Benedict. Bien sûr, certains s'en procurent sans acquitter la taxe.

— Il pourrait donc s'agir d'un tonneau introduit en fraude ? suggéra Kathryn.

— J'en doute, répondit grand-mère Croul. Depuis que les naufrageurs ont été pendus, il n'y a plus de contrebande dans les parages. Je le saurais : je dors peu et je me promène la nuit.

— Comme les autres sorcières, murmura Roger.

La vieille femme ne broncha pas.

— Ce tonnelet a été donné à Isabella par quelqu'un qui voulait l'occire ainsi que son époux, dit-elle en claquant de la langue. Les villageois de la contrée ont grand-peur de Lord Henry et ne prendraient pas derechef le risque de frauder. Je le sais bien : mon second mari était l'un de ceux qu'a pendus ce fier seigneur.

— Et il le méritait ! aboya Roger.

— Inutile de maudire feu mon époux, fit remarquer grand-mère Croul. Que Dieu ait pitié de lui. Cœur et âme noirs, il a trouvé son juge. De bons et honnêtes marins ont péri à cause de lui. Je ne le pleure pas, alors pourquoi le feriez-vous ? Il n'y a point de contrebande, Maîtresse Swinbrooke ; Isabella a reçu cette barrique en cadeau.

Kathryn parcourut la table des yeux.

— L'un de vous détient-il un renseignement sur la mort d'Elias et de sa femme ? Si ce n'est pas le cas, venons-en à Adam l'apothicaire. Il avait épousé votre sœur, Maîtresse Ursula, n'est-ce pas ?

— En effet.

— Ce mariage était-il heureux ?

Ursula fit une grimace.

— Y a-t-il longtemps que votre sœur est décédée ?

Ursula baissa les yeux sur la table.

— Trois ans. *O Domine miserere ! O Domine miserere !* chuchota-t-elle en mettant sa main devant sa bouche.

— Qu'y a-t-il ? questionna Kathryn.

— Voilà trois ans, jour pour jour, que ma sœur Margaret est morte. Le 29 septembre, le jour de la Saint-Michel. Oh !

Elle se leva à moitié mais son mari la fit rasseoir avec douceur.

— De quoi a-t-elle péri ? s'enquit Kathryn.

Elle ignora le sarcastique « De manque de souffle ! » que formula Roger à mi-voix.

Benedict, lui, se pencha par-dessus la table et montra le poing au physicien.

— Quand vous évoquez les morts, Messire…

Roger fit un bruit grossier avec les lèvres et changea sa chope de main en soutenant le regard de Benedict de ses yeux larmoyants.

— Pourquoi ne pas narrer à notre enquêteuse, murmura-t-il, comment a trépassé votre belle-sœur ?

— De douleurs d'estomac, annonça Ursula.

— Je l'ai soignée, déclara Roger. C'était une blessure interne, peut-être une tumeur ou un kyste ; je ne pouvais rien faire.

— On n'y peut jamais rien, renchérit Benedict.

— Elle est donc tombée malade au début de l'été. Combien de temps sa maladie a-t-elle duré ?

— Quelques mois, répondit Ursula. Puis elle a eu la fièvre, s'empressa-t-elle d'ajouter. C'était incurable.

— Que sous-entendez-vous ? Que sous-entendez vous, Maîtresse Swinbrooke ? interrogea le bedeau qui, ayant beaucoup bu, dodelinait sur sa chaire.

— C'est une coïncidence, plus encore, répondit Kathryn, qu'Adam soit mort le jour anniversaire du décès de sa femme et qu'il soit mort empoisonné. Maître Roger, vous êtes physicien, et, je n'en doute pas, bon physicien. Les maux de Margaret vous ont-ils jamais paru suspects ?

Roger reposa sa chope et plongea son visage dans ses mains.

— Pourquoi ne pas lui dire, déclara Benedict, que vous aviez de l'inclination pour ma belle-sœur ?

— Margaret était amène, expliqua Roger en relevant la tête. Je vous prie de m'excuser pour ma remarque précédente. Je voulais cacher mon chagrin. Oui, j'aimais bien Maîtresse Margaret et trouvais Adam plutôt sinistre, précisa-t-il en choisissant ses mots. Et il est vrai que l'idée qu'il avait pu prendre plus qu'une part dans le décès de sa femme m'a traversé l'esprit.

Il ignora les exclamations de l'assemblée, ainsi que le hurlement strident d'Ursula, qui s'agrippait à son mari et fixait Roger comme s'il avait été un vampire surgi de l'Enfer.

— Vous ne m'en avez onc parlé, observa Benedict. Vous n'avez jamais laissé entendre quoi que ce soit.

— Comment l'aurais-je pu ? rétorqua le médecin en écartant les bras. Adam était aussi sinistre et violent qu'Elias. Vous souvenez-vous de ces trois lancastriens ? Il avait les mains rouges de leur sang et il y avait pris plaisir ; son air en disait assez long. Lui et Elias étaient les meneurs de cette sanglante affaire. Comment aurais-je pu formuler mes soupçons au sujet d'un homme comme lui ? Je n'avais nulle preuve. Quand Margaret est morte, on l'a sur-le-champ ensevelie, mise en bière et enterrée.

Kathryn écoutait le brouhaha de la conversation, chacun donnant son avis sur Margaret et Adam. Elle regardait ses mains qui jouaient avec l'anneau offert par Colum. Il scintillait dans la lumière venant de la fenêtre derrière elle. Walmer, se dit-elle, ne différait pas de Cantorbéry. Les gens vivaient leur vie et portaient des masques que seuls les temps de troubles leur arrachaient.

Elle lança un vif coup d'œil sur le père Clement. Il faisait tourner sa bière dans sa chope. Amabilia s'était levée et était partie dans la cuisine. Elle en revint avec un nouveau pichet de vin blanc. Kathryn se rendit compte qu'ils avaient tous mangé et que personne n'avait craint d'être empoisonné. Pourtant elle était certaine que quelqu'un, dans ce village, en savait autant qu'elle en la matière.

La voix de Benedict domina le vacarme.

— Croyez-vous que le trépas de Margaret était suspect, Maîtresse Swinbrooke ?

— Comme je vous l'ai dit, répondit-elle, il est étrange qu'Adam soit mort le jour anniversaire du décès de sa femme. J'ai écouté décrire les maux de Margaret. Il se peut qu'elle ait été empoisonnée. Certains toxiques – quelques-uns d'entre vous le savent peut-être –, l'arsenic, par exemple, qu'il soit rouge ou blanc, peuvent être administrés en doses progressives. La mort peut alors advenir au bout de plusieurs semaines, voire de plusieurs mois. J'ai ouï parler de cas semblables.

— Mais peut-on le prouver ? voulut savoir Benedict, qui tapa sur la table.

— Vous êtes un homme de loi, Maître notaire. J'ai assisté à l'exhumation d'un cadavre. Un jour, alors que j'étais jeune fille, mon père m'a emmenée avec lui. Une femme avait trépassé dans des circonstances fort troublantes, cependant personne n'avait osé faire part de ses soupçons. Mon père, pourtant, connaissait les propriétés de l'arsenic. Il affirmait que, lors d'un empoisonnement par cette substance, le corps se décomposait lentement et était souvent préservé.

— Et quand on a sorti le cadavre ? s'enquit Simon le bedeau.

— Il était presque aussi frais que le jour où on l'avait enterré, déclara la jeune femme.

— Selon la loi canon, fit observer le prêtre d'un ton posé, je dois prêter main-forte à l'autorité légale. Si Lord Henry donne l'ordre de déterrer le cercueil de Maîtresse Margaret, alors Simon et moi y veillerons. L'Église a un rituel qui doit être respecté.

— Pour l'instant, répondit Kathryn en faisant tourner son anneau, laissons là Maîtresse Margaret et revenons à Adam. Sa mort est tout aussi mystérieuse que celles d'Elias et d'Isabella. Nous avons donc un apothicaire qui revient du manoir. Vous l'accompagniez, mon père. Que s'est-il alors passé ?

— Les dépouilles d'Elias et d'Isabella ont été chargées sur le chariot de la paroisse, celui qu'on utilise pour les funérailles. Nous les avons apportées ici et confiées à Simon pour qu'il les emporte au dépositoire.

Il haussa les épaules.

— Puis Adam est rentré chez lui, l'alarme a été donnée plus tard et on a retrouvé son corps.

— Quand il est retourné chez lui, fit remarquer Kathryn, il est donc passé par la porte de derrière. Il est allé dans la cuisine et a décroché une chope qu'il a remplie à un pichet de bière. Ensuite il l'a emportée dans sa chambre des poudres, a fermé et verrouillé l'huis, a bu et, malheureusement, est mort à cause de la puissante potion que contenait cette bière. Bon, ajouta-t-elle en soupirant, nous savons donc que la boisson était empoisonnée, pourtant le pichet n'est pas pollué, ce qui signifie que le toxique a été mis dans la chope. Mais si c'est bien le cas, comment le meurtrier pouvait-il savoir qu'Adam se servirait de cette chope-là et pas d'une autre ? Il y en a quatre pendues à des crochets ; il aurait pu se passer des jours, des semaines, avant qu'Adam prenne justement celle-là pour étancher sa soif. Et il y a un autre mystère : comment est-on entré dans la maison ? D'après ce que vous nous avez dit et ce que tout le monde prétend, Adam veillait à ce que la porte de derrière soit close. Et on ne peut parvenir à la chambre de sa mère que par celle de l'extérieur, qui est toujours ouverte, n'est-ce pas ?

— Oh, oui, précisa Amabilia qui s'affairait à remplir les coupes. Jamais fermée à clé ; Adam craignait que sa mère fasse tomber une chandelle et ne puisse sortir ou que personne ne puisse entrer. Il soutenait que sa mère aurait vu ou ouï quiconque pénétrait dans cette pièce. Elle avait le sommeil léger et sa clochette à portée de main.

— Par conséquent, résuma Kathryn, on pouvait passer par la porte extérieure, mais il fallait traverser la chambre de la vieille dame et ouvrir l'autre porte pour pouvoir descendre dans la maison.

— Si quelqu'un s'y était risqué, bafouilla Simon le bedeau, la mère d'Adam aurait fait un beau vacarme. Nous aurions entendu crier « Haro ! » d'un bout à l'autre du village. Mathilda paraît frêle mais elle braille fort bien, ce que nous avons tous appris à nos dépens.

— C'est une vraie mégère, dit Ursula. Personne n'entre dans sa chambre sans y être obligé.

— L'énigme n'est pourtant pas résolue, insista Kathryn : comment a-t-on pu pénétrer là-bas ? Comment a-t-on su qu'Adam utiliserait cette chope-là ? Comment a-t-on pu être sûr que la mère d'Adam ne verrait et n'entendrait rien ? Et pourquoi a-t-on empoisonné l'apothicaire ? Qu'avait-il fait ? Qui avait-il offensé ?

— Si Elias était vivant, ajouta grand-mère Croul, je dirais que c'est lui le coupable, mais vu que son corps est en train de pourrir et que son âme a été rendue à Dieu…

— Adam avait-il d'autres ennemis ? s'enquit la jeune femme.

— Il était arrogant, déclara Benedict, et dissimulé. Il dispensait ses précieuses poudres comme s'il détenait de grands secrets.

— J'ai son registre.

— Je ne pense pas qu'il soit fiable, objecta Roger. Adam avait la réputation d'administrer potions et poudres à des jouvencelles grosses qui voulaient avorter. Il avait de qui tenir : son père était médecin et son oncle apothicaire avant que lui-même…

— C'était aussi un naufrageur, intervint grand-mère Croul. Lui et feu mon mari appartenaient à cette même bande qui tuait et pillait à sa guise. Lord Henry les a pendus au gibet comme un fermier des rats.

— L'un d'entre vous est-il allé chez Adam ? interrogea Kathryn en haussant la voix. Je veux dire pendant les jours qui ont précédé son trépas ?

— Nous tous, rétorqua Amabilia en se rasseyant. Je m'y rendais pour réconforter un peu sa mère.

— Et moi j'apportais le viatique, expliqua le père Clement, mais pas souvent. Maîtresse Mathilda a une langue de vipère et profitait d'ordinaire de l'occasion pour me régaler de tous les ragots. Cela me semble inapproprié pour recevoir l'Eucharistie.

— Moi, c'est parce que j'avais pitié d'elle, affirma Ursula. Mais je n'y suis point passée ces derniers temps. Je considérais cela comme un devoir et non comme un plaisir.

L'assistance acquiesça. Roger décrivit sa visite chez l'apothicaire, le jeudi d'avant, pour acquérir des poudres, puis précisa qu'il était monté voir Maîtresse Mathilda. Les autres tinrent ce même genre de discours et Kathryn comprit que ses questions ne servaient pas à grand-chose.

— Je vous remercie de votre hospitalité, mon père, dit-elle en se penchant en avant pour tapoter les mains du prêtre, jointes sur la table.

Elle nota que la peau en était douce et lisse et que les écorchures dues à la taille des pierres étaient tout à fait guéries.

— Il faut que je m'en aille, mon père. Je dois cependant vous poser à tous une question très importante, bien qu'elle ne demande point de réponse immédiate. Elle est en deux parties. Voici la première : pourquoi quelqu'un aurait-il empoisonné trois villageois de Walmer à la fin de septembre sans motif apparent ? Et la seconde : si le tueur a occis trois fois, pourquoi ne recommencerait-il pas ? Je veux croire que vous ferez tous grande attention à ce que vous avalerez.

CHAPITRE V

« Tant éclatait la vertu dans son discours et avec même joie apprenait et enseignait. »

Chaucer, Prologue général,
Les Contes de Cantorbéry

Le père Clement toussa et se leva.

— Je voulais vous montrer mon église, Maîtresse Swinbrooke, à vous et à Maître Murtagh. Il m'est soudain revenu, ajouta-t-il en souriant, les yeux baissés sur la table, que nous étions si affamés, si pressés de manger que nous avons omis de dire le bénédicité. Alors, *In nomine Patris et Filii.*

Il se signa et entonna les grâces.

— Nous te louons, Dieu tout-puissant…

L'assemblée se joignit à lui. Puis le prêtre la bénit et désigna le sac que Kathryn avait apporté.

— Remettrez-vous ceci à Lord Henry ?

— C'est mon devoir. Ce sont les biens d'un rebelle, que Dieu ait son âme. Lord Henry étant juge en la contrée, je suis certaine que soit il les vendra et distribuera l'argent au village, soit il…

Elle ne termina pas sa phrase.

— C'est à lui d'en décider.

Les autres remercièrent le père Clement pour son accueil, saluèrent la jeune femme d'un signe de tête et s'en furent. Amabilia débarrassa la table. Le curé entraîna Kathryn et Colum dans la cour dallée et leur fit contourner l'église à laquelle ils accédèrent par la grande porte. Ils s'arrêtèrent sous le porche, presque aussi vaste qu'une pièce. Le père Clement leur expliqua qu'il avait sculpté de ses mains le bénitier ainsi que l'inscription qui le surmontait :

— C'est un rappel, précisa-t-il avec un sourire. Mes ouailles pénètrent dans la maison de Dieu et sous le portail du Paradis.

En entrant dans ce lieu saint
Aspergez-vous le visage d'eau bénite.

Il ouvrit la seconde porte et ils entrèrent. Directement en face d'eux, sur le mur, se trouvait un tableau – très semblable à celui de Sainte-Mildred à Cantorbéry – représentant saint Christophe portant l'Enfant Jésus. Kathryn se remémora la légende qui prétendait que, si on regardait cette image, on était assuré de voyager sans encombre ce jour-là. Elle se signa.

Saint-Swithun était un édifice impressionnant de pierre et de bois peints et dorés. Les fenêtres en hauteur scintillaient de saphir, or et argent, couleurs qui devenaient fort populaires dans la décoration des églises. Des chapelles, à l'abri derrière des treillis de bois, contenaient un petit autel supportant la statue d'un saint. La plus importante était celle consacrée à Swithun. La longue nef entre ses piliers menait à un grand jubé sculpté qui ouvrait sur le chœur. Trois cercueils sur tréteaux, drapés de noir et entourés de cierges pourpres, y avaient été placés. Le prêtre esquissa une bénédiction à leur intention et fit faire à ses hôtes le tour de l'église en expliquant que les curés successifs, y compris lui-même, avaient engagé des peintres pour recouvrir les murs de fresques aux vives couleurs : la Vierge et le Christ en croix ; le loup, gardien de la tête tranchée de saint Edmond martyr ; les sept péchés capitaux opposés aux vertus cardinales ; une chouette assaillie par deux pies (illustrant l'idée que les vains bavardages pouvaient troubler la sagesse).

Le père Clement précisa que l'église avait été bien dotée par les seigneurs locaux et que les gains des nombreux legs destinés à célébrer des requiem n'étaient pas négligeables. Il les emmena enfin dans le chœur. Le sol était couvert de moelleux tapis d'Orient, comme l'escalier du maître-autel orné, à chaque bout, d'un candélabre de cuivre. Derrière l'autel pendait la pyxide renfermant l'hostie. Une lampe rouge luisait devant elle, lueur ardente et pourtant douce. L'air sentait la cire d'abeille et les cierges parfumés, et l'encens pénétrant rappelait constamment la sainteté du lieu.

Kathryn laissait le prêtre bavarder… son église, ses peintures, ses sculptures et ses statues lui plaisaient tant ! Il les conduisit dans la sacristie pour leur faire admirer chapes et chasubles, étoles et aubes, et le grand coffre de bois gravé qui contenait les documents de la paroisse.

— Et le tableau représentant Daniel ? intervint Kathryn.

— Ah oui ! Venez, je vais vous le montrer.

Ils redescendirent la nef vers l'entrée principale. L'artiste, avec naïveté mais en couleurs éclatantes, avait dépeint l'histoire du prophète Daniel tirée de l'Ancien Testament. Conseiller du roi jeté dans la fosse aux lions, il en était sorti sain et sauf. Sur le mur du fond, on voyait le célèbre banquet païen au cours duquel la main de Dieu avait écrit les mots – noirs sur fond d'argent – condamnant le roi et tout son royaume à la destruction : « *Mane, thecel, phares.* » Kathryn se fit la réflexion que même un illettré aurait pu recopier ces symboles.

— Mais quelqu'un dans la paroisse pouvait-il savoir ce que cela signifiait ? s'étonna Colum. Dans une langue que je n'ai jamais entendue ?

Sa femme désigna le bas du tableau où, en or sur vert foncé, se trouvait la traduction :

Compté, pesé, divisé.

— Ils étaient griffonnés sur le dallage, là, sur le seuil, expliqua le prêtre. Ni Simon ni moi ne les avons vus. C'est Benedict, le premier arrivé à la messe du dimanche, qui les a remarqués et a donné l'alarme.

— Pourquoi les a-t-on inscrits, à votre avis ?

— Je ne sais, répondit le père Clement en passant la main dans ses cheveux clairsemés, je ne sais vraiment pas. Pas plus que la raison pour laquelle je devrais être harcelé, ni celle pour laquelle le prêcheur, s'il s'agit de lui, aurait maille à partir avec moi. Vous avez rompu le pain avec moi, Maîtresse Swinbrooke, vous avez pris place à ma table et avez écouté bavarder mes ouailles. Toute paroisse ressemble à un étang dormant : calme et tranquille à la surface. Par contre prenez un bâton et agitez-le dans l'eau : moult choses hideuses remontent à la surface.

Il montra une cathèdre installée contre un pilier, de l'autre côté duquel se trouvait un prie-Dieu.

— Je m'assieds là pour les entendre en confession. Vous seriez étonnée d'apprendre tout ce qui se passe dans un endroit comme Walmer. Haine exacerbée, ressentiment, jalousie. Comptes à régler, vieilles rancunes cultivées et entretenues, mots blessants affûtés comme un archer appointe sa flèche. Que Dieu ait pitié de nous. Ce sont de bonnes gens, généreux, qui assistent aux offices et essaient de bien se conduire, mais c'est comme…

Son regard se perdit dans l'ombre.

— … c'est comme si ça allait mal parce que ça va mal ! C'est ce qu'a dit saint Augustin, n'est-ce pas ? Nous cherchons Dieu, nous aspirons au bien, néanmoins nous ne sommes onc en harmonie ni avec nous-mêmes, ni avec nos voisins, ni avec notre monde, ni avec notre Dieu. Il en va de même à Walmer. Pour vous répondre sans détour : oui, j'ignore pourquoi on a gribouillé ces mots, pourquoi on a envoyé ce message. Il se peut que quelqu'un ait un différend à régler avec moi ou avec un autre. Au moment où cela s'est passé, j'étais fort en colère et j'ai prononcé un de mes sermons les plus sévères. Mais, avant que le conseil paroissial se soit réuni, j'avais recouvré mon calme. Amabilia parvient toujours à tempérer ce qui était naguère une langue acérée !

— Et Lady Mary ? demanda Kathryn.

Elle glissa son bras sous celui du prêtre pour l'attirer vers elle en un geste amical qu'il apprécia. Il lui prit la main et la tapota.

— Vous vous êtes montré très hospitalier, mon père, et il me déplaît de vous interroger sur les ragots du village, s'excusa la jeune femme. Mais, il y a un an, Lady Mary est tombée de la falaise.

Le père Clement hocha la tête.

— Pauvre femme ! C'était un accident ! Vous savez, c'est Amabilia qui a habillé le corps. Lady Mary avait le visage tuméfié et de terribles blessures au ventre et aux jambes. Vous comprenez, elle avait été coincée entre les rochers et la mer, et ballottée d'avant en arrière. D'une certaine façon, Lord Henry a eu de la chance : s'il n'y avait pas eu de rochers, sa dépouille aurait pu être emportée Dieu seul sait jusqu'où.

— Était-ce bien Lady Mary ?

Le prêtre retira son bras et jeta à son interlocutrice un regard inquiet.

— Elle avait, il est vrai, la figure très abîmée, mais c'était sa taille et sa teinte de cheveux. Je me souviens qu'Amabilia a fait allusion à une marque qu'elle avait déjà vue sur son bras, juste sous le coude. Lady Mary avait coutume d'apporter des fleurs pour l'autel. Elle n'aimait rien tant que de les disposer dans des paniers dans le chœur. Elle relevait souvent les manches de sa robe. C'est ainsi qu'Amabilia l'avait remarquée. Oh oui, c'était bien Lady Mary !

— Son mariage était-il heureux ?

Le père Clement se remit en marche en secouant la tête.

— Vous posez des questions impertinentes, Maîtresse Swinbrooke. Je peux répondre à certaines, pas à d'autres. J'ai entendu la confession de notre châtelaine mais ne peux révéler ses secrets.

— Je n'y comptais pas, mon père, et je vous prie d'accepter mes excuses si je vous ai offensé.

— Il n'y a pas de mal.

Il lui jeta un coup d'œil en coin et sourit.

— Lady Mary appartenait à une famille riche et adorait Lord Henry. Je ne suis pas sûr qu'il l'aimait autant. Il a pu l'épouser pour sa fortune et son rang ou pour faire avancer ses intérêts à la Cour. Oh, il était plutôt prévenant et elle ne s'est pas une seule fois plainte de son manque de générosité, pourtant il manquait d'ardeur. Elle m'a confié un jour qu'il la traitait comme il le ferait de son cheval favori – avec attention, considération et gentillesse mais sans élan, sans flamme.

— Croyez-vous qu'elle ait glissé ?

— Est-ce que je pense qu'elle s'est suicidée ? Non, pas du tout. Elle était trop pieuse, trop attachée à la spiritualité et trop croyante.

— Et le jeune écuyer de Lord Henry ? Vous devez vous en souvenir, mon père. William Marshall, un jouvenceau pimpant et intelligent.

— Je m'en souviens, en effet, acquiesça le prêtre. Il accompagnait souvent Lady Mary ici en tant qu'escorte, protecteur ou gardien. Il arrive que chemins et grand-routes soient dangereux et il est notoire que les colporteurs ou chaudronniers s'en prennent à des passants vulnérables. Oui, William était instruit ; c'était un érudit qui parlait plusieurs langues, et il appréciait particulièrement la peinture. Il venait souvent céans pour me regarder sculpter.

— Parlait-il parfois de Lord Henry ?

— Jamais. Il lui appartenait corps et âme.

— Lady Mary traitait-elle William avec une affection particulière ?

— Oh, Maîtresse Swinbrooke, vous voyez le péché partout ! commenta le prêtre en riant. Les rapports entre Lady Mary et William étaient ceux d'un écuyer avec sa châtelaine : courtois, *parfaits*, comme aurait dit Chaucer, dans tous les sens du mot. Je n'ai onc surpris de signe secret : coup d'œil, sourire, effleurement, regard. Non, William Marshall était l'homme de Lord Henry. Il n'évoquait jamais les affaires du manoir ni ce que Lord Henry et lui faisaient à la Cour ou à l'étranger.

Le père Clement les entraîna dans le transept qui menait à la crypte.

— Et les naufrageurs ? interrogea Kathryn.

Le prêtre s'arrêta et glissa ses mains dans ses manches.

— Oh, c'était une époque terrible ! Des hommes de Walmer et des fermes alentour, impitoyables, sans foi ni loi, avaient formé une bande redoutable. Sur les falaises, surtout par mauvais temps, ils allumaient des falots trompeurs qui attiraient les navires et les faisaient s'éventrer sur les rochers. Je ne voulais rien avoir à faire avec eux. J'ai refusé l'Eucharistie et l'absolution à l'oncle d'Adam l'apothicaire, un de leurs meneurs. En fait, un dimanche de Pentecôte, je les ai tous excommuniés par la cloche, le livre et la chandelle ; j'ai maudit leur nourriture, leur boisson, leur sommeil, jusqu'à leurs excréments ! C'était des diables sortis de l'Enfer. Dans le cimetière, le carré des indigents doit contenir au moins trente ou quarante corps, de pauvres marins ou voyageurs rejetés sur les rochers. Je leur ai donné un enterrement décent. C'est moi qui ai demandé à Mgr l'archevêque Bourchier d'aborder ce sujet à la Cour. Bien sûr, il a fallu le trépas du frère aîné de Lord Henry pour que la vengeance royale se fasse sentir. Les temps étaient à l'anarchie ! York contre Lancastre, une famille contre une autre. Les paroles de l'Évangile se vérifiaient : le frère se dressait contre le frère, le père contre le fils. Des démons comme ces naufrageurs jouissaient de toute la liberté nécessaire pour agir à leur guise.

— Quelques-uns d'entre eux se sont-ils échappés ?

Le père Clement s'approcha de la jeune femme.

— Elias trempait dans ces méfaits, comme d'autres d'ailleurs : Benedict le notaire, Roger le physicien, notre bedeau même. Sous le règne des naufrageurs, ces hommes et leurs femmes se sont beaucoup enrichis. Ils pouvaient s'offrir des produits de luxe, de bons vins, des habits, des meubles pour leur demeure. Les hors-la-loi constituaient une société secrète dont les membres se juraient fidélité. Autour d'eux gravitaient ceux qui, en échange d'or et d'argent, tournaient la tête au moment opportun.

— Et Lord Henry ?

— Oh, il est arrivé à Walmer comme la colère de Dieu ! Au début, nous ne savions même pas qu'il était là. Il s'était installé dans une ferme un peu plus loin à l'intérieur des terres. Une nuit, il a frappé. Les fanaux étaient allumés mais Lord Henry s'y était préparé – il y avait même une cogghe de guerre en mer – et il a ordonné aux shérifs de battre le rappel de leurs troupes. Toute la côte a été bouclée. Lord Henry s'est avancé. Les naufrageurs ont essayé de résister sur la plage. Quelques-uns ont été taillés en pièces, les autres jugés comme des traîtres capturés pendant une bataille. Lord Henry, usant de son épée comme d'une croix, a porté la sentence du haut de son cheval. Il les a maudits, les a déclarés coupables au nom du roi et a fait exécuter la condamnation sur-le-champ. Il en a pendu deux douzaines au grand gibet, les uns après les autres. On a enduit les corps de poix et on les a laissés là en guise d'avertissement. La semaine suivante il a pourchassé ceux qui restaient. Certains ont été tués, d'autres ont fui la contrée. Ils sont devenus des malandrins, des filous vivant dans la forêt. Aucun n'est revenu à Walmer, qui, depuis, vit en paix.

— Mais les rancœurs doivent être vives, observa Kathryn.

Le père Clement fit une grimace.

— Je ne crois pas. Les naufrageurs étaient des hors-la-loi, haïs et redoutés par leur propre famille. Ce qu'ils faisaient était péché mortel et les condamnait à l'Enfer. Pensez-vous qu'il plaise à d'honnêtes fermiers, paysans et marchands de voir des corps ruisselant d'eau de mer, le visage blême, les yeux grands ouverts, ramenés de la côte pour être enterrés ici dans notre cimetière ? Non, pour beaucoup Lord Henry était un sauveur. C'est un bon seigneur, juste et charitable. Seuls ceux qui violaient la loi devaient avoir peur. Mais venez, je vais vous montrer quelque chose.

Il prit un cierge sur l'autel de la Vierge et leur fit descendre l'escalier sombre. La crypte était glacée et silencieuse. Le prêtre usa du cierge pour allumer les torches enduites de poix fixées au mur, près du seuil, et une grande chandelle devant la statue de saint Swithun qui se dressait au fond. L'endroit n'était guère qu'une pièce carrée supportée par des colonnes. Au centre se trouvait un sarcophage en beau grès doré d'au moins cinq pieds de haut sur trois. La pierre, au dessus lisse et aux côtés nervurés, était taillée avec soin. Les murs de la crypte étaient recouverts de peintures des plus vives représentant des scènes de l'Ancien et du Nouveau Testament toutes en rapport avec la mer : Jonas recraché par la baleine, le Christ marchant sur les eaux, Pierre et les apôtres pêchant. Sur le dernier tableau, on voyait des pécheurs réveillés après leur long sommeil au Purgatoire. Les vers inscrits au-dessus proclamaient : « *Ce jour-là, la mer rendra ses morts.* » En dépit de la faible lumière, Kathryn put constater que les fresques étaient récentes.

— C'est Lord Henry qui l'a fait exécuter : un monument pour tous ceux qui ont péri en mer, chuchota le père Clement. Il a fait sculpter la statue de saint Swithun à Leominster. Je lui ai proposé de m'en charger mais il en avait vu une là-bas qui lui plaisait. En tout cas, dit-il en tapant du pied le dallage, c'est ici qu'il a voulu que repose Lady Mary : sous ce monument.

Il leur fit faire le tour de la crypte et leur montra les pleureuses dans leurs niches qui flanquaient le tombeau, frappé, devant et derrière, aux armes de Lord Henry et de Lady Mary. Kathryn ne cacha pas son admiration devant les sculptures ; quelques-unes étaient accomplies, d'autres inachevées. Elles illustraient la naissance de Jésus, Joseph et Marie présentant le divin enfant au Temple, Jésus, jeune garçon, aidant sa mère à diverses tâches.

— C'est une véritable œuvre d'art, murmura Kathryn. Je vous félicite, mon père ; vous devez être content.

Ce dernier sourit avec modestie.

— J'aime beaucoup travailler la pierre. J'en aime la texture et la couleur. Il me plaît de pouvoir créer quelque chose, non pas à partir de rien, mais quelque chose de nouveau. J'examine un bloc et je me dis : « Ah, je vois ce que tu peux devenir. » C'est peut-être ainsi que Dieu nous regarde.

— Lady Mary est donc ensevelie céans ?

— Oui, sous les dalles. Elle aura un splendide tombeau quand il sera achevé. L'endroit servait autrefois d'ossuaire ; quand on nettoyait le cimetière, on empilait les os ici. Lord Henry a donné un coin dans les bois voisins pour agrandir le champ des morts. On y a enterré les os pendant qu'il transformait ces lieux en une chapelle dédiée à son épouse.

— Y vient-il souvent ? s'enquit Colum.

— Le dimanche, il suit la messe dans sa propre chapelle, répondit le prêtre. Une fois par semaine, il vient s'agenouiller devant la tombe, pas plus d'une heure. Il fait ses dévotions, partage une coupe de vin avec moi et repart.

— Évoque-t-il parfois le trépas de sa femme ?

— Jamais ! Mais je vois bien qu'il est troublé, que quelque chose le tourmente.

Le père Clement eut un sourire timide.

— Quels que soient mes efforts, il ne me confiera point ses secrets.

Kathryn aurait aimé l'interroger plus avant mais elle avait abusé de son hospitalité et de sa gentillesse et ne voulait pas se l'aliéner. Ils prirent donc congé, Colum toujours chargé du sac. Quittant l'église, ils se rendirent dans le cimetière.

— Eh bien ? demanda Murtagh, alors qu'ils se trouvaient au bord du communal et regardaient deux enfants en haillons jouer avec un cercle de tonneau en se le renvoyant l'un à l'autre. Êtes-vous beaucoup plus renseignée, ma très douce épouse ?

— Mon sauvage Irlandais, murmura-t-elle, je suis plus perplexe que renseignée. Comme l'a dit ce bon prêtre, c'est une communauté avec ses secrets, ses passions cachées, ses féroces jalousies et ses colères rentrées. Il s'est passé quelque chose mais j'ignore quoi. La personne qui a tué Elias et les autres est un habile empoisonneur qui en sait long sur les herbes.

— Dans ce cas, notre noble médecin doit occuper le premier rang de notre liste de suspects.

— C'est possible, acquiesça Kathryn.

— Et le père Clement ?

— Peut-être.

La jeune femme observa les deux gamins avec attention. L'un d'entre eux ressemblait à Wulf, l'enfant trouvé. Elle se demanda un instant ce que faisait son protégé.

— Kathryn, souligna Colum, ce prêtre est un adroit tailleur de pierre, un homme bienveillant pourtant, parfois, peut être impitoyable, qui sait ? Néanmoins je n'ai rien vu chez lui qui indiquerait qu'il connaisse le pouvoir et la puissance de certaines poudres. Il nous en a dit le plus possible mais, là encore, c'est leur pasteur, leur chef.

— J'en conviens, Colum : le criminel pourrait être l'un de ceux avec lesquels nous étions assis, ou quelqu'un que nous n'avons même pas rencontré. Les meurtres d'Elias et d'Isabella sont particulièrement embarrassants. D'où provenait ce vin ? Comment pouvait-on être sûr qu'il serait bu ce soir-là ? Il en va de même pour l'assassinat d'Adam l'apothicaire. Colum, j'ai l'impression d'avoir tourné en rond dans une pièce noire. J'ai touché des objets, j'en ai vu, mais aucun n'a alerté mon esprit ni suscité mes soupçons. Le problème, ajouta-t-elle, c'est que je ne m'attendais pas à devoir m'occuper de cela juste après notre mariage !

Elle lui saisit le bras.

— Colum, nous voilà…

— … fort amoureux ! dit-il en terminant sa phrase.

Elle se hissa sur la pointe des pieds pour l'embrasser sur la joue.

— Nous sommes passionnément épris, Irlandais ! Alors que faisons-nous ici, dans un cimetière, à parler de poisons, invités par un seigneur qui est tout aussi mystérieux que ses villageois ?

Murtagh frappa le sol du bout de sa botte.

— C'est vrai. Et nous allons sous peu assister à un festin. Lord Henry a décidé de recevoir ses hôtes en grande pompe et d'une façon plus détendue.

— Alors, répondit Kathryn en prenant la main de son mari et en la portant à ses lèvres pour la baiser, nous devrions rentrer. J'ai besoin de me reposer et de réfléchir.

— Ces Français ne me plaisent guère, remarqua Colum. Sanglier ressemble à un goupil mais a un caractère de fouine. Se pourrait-il qu'il ait quelque chose à voir avec les empoisonnements de Walmer ?

— J'aimerais pouvoir l'affirmer, dit Kathryn en riant, mais les Français ont leurs propres noirs secrets et n'auraient cure des faits et gestes des villageois.

Ils regagnèrent Mercery Lane et la grand-rue où les marchands achevaient leur labeur quotidien. Le sergent s'y trouvait avec sa troupe de baillis. Ils jetèrent des regards torves à Kathryn et Colum et s'abstinrent de les saluer.

— Pensez-vous que Walter soit un homme violent ? interrogea Kathryn.

— Je sais qu'il l'est, répondit Murtagh. J'ai souvent croisé des gens de son acabit dans des camps disséminés dans le royaume. Ce sont des brutes à qui on a donné une parcelle de pouvoir et l'occasion d'en savourer l'exercice.

Ils traversèrent la place du marché qui se vidait à présent. Des mendiants geignaient en demandant l'aumône ; des enfants jouaient en attendant leurs parents. Kathryn aperçut le prêcheur installé sur les marches de la croix. Il leva les yeux à leur passage et esquissa une bénédiction. Kathryn lui adressa un signe de tête.

— Voilà un homme qui doit répondre à quelques questions.

Elle lâcha le bras de son mari et revint sur ses pas. Le prêcheur était assis, tête basse.

— Messire ?

L'homme se signa et leva derechef les yeux. Un chapelet était enroulé autour de ses doigts.

— Je priais, déclara-t-il en la lorgnant du coin de l'œil. Je priais pour être éclairé.

— Êtes-vous né à Walmer ?

— Je suis natif de toutes les villes, de tous les villages où il plaît à Dieu de m'envoyer.

— Je vous ai posé une question, Messire. Êtes-vous né à Walmer ?

— Je vais et viens où le vent m'emporte.

Il lança un regard rusé à Colum qui avait suivi son épouse.

— Mais, pour vous répondre, je suis né dans le Sud-Ouest.

— Et qu'est-ce qui vous a conduit à Walmer ?

— J'œuvre pour Dieu. Me soupçonnez-vous de ces horribles empoisonnements ? Je vous assure que je suis innocent. J'ai quelques pennies pour acheter une miche de pain et un gobelet de vin coupé d'eau. Si vous me donnez quelque chose, peut-être serai-je mieux nourri ce soir.

Kathryn plongea la main dans son escarcelle et en sortit une pièce d'argent.

— Vous avez parlé avec l'une des victimes, n'est-ce pas ?

— C'est vrai : l'apothicaire – mais uniquement de sujets spirituels.

— Et vous vous intéressez à Benedict le tabellion ?

— Parce qu'il est homme de loi, c'est tout.

L'homme adressa un sourire à Kathryn.

— Un prêcheur errant la craint toujours !

— Pourquoi avez-vous demandé un morceau de parchemin à l'apothicaire ? On en a cloué un semblable qui proférait des menaces à l'encre noire, à la porte du presbytère dimanche dernier.

Elle se pencha pour effleurer les doigts noircis et poussiéreux de son interlocuteur.

— Et un autre avertissement a été griffonné sur le sol de l'église.

Le prêcheur se leva. Il ne souriait plus.

— Oui, Maîtresse, et j'ai dormi près de l'église, mais – il tendit les mains – si elles sont sales c'est parce que je ramasse du charbon pour le feu. Quant au bout de vélin, il m'a servi pour rédiger un sermon.

— Où est-il à présent ?

— Je l'ai brûlé par la suite.

Il lança un coup d'œil furieux à Colum.

— Je n'ai rien fait de mal. On n'a nulle preuve contre moi.

Kathryn lui donna l'argent.

— Grand merci, gente dame, dit-il en mordant dans la pièce. Je boirai à votre santé et prierai pour vous. J'ignore tout de ce village, de ses habitants et, bien sûr, de ses péchés. Si j'apprends quelque chose, je vous chercherai et vous en ferai part.

Et, serrant son gourdin, il s'en fut.

— Ce n'est point un prêcheur, Colum, murmura Kathryn.

Quittant la place du marché, ils empruntèrent le chemin sinueux qui montait vers le manoir.

— Qu'est-ce qui vous fait dire ça ?

— Observez ses mains et ses poignets : ils sont couverts de cicatrices. Il manie l'épée, et le cal du quatrième doigt de la main droite montre qu'il a tiré plus d'une flèche. Je crois que c'est un soldat.

— J'ai déjà rencontré ses pareils, renchérit Colum. Ils reçoivent un coup sur la tête, ont des visions et se tournent vers Dieu.

— Je ne pense pas qu'il se soit tourné vers Dieu, releva Kathryn. Il me semble qu'il prépare quelque méfait. Je ne peux le prouver, en revanche ses yeux… Notre prêcheur a un faible pour un gobelet de vin, coupé d'eau ou non, et aussi pour un joli visage. Il faut questionner Lord Henry plus avant. Nous devons le confronter aux mystères qui paraissent le concerner et à ceux qui menacent ses villageois. Mais pas aujourd'hui.

Ils suivirent le sentier en s'écartant pour laisser passer des charrettes brinquebalantes qui retournaient au village.

— Lord Henry se ravitaille, remarqua Colum. Je crois qu'il veut impressionner ses hôtes.

Quand ils arrivèrent au manoir, Colum alla s'occuper des chevaux. Kathryn regagna leur chambre, vaste pièce sise dans la première galerie. Un beau lambris recouvrait presque entièrement les murs, ne laissant voir au-dessus qu'une étroite bande de plâtre d'un blanc cru agrémentée de triptyques, de croix et d'un épais drap d'or. Le lit aux courtines de velours bleu foncé, aux draps et aux oreillers de la plus fine toile de lin, était l'œuvre d'un maître artisan. Il y avait des arches et des coffres, des tabourets et des tables, et même une écritoire aux sculptures élégantes destinée à

Kathryn et à Colum. Près du lit, sur une petite table, une servante avait déposé deux gobelets et un pichet de vin protégés par des linges blancs brodés aux armes de Lord Henry. Kathryn les ôta et huma la boisson. L'odeur était franche et forte mais la jeune femme se dit que, si elle buvait, elle s'endormirait. Or elle voulait réfléchir. Décidant d'enlever son bracelet, elle souleva le couvercle du grand coffre qui se trouvait au pied du lit et s'arrêta. Tout était en ordre ; néanmoins, elle s'agenouilla et ouvrit sa cassette à bijoux. Puis elle fit de même avec la boîte de fards qui se trouvait à côté.

— Je suis certaine… chuchota-t-elle.

Elle regarda la porte qu'ils n'avaient pas fermée à clé afin que la servante puisse entrer. Était-ce un domestique ? Kathryn était sûre que quelqu'un avait fouillé dans ce coffre, déplacé certains de ses vêtements et ouvert les coffrets, bien qu'il ne manquât rien. Peut-être une servante curieuse ? La jeune femme referma le coffre et se dirigea vers la fenêtre, dont elle entrebâilla le petit vantail à meneaux. La chambre offrait une vue dégagée sur les falaises et la mer qui scintillait sous le soleil vespéral. Elle suivit des yeux la ligne du paysage, l'herbe verte des landes, la sente poussiéreuse qui menait à l'échafaud. Une silhouette s'y déplaçait et Kathryn n'eut aucun doute : c'était grand-mère Croul.

— Je me demande, murmura-t-elle, je me demande si vous pourriez m'en dire davantage.

Elle alla au lavarium, s'aspergea d'eau visage et mains, déboucha l'un de ses flacons de parfum et s'en tamponna légèrement le côté du cou. Puis elle changea ses souples chaussures de cuir pour des bottes, attrapa sa mante et se rendit aux écuries à la recherche de Colum. En grande conversation avec un palefrenier, il admirait une selle posée sur son support.

— L'œuvre d'un homme de l'art, déclara-t-il en la tapotant. Que faites-vous céans, Kathryn ?

— J’aimerais me promener à cheval.
— Seule ?
— En haut de la falaise, c’est tout.

Colum traversa la cour pour ramener un cob bien dressé. Il le sella, aida sa femme à monter, puis, d’une main, maintint les rênes et posa l’autre sur le genou de sa femme.

— Allons, promettez-moi que vous n’irez pas loin : juste là-haut, puis vous revenez. Je posterai un serviteur au portail pour vous surveiller. Il y restera jusqu’à votre retour.

Il eut un grand sourire.

— Où que vous alliez, le danger semble toujours vous suivre.

Kathryn se pencha et lui pinça la joue.

— Lâchez-moi, Irlandais, je dois partir !

Elle talonna sa monture, les conseils de Colum retentissant encore à ses oreilles. Une fois sortie de la cour pavée, elle fit tourner son cheval et longea la muraille. Les trois Français, installés à l’ombre pour partager une cruche de vin, la voyant passer, se levèrent en époussetant les miettes tombées sur leurs pourpoints. Kathryn arrêta sa monture.

Sanglier s’inclina, imité par les deux autres.

— Madame, si nous avions su que vous chevauchiez seule, nous aurions demandé à vous accompagner.

— Messire, si vous m’aviez escortéc, jc n’aurais pas chevauché seule, n’est-ce pas ?

Le vicomte se mit à rire.

— Profitez donc du beau temps anglais, Madame. Il paraît que le soleil ne va pas tarder à disparaître.

Kathryn rassembla les rênes et regarda les trois étrangers. Ils étaient sans doute sortis afin d’éviter qu’on puisse écouter leur conversation.

— J’ai cru comprendre que Lord Henry avait de nouveaux soucis au village, déclara Sanglier. Un trépas après un autre. Eh oui, le Seigneur donne et le Seigneur reprend.

— Que voulez-vous dire ? interrogea Kathryn en se penchant. Messire, qu'entendez-vous par là ?

Sanglier tapota sa moustache.

— Oh, ne savez-vous pas ? Walmer appartient au seigneur du manoir. Quand un homme meurt, ses biens reviennent à Lord Henry. Si ces morts continuent, il sera un homme encore plus riche avant la fin de la semaine.

— Lord Henry est déjà bien assez fortuné, rétorqua Kathryn, agacée par le ton persifleur du Français. Il n'a point besoin des richesses des disparus.

Elle pressa son cob. L'un des hommes ricana dans son dos, mais elle ne se retourna pas. Du coin de l'œil elle distinguait le mur d'enceinte du castel qui s'élevait dans le ciel bleu. Le soleil scintillait dans les fenêtres ; à sa droite, la mer chatoyait sous le soleil déclinant. Bel après-midi, se dit-elle. L'herbe et les ajoncs de la falaise étaient touffus et parsemés de fleurs sauvages parfumées aux couleurs variées. Au-dessus de sa tête, une mouette cria. Un connil détala sur le sentier. Devant elle, grand-mère Croul était agenouillée au pied de la potence comme si c'était une statue. La vieille femme ne bougea que lorsque Kathryn eut mis pied à terre et entravé son cheval. Elle s'assit alors dans l'herbe sous l'échafaud où Kathryn la rejoignit, les yeux fixés sur la mer.

— C'est si calme, n'est-ce pas ? fit observer grand-mère Croul en regardant au loin comme si elle essayait de discerner quelque chose au-delà de l'horizon. Voyez, la mer est un miroir. J'aime contempler le coucher du soleil quand les flots deviennent rouges.

Kathryn leva les yeux vers la potence à trois bras, haut monstre de bois noir et de crocs patibulaires. Un morceau de corde se balançait à l'un d'eux.

— C'est paisible à présent, confessa grand-mère Croul, mais j'étais présente quand on les a pendus. Une charrette après l'autre, des échelles dressées contre le gibet. Les hommes arrivaient au trot, nœud coulant au cou, et les tombereaux s'écartaient, laissant les corps danser et tressauter. L'autre potence était plus grande que celle-ci ; elle avait six branches, mais celle-là est bien assez épouvantable. Bon, ne parlons plus de mort. Appréciez-vous votre séjour au manoir de Walmer ?

— Je croyais qu'il en serait ainsi, répondit Kathryn en lui rendant son sourire. Le village est beau et la mer si sereine que je peux à peine ouïr les vagues.

— Revenez en hiver et vous les entendrez ! dit grand-mère Croul en riant. Elle gronde comme un géant qui essaie de rompre ses chaînes. Vous avez donc il y a peu échangé des vœux à la porte des mariages avec ce gaillard d'Irlandais ? Vous savez, les villageois ont peur de lui ; de toute façon, ils redouteraient n'importe quel Irlandais. Ces hommes terrifiants étaient nombreux ici pendant les récentes guerres !

— L'habit ne fait point le moine, rétorqua Kathryn en citant Chaucer.

— Je sais. Il n'en reste pas moins que votre Irlandais est un soldat. Je l'ai deviné à sa façon de lever cette épée dans la grand-salle ; j'ai cru qu'il allait nous couper la tête !

Kathryn se mit à rire.

— Un guerrier au combat, un parfait et gentil chevalier en temps de paix.

— Les hommes ne sont pas gentils, contra grand-mère Croul. Ils sont violents. Non, c'est faux : mon premier époux était doux et bienveillant ; il n'aurait pas fait de mal à une mouche et aurait soigné un oiseau à l'aile brisée. Le second… Ah, Madame, comme nous les femmes pouvons être écervelées ! C'était un sauvage, et pis encore. J'ai parfois l'impression que nous, êtres humains, sommes comme des chevaux. On peut avoir un cheval foncièrement bon. Puis en trouver un autre qui a un vice. Ça s'est passé ainsi avec mon second mari. Il a rejoint les naufrageurs, pas seulement parce qu'il voulait s'enrichir, mais aussi parce qu'il aimait tuer.

— Pourquoi venez-vous donc ici ?

— J'avais l'habitude d'apporter des fleurs et d'allumer une chandelle. Puis je me suis dit : « À quoi bon ? » Parfois je veille simplement, je récite le Requiem et je prie.

Elle leva une main sillonnée de veines autour de laquelle était enroulé un chapelet.

— Quelquefois je me contente d'y rencontrer son fantôme.

— Vous l'aimiez, n'est-ce pas ? demanda Kathryn. Je veux dire, votre second mari ?

— Que Dieu me pardonne, Madame, chuchota la vieille femme, mais vous avez raison. Je l'aimais en effet, mais quelle mort ! Il arrive qu'on croise un individu qui n'a cure ni de Dieu ni des hommes.

Sa voix s'éteignit.

— Vous êtes ici pour m'interroger sur ces affreux trépas, n'est-ce pas ? reprit-elle.

— De grâce, parlez-moi de Walmer.

— Vous estimez donc que je suis la mauvaise langue du pays ?

— Non, je vous considère comme une femme avisée qui a gravi cette falaise en espérant que je pourrais l'y rejoindre.

Grand-mère Croul rit et fouilla dans la poche de sa robe sombre. Elle y prit un morceau de fromage, le rompit et en offrit une moitié à son interlocutrice qui l'accepta. Le fromage était délicieux et frais.

— Je le fais moi-même, expliqua la vieille femme. Quant aux villageois… il y a le prêtre, le père Clement, qui vit dans son monde, qui sculpte ses pierres et récite ses prières. Il est affable avec en lui quelque chose d'irréductible. Il peut être sévère et prononcer un sermon rigoureux. Envers le pécheur qui fait pénitence, il se montre bienveillant et compréhensif. En revanche envers ceux qui se rebellent contre la grâce de Dieu et les avertissements de notre sainte mère l'Église, il est dur comme un roc. Voilà seize ans qu'il est ici. Il a maudit les naufrageurs dans le chœur et a verrouillé la porte de Saint-Swithun pour les empêcher d'y entrer. Il les a excommuniés par la cloche, le livre et la chandelle et a fulminé l'anathème contre eux jusqu'à la fin de leurs jours. Je l'ai entendu. J'ai dit à mon époux qu'il était damné ! Il s'est contenté d'en rire. Mais je savais que Satan viendrait réclamer sa proie.

— Et Amabilia ?

— Une femme douce. Je me demande parfois si elle a toute sa tête. Oh, on laisse entendre qu'elle et son frère sont aussi proches que mari et femme… vous savez comment vont les ragots… ce sont dires de gens malveillants et de langues de vipères. Le père Clement est un bon prêtre, un pasteur qui s'intéresse davantage à ses brebis qu'à leur laine.

— Benedict et Ursula ?

— Ah ! s'exclama grand-mère Croul en joignant les mains et en se léchant les doigts pour ne pas perdre une miette de fromage. Esprits étroits et cœurs durs, ils se ressemblent comme deux gouttes d'eau. Benedict n'est pas d'ici, il est d'un peu plus loin au nord. Il s'était entendu avec les naufrageurs et avait partie liée avec leur bande, mais sur la frange, entre ombre et lumière. Il a su se montrer fort souple avec Lord Henry. Il s'occupe du travail légal pour ceci ou cela et porte des messages de sa part en tous lieux.

— Est-ce un assassin ? voulut savoir Kathryn. Pourrait-il occire ?

— Oh, que oui ! Il a les doigts crochus. Il m'enverrait à coups de fouet d'ici à Londres juste pour gagner un groat[1].

— Et sa femme, Ursula ?

— Toute minauderie et matoiserie. Elle est aussi impitoyable que lui tout en jouant les grandes dames. Elle et sa sœur ont toujours été rivales.

1. Petite pièce de monnaie. (*N.d.T.*)

— Croyez-vous qu'Adam l'apothicaire a empoisonné sa femme ?

— Maîtresse Swinbrooke, je ne le crois pas : je le sais.

— En êtes-vous si sûre ?

— Je n'ai point de preuves, mais Adam avait une âme diabolique. Je me demande combien de personnes il a, pendant toutes ces années, aidées à disparaître dans les ténèbres… Bon, ce ne sont là que bavardages de femme âgée. Adam doit répondre de ses crimes devant le tribunal de Dieu. Et, avant que vous me le demandiez, le bedeau est un ivrogne, plein de bière et de méchanceté. Il a ses secrets, ses activités cachées. Avez-vous vu les deux amants dans le cimetière ?

Kathryn sourit.

— Chose banale, continua grand-mère Croul. Simon n'aime rien tant que de les espionner. Il pense que c'est un secret bien caché au fond de son cœur. Je l'ai aperçu là-bas, comme une belette tapie dans l'herbe, qui épiait de jeunes amoureux. Il y prend grand plaisir, sans parler du pouvoir que cela lui donne. À plusieurs reprises il a menacé une bachelette de tout révéler sauf si elle faisait exactement ce qu'il voulait.

— Et notre sergent ?

— Le gros Walter…

Grand-mère Croul s'interrompit comme une mouette plongeait en piqué en criant au-dessus de sa tête.

— J'ai toujours pensé que les cris de ces oiseaux étaient les voix des fantômes. Ce n'est sans doute que balivernes. Walter n'est pas parfait ; il a des talents, mais il est brutal. Lui et ses baillis aiment par-dessus tout pourchasser un mendiant jusqu'aux lisières de la paroisse, fouetter une catin errante ou une fille à chaudronnier.

— Et enfin nous en arrivons à notre médecin.

— Roger est un homme doué, cependant lui aussi a des secrets. Il vient de Londres. Les rumeurs prétendent qu'il vivait autrefois dans une grande demeure, que l'or et l'argent lui coulaient entre les doigts, puis qu'il s'est passé quelque chose. Un colporteur m'a narré que Roger s'était trompé de potion pour l'épouse d'un riche marchand. Il a dû fuir la ville et s'est enterré à Walmer. À bien des égards, c'est un bon médecin, l'œil vif et l'esprit prompt, toujours prêt à distiller un philtre pour ceci ou à préparer une poudre pour cela, et, tant qu'il est payé, il n'en a pas vraiment cure. Il nourrit des rancunes ; il est amer et tortueux.

Se retournant, grand-mère Croul regarda Kathryn droit dans les yeux.

— Nous ne sommes pas bien beaux, n'est-ce pas ? Loin de la grâce divine, mais ne cachons-nous pas tous quelque chose ? Je suis certaine que votre Irlandais a été témoin de scènes qu'il a préféré oublier. Et vous, Madame ?

— Kathryn, s'il vous plaît, appelez-moi Kathryn.

Grand-mère Croul saisit sa canne, se leva et la regarda.

— Eh bien, Maîtresse Kathryn, quels sont vos mystères ?

— Un mariage sans amour – du moins avant celui-ci – et un mari qui buvait.

Grand-mère Croul lui tapota la tête.

— Ah, notre passé est comme un fardeau attaché sur notre dos et il arrive quelquefois que le poids nous écrase.

— Dites-moi, demanda Kathryn en se levant elle aussi, ces trois lancastriens qui cherchaient asile ou refuge… avez-vous participé à leur assassinat ?

Prenant appui sur sa canne, grand-mère Croul fit non de la tête.

— Ces malheureux, dit-elle, compatissante, ont commis l'erreur de venir à Walmer et de s'arrêter au *Cygne d'argent*. Ils auraient dû gagner l'un des ports de pêche. Non, je n'ai pas assisté à leur mort, mais j'ai entendu ce qui se passait. Elias et ses comparses hurlaient comme des chiens en les poursuivant dans les rues. On m'a rapporté que le jeune écuyer avait voulu se rendre. Une fois arrivé au cimetière, il a jeté son épée et a levé les mains. J'ignore ce qui s'est passé exactement sinon qu'Elias et les autres n'ont pas fait de quartier. Ils voulaient prouver à Lord Henry, et à tout un chacun, leur loyauté au roi.

Elle scruta son interlocutrice et s'approcha. Kathryn sentit le léger parfum de lavande qui montait de ses vêtements.

— Vous estimez que c'est important, n'est-ce pas ?

— Peut-être, admit la jeune femme. Le meurtre de ces trois étrangers pourrait être lié aux empoisonnements. Ce n'est qu'une intuition sans fondement. J'avance dans le noir.

— Alors vous feriez mieux de rentrer, commenta grand-mère Croul en riant. Les vraies ténèbres ne vont pas tarder à tomber. Cette falaise peut s'avérer dangereuse. Walmer dans l'ombre et la nuit diffère de Walmer en plein jour. Venez, je vous accompagne.

Kathryn désentrava son cob et retourna sur le sentier. Grand-mère Croul se mit à lui montrer diverses plantes et narra que les fermiers, jadis, avaient tenté de labourer l'endroit.

— La terre est trop salée, expliqua-t-elle, le vent vient de la mer. Écoutez, Maîtresse Swinbrooke : à présent, vous n'entendez que le murmure des vagues. Mais en hiver le vent est furieux et peu nombreux sont ceux qui s'aventurent jusqu'ici. En tout cas, on prétend que les lieux sont hantés et que les fantômes des naufrageurs passent leur purgatoire ici.

— Combien de gens s'y connaissent-ils en herbes ? questionna Kathryn. Je veux dire, dans le village ?

— Nous tous, et vous le savez. Roger, Benedict, même Walter, et, bien entendu, Adam l'apothicaire qui avait une chambre des secrets, et une liste de poudres pour tout.

Kathryn lui lança un vif coup d'œil.

— Y compris le meurtre ?

— Vous l'avez dit : y compris le meurtre.

Elles arrivèrent à l'entrée du manoir. Grand-mère Croul prit congé et Kathryn pénétra dans la cour pavée. Elle s'immobilisa, stupéfaite. Tout le monde semblait s'y être retrouvé. Lord Henry présentait avec fierté un faucon de haut lignage qu'il venait d'acheter. Bel oiseau bleu-gris à la tête pointue et noire masquée par un petit capuchon, il se dressait sur son perchoir, jets tintinnabulant tel un elfe. Lord Henry montrait le rapace à Sanglier, Cavignac et Delacroix. Colum participait à l'exhibition en comparant les qualités de l'oiseau à celles des autres. Palefreniers et valets d'écurie se pressaient autour d'eux. Dans le coin, Kathryn fut surprise d'apercevoir le prêcheur assis sur un socle de pierre, une coupe de clairet dans une main, un quignon de pain dans l'autre. Il mangeait avec voracité, buvait à grand bruit et jetait des regards à la scène comme s'il assistait à une pantomime. Kathryn tendit les rênes de sa monture à un valet. Lord Henry l'accueillit avec chaleur. Elle nota ses yeux brillants et sa bouche souriante ; c'était la première fois qu'elle le voyait si heureux depuis son arrivée à Walmer.

— Je leur montre cet oiseau, Maîtresse Swinbrooke. C'est un noble faucon. Colum estime que l'émerillon peut être plus rapide, plus dangereux. Est-il vrai, Messire, questionna-t-il en se tournant vers Sanglier, que les volières de votre maître à Paris sont peuplées de toutes les espèces de faucons existant sous le soleil ?

— Notre souverain est habile fauconnier, répondit le vicomte, et aime à chasser, surtout près des marais.

— Nous aimons tous la chasse, acquiesça Lord Henry en caressant du doigt le bréchet de l'oiseau. Là, là, mon tout beau, dit-il pour le calmer.

— Que fait-il ici ? demanda Kathryn en désignant le prêcheur.

— Je me suis posé la même question, remarqua Sanglier. Je l'ai vu déambuler avec assurance comme un juge venu rendre la justice.

— Rien ne vous échappe, Messire le vicomte.

Lord Henry tendit le pèlerin à l'un de ses serviteurs, frappa dans ses mains et appela le prêcheur. Celui-ci se leva et avala sa dernière bouchée de pain, qu'il fit descendre avec une ultime rasade de vin. Il donna sa coupe à un valet, s'approcha et serra la main du seigneur. Ce dernier l'attira vers lui et lui posa le bras sur les épaules. Ce geste amical étonna même Colum. Les trois Français contemplaient la scène en plissant les yeux.

— Voici un homme de Dieu, commença Lord Henry, sarcastique. On l'appelle le prêcheur. Il voyage de-ci de-là et a même traversé la Manche pour se rendre en France.

— Alors, l'interrompit Sanglier d'un ton tranchant, la prochaine fois qu'il visitera Paris je me chargerai de le divertir. Messire, cet homme est un espion !

— Disons qu'il collecte des informations, suggéra Lord Henry sans cacher son amusement. Il rentre tout juste de Paris. Son vrai nom est Richard Blandford, clerc de la Cire verte. Jadis, tout comme vous, Messire – il fit un geste vers Delacroix –, il a étudié pour être prêtre avant de comprendre que Dieu lui ouvrait une autre voie. Il connaît les Évangiles et les écrits des Pères de l'Église sur le bout des doigts.

Il était évident que la gêne des Français réjouissait Blandford.

— Maître Blandford est donc encore tout imprégné de Paris où il a vécu avec les vagabonds. Je crois qu'il existe ce que vous nommez la guilde des pécheurs, la fraternité des peccants, si on peut le traduire ainsi, continua Lord Henry, mais ce peut aussi être la guilde des pêcheurs ; elle sonde la Seine en quête d'objets de valeur et ramasse les cadavres emportés par le courant dans les roseaux ou le long des berges boueuses.

— Et ? s'enquit Sanglier.

— On a retrouvé le corps de Marshall. Il a été identifié grâce à l'anneau frappé de mon emblème qu'il portait au doigt.

Sanglier recula, ses amis serrés derrière lui.

— Qu'est-ce… ? demanda le vicomte.

— Nous avons appris, répéta Lord Henry, que la dépouille de Marshall a été retrouvée. On l'a confiée aux Filles de Dieu, les nonnes du couvent de la Merci, près de la porte Saint-Denis, pour qu'elles l'enterrent.

— Eh bien ?

— William Marshall ne s'est point noyé, reprit Lord Henry d'un ton égal, tout enjouement disparu. Il a été occis. Sa gorge n'était plus qu'une plaie mâchée, ouverte d'une oreille à l'autre, béante comme une autre bouche. On l'a assassiné.

— Vous n'avez pas l'intention de mettre son trépas sur le compte de mon maître, je pense ? protesta Sanglier. Et vous ne croyez pas, non plus, qu'un d'entre nous a trempé dans l'affaire ? Paris, comme Londres, fourmille de malandrins. Marshall n'aurait pas dû aller pêcher en Seine.

— Qui vous a dit qu'il était allé pêcher ?

— Vous.

— Peut-être, Messire le vicomte, mais pêcher quoi ?

Lord Henry se tourna vers son espion et lui tapota l'épaule. De petits nuages de poussière s'élevèrent de la grossière robe noire.

— Narrez l'histoire vous-même.

— J'ai passé trois mois à Paris, déclara Blandford d'une voix rauque. Les pêcheurs rivalisaient pour découvrir le cadavre de William Marshall, l'Anglais qui s'était noyé. D'aucuns, mais je ne sais qui, précisa-t-il, sarcastique, ont aussi promis or et argent si le corps et tous les menus objets étaient repêchés.

Sanglier lui lança un regard glacial.

— A-t-on trouvé quelque chose sur lui ? questionna Cavignac.

— Rien ! Le pauvre Marshall avait les habits qu'il portait d'ordinaire et quelques pièces dans son escarcelle, mais sa dague n'était plus au fourreau.

— William Marshall était un homme de bien ! s'exclama Lord Henry dont la voix fit taire le vacarme de la cour. Sa mort sera vengée.

Il tendit le bras et ordonna qu'on pose son faucon pèlerin favori sur son poing ganté. Puis il s'inclina devant tous ses hôtes, traversa l'enceinte et franchit la porte étroite qui menait à ses appartements privés.

Sanglier et ses compagnons s'écartèrent aussitôt en chuchotant et se dirigèrent vers le portail, loin des oreilles indiscrètes. Colum regarda le palefrenier desseller le cheval monté par sa femme.

— Eh bien, qui l'eût cru ! souffla-t-il.

— Qui eût cru quoi, Irlandais ?

— Lord Henry est gardien du Sceau secret parce que, sous son beau visage impassible et calme, se cache une cervelle qui grouille comme un boisseau de vers, expliqua Murtagh en hochant la tête. Il est rusé et intelligent. Sanglier a trouvé son maître.

Le prêcheur s'approcha avec nonchalance, cligna de l'œil à l'adresse de Kathryn et suivit Lord Henry dans le château.

— Je ne sais pas trop ce qui se passe, Kathryn, murmura Colum. Lord Henry a ourdi une intrigue dans laquelle, bon gré mal gré, Sanglier et ses comparses doivent jouer leurs rôles.

— Marshall a donc été occis, déclara Kathryn. La question principale est : par qui ? Les Français ?

— Assez de questions !

Colum lui prit la main et lui baisa les doigts.

— Ainsi, le prêcheur est un espion et un menteur, insista la jeune femme, et, de plus…

— Suffit ! s'insurgea Colum en souriant. Suffit pour le moment !

CHAPITRE VI

> « De ce texte disant que les chasseurs ne sont pas des hommes saints, il ne donnait pas un pet de lapin. »
>
> Chaucer, Prologue général,
> *Les Contes de Cantorbéry*

Dans leur chambre, une servante avait roulé un brasero couvert dont le charbon rougeoyant, parsemé d'herbes, répandait un délicieux et frais parfum. Kathryn s'assit quelques instants au bord du lit et étudia un bestiaire que leur hôte leur avait fait apporter en guise de cadeau de sa bibliothèque. Elle feuilletait le parchemin coloré en contemplant les rouges et les verts foncés et s'arrêta devant une étrange créature que l'artiste avait peinte en violet.

Murtagh se dévêtait pour faire ses ablutions. Kathryn tapota la page.

— Saviez-vous, Colum, que l'onagre vit en Afrique et qu'un seul mâle domine tout un troupeau de femelles ?

Elle sourit.

— Selon ce livre, le mâle est si jaloux du poulain nouveau-né qu'il lui arrache les testicules d'un coup de dents. La veille du 25 mars, fête de la Conception du Christ, l'onagre brait douze fois pendant la nuit et douze fois pendant le jour. C'est pourquoi, en même temps, il représente le diable parce qu'il ne fait pas la différence entre le jour et la nuit.

Tournant les pages, elle contempla la curieuse esquisse d'un dromadaire qu'elle montra du doigt.

— J'en ai vu un quand mon père m'a emmenée à la Tour de Londres. D'après l'auteur, il rumine comme un bœuf et peut parcourir des centaines de milles en une seule journée.

Elle ferma le livre et le déposa sur le lit.

Murtagh trempait un linge dans la cuvette et se lavait. Kathryn remarqua le réseau de cicatrices sur son flanc et son dos.

— Combien de blessures avez-vous, Irlandais ?

— Plus que je n'en peux compter. Certaines sont dues à des batailles, d'autres à des combats dans des rues sombres ou des venelles puantes. Vous rebutent-elles ?

— Rien ne me rebute chez vous, Irlandais.

Elle aurait volontiers continué ses taquineries mais la brise du soir leur apporta le son du glas.

— C'est Simon le bedeau, dit-elle. Je me demande ce qui se passe, à présent.

Puis elle se souvint des trois cadavres.

— On doit être en train de les bénir, observa-t-elle avec calme. Elias, Isabella et Adam. Ils seront encensés juste avant la nuit. Le père Clement chantera le Requiem demain. Avant la fin de la journée, ils seront enterrés dans le cimetière. N'est-ce pas bizarre, Colum, que la vie puisse être aussi fugace ?

Ouvrant le volume, elle désigna l'image d'un lion.

— C'est à cela que ressemble la mort, à un dévorateur, une bête sauvage tapie dans l'herbe ou un faucon fondant du ciel.

Colum enfila une chemise propre, s'approcha et lui souleva le menton.

— Dans ce cas, ma petite philosophe, nous devrions profiter de la journée tant qu'elle dure. Êtes-vous heureuse, Kathryn ?

Il prit place à côté de sa femme.

— Ou votre esprit est-il encore tourné vers le passé ?

Elle enlaça sa taille et posa la tête sur sa poitrine.

— S'il est encore hanté par le passé, Irlandais, c'est parce que je suis si heureuse ; mais c'est un tel contraste avec cette cloche funèbre ; il m'arrive d'avoir des cauchemars, de croire qu'Alexander Wyville n'est point enseveli dans un cimetière, là-bas dans le Sud-Ouest, mais que, semblable à un démon, il rôde en quête de méfaits. Il peut revenir un jour et, comme un voleur, surgir dans ma vie.

Colum lui caressa les cheveux.

— S'il le fait, alors il trouvera la maison bien gardée et un sauvage Irlandais armé d'une épée et d'un bouclier.

— Voilà bien mon féroce soldat, murmura la jeune femme.

Ils commencèrent à s'embrasser. Puis Colum se leva, alla fermer l'huis et revint. Ils firent l'amour. Dehors le soir tombait et les bruits du manoir se dissipaient. Kathryn s'endormit, la tête posée sur la poitrine de son mari. Quand elle s'éveilla, il faisait nuit. Colum dormait près d'elle. Elle se leva et alla à la fenêtre. En bas, dans la cour enténébrée, brillaient des torches enduites de poix dont le vent forcissant attisait la flamme. Elle ouvrit la croisée. Le bruit de la mer était plus fort à présent et l'air froid était chargé de l'odeur piquante du sel. Elle s'habilla en hâte, gagna la galerie et descendit l'escalier. Elle passa devant le cabinet de travail de Lord Henry. La porte était entrebâillée. Le son d'une flûte intrigua Kathryn, qui jeta un coup d'œil dans le rai de lumière. D'abord, elle n'en crut pas ses yeux. La salle était aussi luxueuse et bien meublée que toutes les autres chambres du château, mais Lord Henry n'écrivait pas. En chemise et bas, déchaussé, il dansait la gigue, comme un homme le ferait dans une taverne, pendant que le prêcheur jouait de la flûte. Lord Henry sentit qu'on le regardait. Il se retourna et quand Kathryn détala la porte se ferma violemment dans son dos. La lointaine mélodie la suivit dans l'escalier jusqu'à la grand-salle. Celle-ci était déserte cependant les serviteurs, occupés par le banquet du lendemain, avaient servi une collation de viandes froides, de pain frais, de pots de beurre et de miel, de pichets de vin, de malvoisie et de bière. Kathryn garnit un plat de morceaux d'agneau, d'oie, de faisan et de deux miches. Elle l'emporta, ainsi que deux serviettes, dans sa chambre où Colum était assis, les yeux lourds de sommeil, au bord du lit. Elle ouvrit un peu plus les volets et insista pour que son mari se nourrisse.

— C'est si étrange ! dit-elle.

Elle regarda le candélabre d'argent à six branches. Colum l'avait allumé en son absence et placé sur le rebord de la fenêtre, loin des draperies et des tapisseries. Le vent qui se faufilait par les fentes des fenêtres et sous l'huis faisait danser les flammes qui projetaient des ombres mouvantes.

— Qu'est-ce qui est étrange ? demanda Colum.

Il était assis de l'autre côté de la table, et grignotait un morceau de viande. Il leva son gobelet pour admirer la rangée de pierres fines qui en ornait le bord.

— Lord Henry, déclara Kathryn. C'est le confident du roi, un maître clerc, un homme expert en matière de guerre comme de chancellerie. Il gagne la faveur du souverain ; c'est un soldat qu'on envoie à Walmer pour rendre justice à son frère et il se venge d'une bande de naufrageurs. C'est un homme fortuné qui a goûté à tous les plaisirs de la vie. On lui donne ce manoir et les terres qui vont avec. Il épouse une femme charmante, bien que ce soit une union de convenance plutôt que d'amour…

Elle se pencha et donna une chiquenaude sur le nez de Colum.

— … contrairement à d'autres que je connais ! Il y a un an, Lady Mary se tue en tombant de la falaise à Gallows Point. Je m'y suis rendue aujourd'hui, Irlandais, pour y retrouver grand-mère Croul.

— Je sais, répondit ce dernier en souriant. Ma sentinelle m'a narré en détail votre rencontre. Vous étiez assises dans l'herbe à commérer.

— Je ne lui ai rien demandé sur Lord Henry. Cela m'a semblé inapproprié. Au bord de cette falaise, j'ai pu me rendre compte comment une femme éperdue risquait de déraper. Le sol plat s'incline soudain. Si quelqu'un qui est agité, troublé, fait un pas imprudent, on peut fort bien imaginer une chute. Quoi qu'il soit, je ne crois pas Lord Henry capable de tuer de sang-froid et je ne pense pas non plus que sa femme se soit suicidée. Sa mort était un malheureux accident. Six mois plus tard, Lord Henry et l'écuyer qu'il a choisi, son clerc favori, sont envoyés à Paris pour les affaires du roi. Selon la version officielle, Marshall est allé pêcher sur la Seine. Pourtant je suis sûre qu'en faisant une enquête plus poussée je découvrirais que Marshall ne s'intéressait point à la pêche. Il est sorti pour rencontrer quelqu'un. Il était chargé d'une démarche pour Lord Henry et a disparu.

— Et le livre des codes ?

— Je ne sais pas s'il l'avait emporté.

Kathryn prit une gorgée de vin.

— Pensez-vous vraiment, Colum, qu'un homme avisé comme Lord Henry, ou un clerc d'expérience comme William Marshall, emmènerait un document de cette importance au milieu du territoire ennemi ?

— C'est vrai que je me suis posé la question.

— Donc Marshall disparaît et son seigneur, bouleversé, retourne en Angleterre. Quelque temps plus tard, une lettre bizarre est expédiée au chancelier, l'archevêque Bourchier. On y accuse Lord Henry du meurtre de sa femme ; on y affirme que ce n'était point un accident, qu'elle a été poussée, bien que nulle preuve ne puisse étayer ces dires. La missive, que vous avez en votre possession, semble avoir été écrite par Lady Mary. Je suis sûre que si on la comparait avec d'autres documents, on constaterait que c'est vrai. D'autant plus qu'elle porte son sceau. Bourchier vous a demandé, et par conséquent à moi aussi, d'enquêter.

« Maintenant, nous voici à Walmer, à la fin du mois de septembre de l'an de grâce 1473. Trois émissaires français sont arrivés en Angleterre pour établir un traité de paix. Lord Henry se montre agité, mal à l'aise et préoccupé au sujet de son clerc et du livre des codes. Les Français, eux, semblent s'amuser. Oh, au fait, Colum, ont-ils une escorte importante ?

— Des soldats, mais comme avec toutes ces histoires les hommes armés ne sont pas autorisés dans le manoir, ils sont cantonnés dans une ferme à l'intérieur des terres.

— Les choses se mettent en place, continua Kathryn. Le prêcheur surgit, qui n'est pas plus prêcheur que moi. C'est Richard Blandford, un espion anglais de la chancellerie de la Cire verte, que Lord Henry emploie à porter des messages à ses agents et à rassembler des renseignements en France. Il arrive donc à Walmer. Il joue son rôle, bien que Dieu seul sache ce qu'il fait ici. Il finit par s'introduire dans le château où Lord Henry le présente comme espion, ce qui signifie que Blandford ne pourra plus retourner en France maintenant que Sanglier possède cette information. Lord Henry estime que cette révélation est le prix à payer pour apprendre à ses ennemis que William Marshall n'a pas été victime d'un accident, qu'il a été vilement assassiné.

Kathryn s'interrompit et mordit dans un morceau de tendre venaison.

— Que voulez-vous dire, Kathryn ?

— En début de soirée, je suis descendue aux cuisines. J'avais faim et je voulais trouver quelque chose à manger pour mon Irlandais ensommeillé et pour moi.

Je suis passée devant le cabinet de travail de notre hôte. Il était avec son clerc, Richard Blandford. Ce dernier jouait de la flûte pendant que son maître, bottes expédiées dans un coin, dansait la gigue comme n'importe quel joyeux chaudronnier dans une taverne. Il faisait la fête, se réjouissait… pourquoi ?

— Et ? s'enquit Murtagh.

— Voici ce que je pense, Colum, bien que je n'aie guère de preuve.

Elle s'essuya les doigts sur une serviette.

— D'abord, Lady Mary a connu une mort tragique, bien qu'accidentelle. Lord Henry se sent peut-être coupable, mais il n'en est pas responsable. Il est aussi innocent du trépas de William Marshall, quoique intrigué par le destin de son ami, suprêmement intelligent. Il a par conséquent chargé le prêcheur, son agent en France, de séjourner à Paris pour découvrir ce qu'il en était. Il y est, semble-t-il, parvenu. En même temps, Lord Henry a convié en Angleterre Sanglier, l'un des conseillers les plus fidèles de Louis XI, ainsi que deux clercs de haut rang, pour négocier un possible traité de paix ici, à Walmer. Ils sont venus. Lord Henry est sur ses gardes, bouleversé. Et, surtout, il sait que Sanglier a appris bien des choses sur lui, surtout au sujet du mystère entourant le décès de Lady Mary.

— Vraiment ? s'exclama Colum.

— Certes, admit Kathryn en se mordillant les lèvres, le tableau que je peins est flou, j'en conclus néanmoins que c'est Lord Henry en personne qui a rédigé la missive.

— Quoi ?

— Oui, je crois que c'est lui qui a envoyé cette lettre à Bourchier.

— Pourquoi ?

— Pour deux raisons. Lord Henry a pu se sentir responsable du trépas de son épouse, nous ignorons pourquoi, mais l'avouer pourrait lui purger l'âme. La seconde raison est, je pense, qu'il voulait que les Français le découvrent.

Colum éloigna sa chaire de la table.

— Kathryn, c'est absurde, ce n'est pas logique !

— Si, écoutez, rétorqua-t-elle. L'épître était de la main de Lady Mary, or Lord Henry est un grand clerc, si érudit qu'il est gardien du Sceau secret du roi. C'est un scribe, un homme versé dans les lettres. Il ne lui est pas impossible d'imiter l'écriture de son épouse, son style, ses tournures de phrases, et il n'est pas inconcevable qu'il ait gardé l'un de ses sceaux et s'en soit servi en cette occasion.

— Mais comment les Français l'auraient-ils découvert ?

— Il y a un tabellion au village, répondit Kathryn. Benedict. Lord Henry lui fait porter des messages à droite et à gauche, dans le royaume et à l'étranger.

— Ah, je vois, dit Colum avec un sourire. Il a dû demander à Benedict le notaire de remettre la missive à Bourchier à Cantorbéry…

— Ensuite, Benedict est envoyé en France où, dans quelque taverne, il va révéler tous les ragots qu'il connaît à l'un des agents de Sanglier. Notre hôte étant un homme des plus malins, il a trompé les Français à dessein. Il voulait leur faire croire qu'il était faible, vulnérable, décontenancé et tourmenté par les racontars concernant la mort de sa femme, la disparition de Marshall, le livre des codes. Il a lancé cette invitation…

— Et les Français ont mordu à l'hameçon.

— Ce n'est pas une coïncidence, renchérit Kathryn, si le prêcheur est arrivé au moment où Sanglier et cette belle paire de clercs se trouvent à Walmer. C'est Lord Henry qui mène la danse. Maintenant qu'ils sont là, ils doivent suivre la cadence… je me demande où il les entraîne.

— Et si nous l'affrontions ? proposa Murtagh.

Kathryn fit un signe de dénégation.

— Non, je peux me tromper. Bien que je sois persuadée que nous sommes sur la bonne voie, Dieu seul sait où elle mène. Bon, dit-elle en recommençant à manger, j'espérais recevoir une lettre de Thomasina.

Colum hocha la tête.

— Tout va sans nul doute très bien à Cantorbéry. Thomasina doit jacasser entre ses dents, faire le tour de la maison, s'occuper de ceci ou de cela, ou assouvir sa vengeance dans le jardin sur les mauvaises herbes. Et soit Agnes et Wulf se disputent, soit ils la font tourner en bourrique.

— Et mes patients ?

Colum se pencha et lui prit les mains.

— Vos patients… il y a le père Cuthbert de l'hospice des Prêtres Indigents. Nous, nous savourons notre mariage !

— Est-ce vrai, Irlandais ? Est-ce pour cela que vous m'avez amenée à Walmer ?

Colum retira sa main.

— Cette affaire dans le village ? demanda-t-il en se grattant le crâne.

— Les empoisonnements, répondit Kathryn en faisant courir son doigt sur le bord de son gobelet. Je ne pense pas qu'ils aient le moindre rapport avec ce qui se passe au manoir. Quelqu'un est résolu à se venger. J'ignore pourquoi et dans quel but. Je sais seulement – c'est une impression, une intuition – que ces trois meurtres sont liés avec ceux des trois lancastriens assassinés dans le cimetière. Saviez-vous qu'ils ont tenté de se rendre ?

— Alors, répliqua Colum, ceux qui les ont occis sont, en théorie, coupables de meurtre.

— Vous êtes venu céans et avez vu leurs cadavres. Personne n'a donc demandé pourquoi ils se trouvaient là ?

— Walmer est sur la côte, fit-il remarquer en haussant les épaules. Ils espéraient peut-être louer un bateau de pêche et traverser la Manche pour gagner le Hainaut ou le Brabant. À cette époque, les pêcheurs et les marchands anglais ont fait de gros profits en emmenant les fuyards à l'étranger.

— Ces trois-là, souligna Kathryn, n'étaient pas sur la liste des proscrits, n'est-ce pas ? Ils n'étaient point des chefs ennemis mais de la piétaille. Des soldats qui se battaient pour la mauvaise cause. Je me demandais seulement, Colum, s'ils n'étaient pas venus à Walmer dans un but différent.

Elle embrassa la chambre du regard.

— Le ceinturon que nous avons trouvé ?

— Je l'ai remis à Lord Henry. Il dit que c'est propriété de la Couronne et qu'il doit l'envoyer à l'Échiquier à Londres. Et les deux registres ? s'enquit Colum en montrant le coffre au pied du lit.

— J'ai l'intention de les examiner. Peut-être nous révéleront-ils quelque chose bien que je ne sache quoi.

Kathryn se leva et resta près de la fenêtre quelques instants. Elle pouvait tout juste distinguer le gibet qui se découpait sur le ciel noir et, en se tournant sur sa droite, elle apercevait les points lumineux du village.

— Devrais-je m'entretenir avec Lord Henry ? demanda Colum d'une voix rauque.

— Gardez le silence, Irlandais, mais je serais bien aise de savoir ce qui se passe.

— Alors je vais le découvrir pour vous, rétorqua Colum.

Il eut un large sourire, se retourna et sortit. Kathryn s'assit et termina son gobelet de vin. Elle regarda le coffre au pied du lit.

— Non, chuchota-t-elle, je peux attendre jusqu'à demain.

Elle se leva, se dévêtit et enfila sa chemise de nuit au moment où Colum revenait.

— Lord Henry et le prêcheur soupent dans la grand-salle en tête à tête. Ils ont l'air tout à fait heureux. Quand je suis entré, ils parlaient de faucons et de limiers. Notre hôte promettait à Blandford que, maintenant qu'il était de retour pour de bon, il l'emmènerait chasser.

— Aviez-vous déjà rencontré Blandford ?

— Non, j'avais cependant entendu son nom ; c'est un clerc de confiance, un de ces hommes qui vivent dans l'ombre, qui passent de la Cour aux camps. J'avais des amis, des camarades, qui faisaient de même. Quelques-uns ont été capturés par les Français et pendus. D'autres ont été occis par les lancastriens ; certains ont simplement disparu et Dieu seul sait où se trouvent leurs os.

— Et les Français ?

— Aucun signe de vie, dit Colum en souriant. Ils semblent s'être enfermés dans la chambre de Sanglier pour débattre de sujets de la plus haute importance. Le reste de la maison se prépare pour les festivités de demain. Je suis certain que Lord Henry veut les appâter. Le vicomte insiste à présent pour que les vraies négociations commencent.

— En d'autres termes, observa Kathryn, il veut repartir.

— Je le crois.

Murtagh s'installa au bord du lit et la regarda.

— Il se rend compte qu'il a été attiré dans un piège et il désire retourner chez lui. De grâce, détachez vos cheveux.

Kathryn passa ses bras autour de son cou.

— Eh bien, Irlandais, dit-elle en battant des cils, quelles sont vos intentions ?

Kathryn se réveilla en sursaut. Elle s'était glissée nue entre les draps. Elle avait chaud, pleine d'ardeur, quand elle s'était endormie, mais l'air nocturne était devenu froid. Colum avait mouché les chandelles et l'éclat des braseros avait faibli. Elle écarta la couverture, trouva sa chemise, l'enfila, prit une mante dont elle s'enveloppa les épaules et se dirigea vers la fenêtre. Elle constata que minuit devait être passé depuis longtemps. Le manoir était silencieux. Des torches enduites de poix brillaient dans la cour. La nuit était de toute beauté avec la pleine lune dans un ciel sans nuage et des étoiles comme de scintillantes pierres précieuses clouées sur un fond bleu foncé. Kathryn pouvait encore distinguer le sentier menant à la falaise. Elle appuya la main sur le verre et écouta la mer, à marée haute, qui s'écrasait contre les rochers. Elle ouvrit la croisée pour sentir le vent. L'automne finissait ; l'hiver viendrait. Elle pensa à la neige qui tomberait, épaisse et lourde, ensevelissant les chemins et les rues de Cantorbéry ; à Colum, luttant dans les congères, inquiet pour ses chers chevaux à Kingsmead.

Elle referma la fenêtre et jeta un coup d'œil par-dessus son épaule. L'Irlandais dormait sur ses deux oreilles. Kathryn scruta la cour. Elle crut apercevoir une ombre qui se déplaçait… peut-être était-ce un chat ou l'un des gardes de Lord Henry. Des nuits semblables, se dit-elle, seraient de courte durée. Le temps allait changer, la pluie tomberait, le vent se ferait mordant ; ce serait l'époque des feux, des braseros et des bassinoires, des coupes entrechoquées du posset chaud.

— Je devrais en profiter, chuchota-t-elle.

Elle se sentait reposée, incapable de dormir. Elle mit la main sur une paire de souples bottes de cuir et les chaussa. Puis elle s'empara d'une épaisse chape qu'elle posa sur ses épaules, d'une canne qu'elle vit dans un coin de la chambre, et se glissa hors de la pièce. Nul bruit dans le château. Partout brillaient des chandelles à capuchon. Une lanterne, suspendue dans l'escalier, donnait assez de lumière pour qu'elle puisse descendre. À sa faible lueur, les tableaux, sur le mur, semblaient animés d'une vie propre : l'apôtre Pierre lui jetait un regard chagrin ; sur un autre se tordait saint Sébastien, blessé à mort par les flèches. Kathryn parvint en bas des marches et tressaillit quand un matou lui coupa le chemin à pas feutrés. Un portier à l'air endormi, près de la porte latérale, fit des efforts pour s'éveiller et faillit choir de son tabouret. Kathryn le repoussa avec douceur.

— Ne vous inquiétez pas, dit-elle en soulevant le loquet. Je reviens tout de suite.

Elle traversa la cour où la sentinelle, plus vigilante, lança une sommation. Kathryn répondit et le garde se hâta d'ouvrir la petite poterne qui donnait sur la lande. Elle se faufila et s'arc-bouta contre la force sauvage du vent nocturne. Dans le clair de lune argenté, l'herbe et les ajoncs s'inclinaient, et, alentour, s'élevaient des cris et des appels nocturnes. Un hibou, fantôme ailé, plana devant elle et disparut dans les ténèbres.

Elle suivit le sentier qui conduisait à Gallows Point et regarda le castel derrière elle. Par endroits, une chandelle luisait, une lanterne brillait. Elle reprit sa marche en savourant l'air tonifiant de la nuit. Elle avait faim et se demanda si les cuisines étaient encore ouvertes pour aller y quérir du pain, de la viande et, peut-être, un peu de vin. Elle baissa les yeux sur la sente en écoutant la mer d'une oreille distraite. Un bruit lui fit lever les yeux et elle fut sur le point de crier devant la silhouette qui lui barrait le passage.

— Je suis désolé, Maîtresse Swinbrooke, s'excusa le prêcheur.

Il découvrit la lanterne sourde qu'il portait et lui jeta un regard amusé.

— Vous êtes comme les chats ! rétorqua la jeune femme d'une voix coupante. N'avez-vous rien de mieux à faire que de surgir en silence au cœur de la nuit sur une lande déserte ?

— Puisque vous parlez d'avoir mieux à faire, ignorez-vous à quel point il est dangereux de vous trouver seule ici ?

— Oh, je connais les périls, répliqua-t-elle en s'approchant, mais – elle leva sa canne – je sais me défendre !

— C’est si beau au clair de lune ! murmura l’homme.

— Pourquoi êtes-vous ici ?

Le prêcheur couvrit la lanterne et l’abaissa.

— Tout comme vous, j’ai du mal à dormir quand il y a de l’ouvrage.

— Lord Henry est satisfait, n’est-ce pas ? Maintenant que vous êtes rentré de France avec des nouvelles.

— Il n’est point heureux du trépas de Marshall, fit remarquer l’espion en se détournant pour regarder le manoir. Il le pleure et, là encore, son chagrin date de six mois. Il se console en sachant la vérité, ou une partie.

— Est-il en train de tendre un piège ? demanda Kathryn. S’attend-il à ce que Sanglier et ses deux compagnons y tombent ? La porte se refermera-t-elle derrière eux ?

Blandford se mit à rire, se tourna soudain et, de sa main libre, saisit celle de la jeune femme, la porta à ses lèvres et lui baisa le bout des doigts.

— Lord Henry m’a parlé de vous, Maîtresse Swinbrooke.

Kathryn voulut retirer sa main. Il ne la lâcha pas.

— Fine comme l’ambre, efficace comme une lame affûtée. Je constate qu’il a raison. Ce que vous devez faire, c’est agir comme si vous assistiez à une pantomime : regarder et profiter du spectacle.

— Des chasseurs sortiront ce soir, remarqua-t-elle en montrant la lune. Vous connaissez le vieil adage, Maître prêcheur : « Que le chasseur prenne toujours garde à ne pas devenir le chassé. »

— Je ne l’oublierai point.

Il s’écarta, lui souhaita une bonne nuit et s’éloigna dans le noir vers Gallows Point.

Kathryn regagna le castel par la poterne. Juste avant d’y arriver, elle se retourna. Ses cheveux se hérissèrent sur sa nuque et un frisson de terreur lui parcourut l’échine. Y avait-il quelqu’un ? Était-ce un bruit nocturne ou le frottement d’une botte ? Elle prit une profonde inspiration. Le prêcheur était-il sorti pour être seul ou pour rencontrer quelqu'un ? Elle n'avait plus faim. Elle remercia le garde, traversa la cour et retourna dans sa chambre.

Le lendemain matin, elle se réveilla tard. Colum s'était déjà levé et était sorti. Près d'elle, sur l'oreiller, elle découvrit une rose blanche, fraîchement coupée et encore humide de rosée. Elle sortit du lit, se déshabilla, fit ses ablutions et enfila des habits propres : une tunique blanche et une robe de sarcenet vert attachée haut sous le cou. Elle mit des bas de laine, glissa ses pieds dans des sandales et attacha les lanières. Debout devant le morceau de cuivre poli qui servait de miroir, elle se coiffa et arrangea sa chevelure en la relevant en un haut chignon avant de la recouvrir avec soin d'un voile blanc empesé. Elle s'examina avec attention. Elle avait la peau douce et sans ride, et les cernes noirs de ses yeux avaient disparu.

— Pas la reine de beauté, marmonna-t-elle, mais néanmoins l'amour de sa vie.

Elle quitta la chambre et descendit l'escalier où se pressaient à présent des serviteurs qui couraient en tous sens pour préparer le banquet du soir. L'air était chargé de l'odeur des tourtes et des pâtisseries qu'on cuisait dans les fours de la boulangerie.

Elle se rendit à la chapelle. Elle était déserte, aussi Kathryn s'agenouilla-t-elle devant le maître-autel et, comme à l'accoutumée, pria pour Colum, pour le repos de l'âme de ses parents et le bien-être de toutes ses relations de Cantorbéry. Elle récita aussi le Requiem pour ceux qui étaient morts à Walmer.

Puis elle se laissa distraire et elle se demanda ce qui était arrivé la nuit passée. Pourquoi le prêcheur arpentait-il la campagne dans les ténèbres ? Quelqu'un d'autre se cachait-il près du mur ? Elle revint à ses prières, se signa, se leva, puis alla s'agenouiller sur un prie-Dieu devant l'autel de la Vierge. Elle murmura l'Ave Maria et alluma un lumignon pour Thomasina et les autres membres de sa maisonnée à Cantorbéry.

Ensuite, elle se dirigea vers la grand-salle où Lord Henry, Colum et les trois Français débattaient avec fougue. Ils se turent quand elle entra. L'assemblée se leva pour la saluer. Lord Henry lui offrit sa chaire au haut bout de la table et prit place sur le banc à côté de Murtagh. Un gâte-sauce apporta un tranchoir chargé de fromage, de viande séchée, de pain frais, de beurre et de miel qu'accompagnait une cruche de lait miellé.

— Avez-vous bien dormi, Maîtresse Swinbrooke ?

Kathryn adressa un sourire à son hôte.

— Aussi bien que possible ! Pourquoi ce silence ?

Elle embrassa l'assistance du regard.

— Quand je suis entrée, le débat était vif.

— Le prêcheur a disparu, annonça Colum. Il n'a point couché dans son lit et a disparu sans laisser de trace.

— Je l'ai rencontré la nuit dernière, avoua Kathryn. J'étais sortie prendre l'air. J'ai pensé que je ne risquais rien. Le prêcheur m'a croisée sur le sentier. Il portait une lanterne. Nous avons bavardé. Il semblait serein. Puis il a suivi son chemin et moi le mien.

— En effet, confirma Lord Henry, ma sentinelle vous a vue sortir, ainsi que vous, ajouta-t-il en se tournant vers Sanglier.

Ce dernier haussa les épaules.

— Si je veux respirer l'air de la nuit, ça me regarde. Si Maîtresse Swinbrooke peut se promener sous les étoiles, pourquoi un Français ne le pourrait-il pas ? Je suis votre invité, Lord Henry, et non votre prisonnier.

— Et avez-vous apprécié votre promenade ? interrogea Kathryn.

— Beaucoup. C'est un moment qui incite à la réflexion. Et je n'ai point vu votre prêcheur. N'a-t-il pas proclamé, Messire, qu'il allait et venait comme un…

Kathryn était sûre qu'il était sur le point de dire « coquin ».

— … comme tout un chacun, termina Sanglier avec tact. Je suis certain qu'il va revenir.

Lord Henry n'en semblait pas aussi assuré. Il avait perdu quelque peu de sa bonhomie, du charme nonchalant et de sa joie mal dissimulée de la veille. Il repoussa son tranchoir, se leva, puis, après avoir salué ses convives d'un signe de tête, sortit. Sanglier et ses deux compagnons ne tardèrent pas à le suivre. Kathryn n'arrivait pas à déterminer quelle était leur humeur : ils se montraient calmes, le visage pourtant fermé comme s'ils étaient eux-mêmes perturbés et inquiets.

— Je ne savais pas que vous étiez partie en pleine nuit, la taquina Colum.

— Vous dormiez comme un loir, Messire, et n'étiez bon à rien, lui retourna Kathryn, aussi ai-je eu l'idée d'aller savourer la beauté de la nuit, bien que je sois revenue très vite, mourant de soif et transie. Croyez-vous que le prêcheur ait disparu ?

— C'est possible, répondit-il en se frottant les yeux.

— Mais Lord Henry pensait qu'il était ici ce matin.

— C'est un océan de mystères, murmura Colum. Dieu seul sait ce qu'il en est.

Il s'interrompit en entendant sonner le glas dans le village.

— La messe de requiem aura lieu dans moins d'une heure. Lord Henry y assistera et j'ai accepté de me joindre à lui. Kathryn ?

Elle secoua la tête.

— J'ai passé assez de temps avec les villageois. Je voudrais rester céans, Colum. J'ai besoin de réfléchir.

Troublée, elle reprit son repas. Colum se leva, l'embrassa sur le front, et elle lui répondit vaguement, l'esprit ailleurs. Quelques minutes plus tard, elle quitta la grand-salle pour regagner sa chambre. Colum avait déjà chaussé bottes et éperons et, chape sur le bras, bouclait son ceinturon.

— J'aimerais mieux, Kathryn, que vous ne sortiez pas, à présent que Blandford a disparu, pria-t-il.

Elle accepta, lui donna un baiser d'adieu et l'écouta descendre l'escalier. Puis elle ouvrit son écritoire, disposa le plateau de plumes, un encrier à couvercle et des feuilles de parchemin conservées entre deux bandes de cuir durci. Elle s'installa, ouvrit l'encrier et se mit à écrire. Kathryn décida de ne tenir compte ni des faits et gestes de Lord Henry ni de ce qui s'était passé au manoir, et de se concentrer plutôt sur les sombres meurtres qui avaient eu lieu au village.

Primo : « Mane, thecel, phares » – *Pourquoi ces mots ont-ils été recopiés sur le sol de l'église ? Il semble qu'on les y ait vus d'abord le dimanche matin, cependant...*

Elle cessa d'écrire. L'église était restée ouverte après la tombée de la nuit, aussi avait-on pu griffonner la citation la veille et ne la distinguer qu'à la lumière du jour. C'était bien une menace ; elle avait courroucé le prêtre de la paroisse, d'autant plus qu'on lui avait adressé des intimidations personnelles. Le prêcheur en était-il l'auteur ? Si c'était le cas, pour quelle raison ? Quels étaient les liens entre ce mystérieux étranger et Walmer ? Kathryn, à présent, regrettait de ne pas l'avoir interrogé à ce sujet mais, plein de duplicité, il aurait tout nié.

Secundo : *Que se préparaient à fêter le forgeron et sa femme ? D'où venait le tonneau de vin ? Comment l'a-t-on empoisonné ? Pourquoi Isabella l'a-t-elle mis en perce ce soir-là ? Qui s'est faufilé dans la cour pour verser le poison dans le cuveau d'eau ?*

Tertio : *Adam l'apothicaire – il semble être revenu chez lui après avoir emporté les deux corps à Saint-Swithun ; il est passé par la porte de derrière, a décroché un gobelet qu'il a rempli de bière et s'est enfermé dans sa chambre des poudres. Pourquoi a-t-il choisi le gobelet contenant le poison ? Comment l'assassin a-t-il pu organiser tout cela ? Comment a-t-il pénétré dans la maison sans être aperçu ?*

Elle se rencogna dans sa chaire. Elle avait vu tant de choses la veille – des coups d'œil, des regards, des détails auxquels elle ne pouvait donner un sens, comme des mots en désordre sur un morceau de vélin. Ils ne prendraient de signification que lorsqu'ils seraient remis à leur place.

Le glas du village tinta derechef, signal du début du Requiem. Kathryn ferma les yeux. Elle imaginait, devant le maître-autel, les trois cercueils sous les draps funéraires entourés de cierges violets posés dans leurs supports de chêne noir, le père Clement commençant la messe, l'aspersion d'eau bénite, l'homélie, et les bières que l'on emportait par la porte des morts pour les déposer dans le cimetière jusqu'à la résurrection. Un coup à la porte interrompit ses pensées.

— Oui ! cria-t-elle.

Un valet, portant sur un plateau un pichet couvert d'un linge et un plat d'argent garni de viande chaude saupoudrée d'herbes, entra.

— Lord Henry m'a chargé de m'occuper de vous.

Il posa le plateau sur la table qui se trouvait près de l'huis.

Kathryn le remercia machinalement. Quand il fut reparti, elle prit le plateau et l'emporta à la table située sous la fenêtre, d'où elle ôta manuscrits et plumes. Elle goûta la viande et la bière. « *Circumspecte agatis* », murmura-t-elle. « Agissez toujours avec prudence. » Les mets et la boisson paraissaient sains. Kathryn, perdue dans ses pensées, mangea la viande du bout des dents et savoura la bière en contemplant par la fenêtre le gibet désert dont la forme sinistre se découpait sur le ciel.

Dans sa chaumine, à l'orée du bois, grand-mère Croul préparait son déjeuner. Accroupie devant un âtre de fortune, elle remuait avec lenteur le contenu du chaudron où mijotaient, dans l'eau bouillante, des morceaux de lapin tendre mélangés à des herbes aromatiques et à des légumes.

— Encore un peu d'épices et de sel, commenta-t-elle à son adresse, et ce sera parfait.

Près d'elle, les deux chats, Gog et Magog, s'étiraient, profitant de la chaleur après leur chasse matinale. Grand-mère Croul comptait sur eux. Gog, surtout, pouvait rapporter un jeune connil – un jour, il était même encore vivant – à la porte de sa chaumière. Certains auraient dit que c'était de la magie. Elle baissa les yeux sur le matou.

— Tu aimes jouer avec tes victimes, hein, sans cœur que tu es !

Elle recommença à tourner son ragoût. Elle ne cessait de penser à la femme de Cantorbéry qui s'était assise avec elle en haut de la falaise. Grand-mère Croul lui faisait confiance. Kathryn Swinbrooke avait un visage honnête et ouvert, des yeux clairs auxquels rien n'échappait.

— Elle est éprise, dit-elle, sarcastique, entre ses dents. Elle est aveuglée, j'en suis sûre, et ne pense pas de façon juste. Je pourrais lui apprendre tant de choses ! Tout ce que j'ai vu.

Elle s'arrêta à nouveau quand le glas de Saint-Swithun retentit pour indiquer que l'office était achevé et que les dépouilles allaient être ensevelies.

— Que Dieu ait pitié d'eux, murmura-t-elle.

L'un des chats se leva soudain. La vieille femme entendit du bruit et pivota sur ses talons, mais la silhouette qui s'approchait avançait trop vite. Elle aperçut l'éclat de la lame, puis la sentit au plus profond de son ventre tandis que l'assassin tendait la main derrière son cou décharné pour l'attirer plus près. Grand-mère Croul hurla de douleur et regarda les yeux du meurtrier à travers le masque noir. Elle sut de qui il s'agissait, alors même que la lumière s'éteignait dans ses yeux, plissés par une terrible onde de souffrance. Elle se revit sur la falaise en compagnie de son mari, le naufrageur, l'homme qu'on s'apprêtait à pendre. Une seconde vague de douleur, étourdissante – elle battit des mains. Elle entendait miauler son chat, et, en même temps, il y avait cette insupportable souffrance, la pression qui augmentait dans son ventre. Elle toussa et sentit le goût de son propre sang. Elle n'eut pas le temps de murmurer le *Miserere mei* avant de sombrer dans les ténèbres. L'assassin la relâcha et retira sa dague. Les chats détalèrent. Le meurtrier prit un gobelet d'huile et décrocha l'épais lumignon de son support – c'était la touche finale pour dissimuler l'acte criminel perpétré dans cette chaumine tombant en ruine à la lisière du bois.

C'est le tocsin qui réveilla Kathryn. Elle avait décidé de se reposer et avait sombré dans un profond sommeil. Le tintement de la cloche était si insistant qu'elle sauta de sa couche et se précipita vers la fenêtre. Pourquoi avait-on donné l'alarme ? Y avait-il eu un autre empoisonnement ? Elle alla ouvrir l'huis. Les serviteurs du château avaient eux aussi entendu le signal et se rassemblaient devant les portes et les fenêtres en se demandant ce qui était arrivé. Sanglier surgit de la bibliothèque, Delacroix et Cavignac derrière lui comme deux ombres. Après un rapide échange en français, ils s'enquirent auprès d'un valet de ce qui se passait. L'homme fit un geste d'ignorance en secouant la tête. Kathryn retourna dans sa chambre et s'empressa d'enfiler ses bottes et sa chape. Elle se trouvait dans la cour quand elle ouït un martèlement de sabots. Colum, Lord Henry et une petite escorte arrivèrent au galop. Colum sauta de sa selle et courut à sa rencontre.

— Vous devriez venir, Kathryn.

— Une autre mort ?

— Oui, mais pas par empoisonnement. C'est grand-mère Croul ! Nous enterrions les corps dans le cimetière quand l'alerte a été donnée. Nous avons vu le feu par-dessus les arbres et les nuages de fumée noire. Venez.

Lord Henry accepta de les accompagner. Dès que le cob de la jeune femme eut été sellé, ils descendirent le plus vite possible le sentier qui conduisait au village. Bien que le commerce de la journée eût été suspendu à cause de l'enterrement, à présent les rues étaient bondées de gens regroupés sur leurs seuils devant les deux tavernes principales et les échoppes à bière. Lord Henry avait laissé quelques serviteurs pour tenir les curieux à l'écart. Avant qu'ils soient parvenus à la chaumine, l'incendie avait été circonscrit, pas tant grâce à l'eau et à la terre dont on s'était servi que parce qu'il n'y avait plus rien à brûler. La maison et ses parages immédiats n'étaient plus qu'un cercle ardent de braises fumantes. Par endroits, une poutre rougeoyait encore, des flammèches voltigeaient et le vent emportait des fragments de cendres qui piquaient la gorge et bouchaient les narines.

Kathryn tendit les rênes de sa monture à Colum, poussa le portillon et s'avança dans l'allée. L'endroit où se dressait la chaumine n'était plus que poussière noire ; le bâtiment qui tenait lieu d'écurie était roussi et s'était effondré sous la chaleur. Quand Kathryn s'avança sur les cendres, elle constata qu'elles étaient encore chaudes. D'autres étincelles s'envolèrent, provoquant les mises en garde de Murtagh et du seigneur. Elle recula.

— Grand-mère Croul ? cria-t-elle par-dessus son épaule. Est-elle…

— Elle n'assistait pas aux funérailles, expliqua Lord Henry ; elle n'y venait jamais. Elle prétendait qu'elle avait été témoin de bien assez de trépas.

Kathryn regarda le gros tas de cendres qui grésillait sous l'eau déversée. Il y eut de nouvelles flammèches puis la chaleur diminua. Lord Henry la rejoignit et lui posa une question mais elle était trop absorbée par la terrible scène pour lui répondre. Colum s'éloigna et revint avec un grand bâton qu'il lui mit dans la main.

— Je l'ai trouvé près de l'écurie, dit-il. Voulez-vous que je vous accompagne ?

— Non ; Dieu seul sait où sont les restes de cette malheureuse. Il vaut mieux que le moins de monde possible piétine l'endroit jusqu'à ce qu'on ait retrouvé son corps.

Elle lui tapota le bras.

— Pourriez-vous rester ?

Elle saisit le bâton et, se couvrant la bouche et le nez de l'autre main, s'avança dans la mer de cendres. La fumée montait en spirales. Des flocons de crasse tourbillonnaient et des étincelles lui picotaient le visage. Les deux hommes lui proposèrent leur aide en criant, ce qu'elle refusa d'un signe de tête. Elle laissa retomber sa main. L'odeur de feu était forte mais, dessous, il y avait autre chose, comme dans une cuisine quand on a laissé brûler de l'huile dans un poêlon vide. À l'aide de son bâton elle fouilla dans les débris. Il y avait quelques taches gris foncé, bien qu'il ne restât pas grand-chose si ce n'est des bouts d'étain tordus, des tessons de poterie, le col d'une jarre, la lame d'un couteau. Plus elle passait les lieux au crible, plus ses soupçons grandissaient.

Le feu avait dû être violent et éclater sans doute au centre de la maison, loin du foyer qui n'était plus qu'un tas de pierres écroulées. S'il avait démarré près de l'âtre, il y aurait eu des preuves. Au lieu de cela, tout semblait indiquer que le cœur de l'incendie se trouvait au milieu de la pièce. On avait dû l'allumer exprès. Elle écarta d'un coup de bâton une lame, une tête de hache et un fausset, et découvrit ce qui restait de grand-mère Croul, à peine plus que le crâne et les os. La peau s'était flétrie, le bras gauche manquait et les lambeaux de peau noire adhéraient encore au squelette.

Kathryn s'agenouilla et récita une prière à voix basse. Elle retourna le crâne en quête d'une trace de coup mais n'en trouva pas ; il en alla de même pour les côtes, bien que celle qu'elle toucha se brisât sous ses doigts. L'odeur d'huile avait tout envahi.

— Elle a dû en être couverte, murmura Kathryn. Tuée, sans doute poignardée ou garrottée. Puis son assassin a arrosé le corps d'huile…

— À qui parlez-vous, Kathryn ? cria Colum.

— À moi-même, répondit-elle.

Elle déplaça les os et, avec autant de délicatesse que possible, les rassembla. Elle se remémora la description que donnait saint Augustin de la personne humaine : une âme vivante pleine de pensées et de désirs, de souvenirs et d'expériences. Et tout cela avait disparu en un instant, comme on soufflerait une chandelle. Kathryn avait apprécié cette vieille femme à l'œil vif et à l'esprit alerte.

Habituée à présent aux étincelles, aux cendres et à l'odeur âcre, elle embrassa la scène du regard. Des curieux s'étaient rassemblés autour de la chaumière et bavardaient entre eux : un paysan et sa femme chargés d'un sac de grain qu'ils emportaient au moulin, une petite gardienne d'oies qui suçait son pouce. Un garde forestier sortit des bois, une rangée de lapins suspendus à la perche qu'il portait. Elle regarda à sa gauche où d'autres personnes étaient arrivées : le père Clement, Amabilia, Benedict, Ursula, Walter le sergent et Simon le bedeau qui buvait avec tant de hâte à son pichet de bière qu'il éclaboussait son gros visage larmoyant. Sans qu'on l'en priât, le prêtre se couvrit la bouche et le nez et s'avança en titubant pour réciter les prières. Il adressa un signe de tête à Kathryn et s'agenouilla, pourtant il dut se relever tant la chaleur était intense. Kathryn demanda à Colum d'apporter une planche de bois. L'Irlandais s'exécuta et la déposa avec soin à côté du cadavre de grand-mère Croul. Le père Clement s'agenouilla derechef, se signa et entonna l'oraison souvent récitée quand on emportait le corps de l'église pour l'ensevelir : « Envole-toi, âme chrétienne, et puisse la compagnie des anges… »

Kathryn en avait assez vu, elle retourna vers le portillon. Simon et le sergent apportèrent un coffre à flèches et, quand le prêtre en eut terminé, ils se mirent à remplir le cercueil improvisé des pitoyables restes. Le père Clement s'écarta et, à ce moment, le sergent fit une plaisanterie et le bedeau, sans cesser de boire goulûment, partit d'un rire rauque. Lord Henry leur cria de se montrer plus respectueux, ordre que le prêtre renforça par son retour et des réprimandes proférées d'une voix basse et gutturale. Kathryn secoua les débris et les cendres de sa robe et Lord Henry lui offrit un gobelet d'eau.

— Puis-je vous aider en quelque manière, Maîtresse Swinbrooke ? demanda-t-il.

Elle fit un geste de dénégation et but.

— Alors que Dieu l'accueille en Son Paradis. Un accident ?

— Non, soupira la jeune femme.

Le châtelain ferma les yeux.

— Que Dieu nous vienne en aide, murmura-t-il. Un autre meurtre ! En êtes-vous sûre ?

— Grand-mère Croul était intelligente, répondit Kathryn. Il serait facile de croire que l'incendie a pris naissance dans l'âtre, mais ce n'est pas le cas, il a débuté au centre de la pièce. Sans aucun doute, un assassin l'a tuée puis a versé de l'huile sur le corps. Les restes font pitié à voir.

— Et le meurtrier ?

Kathryn désigna la croix d'argent pendue à une chaîne d'or au cou de Lord Henry.

— Dieu seul le sait.

— Quand moi je le saurai, répliqua-t-il, je m'assurerai que ce bâtard de coquin sera pendu au plus haut gibet.

Il tourna les talons et s'éloigna.

CHAPITRE VII

> « Nulle part n'était homme aussi affairé
> que lui,
> Et pourtant le paraissait plus que ne
> l'était. »
>
> Chaucer, Prologue général,
> *Les Contes de Cantorbéry*

Colum enlaça les épaules de Kathryn. L'horreur de la jeune femme était atténuée par sa ferme détermination à traîner le criminel devant la justice. Les actes des puissants – la charge au Sceau secret de Lord Henry, les machinations de Sanglier – faisaient partie intégrante de la vie, tout comme ceux des pauvres. Elle n'avait connu ni Elias, ni Isabella, ni Adam l'apothicaire. Ils semblaient gens désagréables, habitués à la violence qui s'était retournée contre eux, mais cette vieille femme avait péri, non à cause de ce qu'elle avait fait ou dit, mais simplement parce qu'elle était ce qu'elle était, mémoire vive et œil perçant. Kathryn était persuadée qu'on l'avait tuée pour la réduire au silence, au cas où elle se serait souvenue de quelque chose. Il était clair que l'assassin voyait en elle un danger. Kathryn se jura de réfléchir à tout ce que grand-mère

Croul lui avait narré et se demanda si l'assassin les avait épiées, la veille, à Gallows Point.

— Que s'est-il passé ?

Le père Clement, larmoyant à cause de la fumée, le visage souillé de cendres, s'approcha, Amabilia à son bras. Derrière lui se pressaient les membres du conseil paroissial.

— Je l'ignore, répondit la jeune femme, décidée à en dire le moins possible. J'étais au castel quand on a donné l'alarme.

Le prêtre se retourna, toussa et cracha.

— Je célébrais les funérailles. Nous descendions les cercueils en terre. Je jetais une motte de terre et donnais la dernière bénédiction quand Amabilia nous a alertés. N'est-ce pas, Amabilia ?

Sa sœur, le visage blême, acquiesça.

— J'ai aperçu de la fumée au-dessus des arbres. J'ai d'abord cru que c'était le feu d'un forestier, puis j'ai vu les flammes.

— Assistiez-vous tous à l'enterrement ? interrogea Kathryn. L'un d'entre vous en est-il parti ?

Seuls des regards vides lui répondirent.

— L'un d'entre vous a-t-il quitté la cérémonie, soit la messe, soit l'inhumation ?

— Bien sûr que non ! répliqua le sergent. Nous y étions tous et pouvons nous porter garants les uns des autres. Qu'insinuez-vous ? L'incendie était peut-être accidentel.

— Si le trépas de grand-mère Croul a été accidentel, rétorqua Kathryn, alors autant dire que les fleurs ne poussent pas, que les pigeons ne volent pas.

Elle désigna le coffre à flèches déposé à présent juste au-delà du tapis de cendres.

— Qui priera pour elle ?

— Moi, intervint Amabilia, et mon frère dira une messe.

Kathryn ouvrit son escarcelle et en sortit deux pièces d'argent. Le prêtre voulut les refuser mais elle les lui fourra dans la main.

— Dites-en trois. Récitez la messe des morts, mon père. Chantez le Requiem pour elle. Assurez-vous qu'elle ne sera pas enterrée dans ce coffre mais dans une bière décente, en bon bois, avec une croix d'argent dessus. Et une pierre tombale. Je vous promets de vous payer avant de partir.

Le pasteur accepta et serra la main de son interlocutrice avec chaleur en la remerciant de sa générosité.

Kathryn et Colum s'éloignèrent et regagnèrent le village où, sur les seuils, les habitants s'entretenaient à voix basse des horribles événements de la journée. Dans la grand-rue s'avançait une troupe de mimes ambulante. Leurs biens s'entassaient en hautes piles sur des chariots chamarrés décorés de visages grossièrement esquissés en couleurs criardes. Un grand cheval gris à la crinière en brosse et au harnais clinquant tirait la carriole de tête. Il était mené par un homme arborant un masque de gargouille. De petits garçons aux cheveux teints en jaune, des banderoles attachées à leurs haillons bigarrés, couraient de-ci de-là. Une femme au masque de démon, assise dans la voiture, tenait les rênes. Elle leur jeta un coup d'œil et, sous son déguisement, ses lèvres peintes s'ouvrirent sur des dents noires. Macabres, d'autres membres de la troupc étaient vêtus de noir et de vert. Des clochettes de bouffon avaient été cousues à leurs pourpoints en peau d'agneau teinte et en cuir usé. Sur le second chariot se dressait un faux gibet. Des cadavres empaillés de chats et de rats se balançaient à ses trois branches. Au-dessus, une bannière où était inscrit à la peinture blanche « *Timor Mortis Conturbat Me* » – la peur de la mort m'inquiète – flottait au vent.

Kathryn dissimula son sourire. Cette bande de mystérieux baladins errants avec leurs chevaux aux étranges caparaçons, leurs charrettes clinquantes et leurs costumes de diable, semblait résumer l'atmosphère du village – la mort marchant dans ses rues, hantant ses ruelles, frappant soudain, mais pourquoi ?

Kathryn et Colum s'écartèrent pour libérer le passage. Des villageois criaient des salutations, d'autres riaient, quelques-uns lancèrent des injures auxquelles les mimes répondirent de bon cœur sans pourtant cesser un seul instant de cabrioler au son de la flûte ou au roulement du tambour. Des gamins, chargés de paniers, passaient en courant, mendiant piécettes et rogatons, mais ils étaient le plus souvent repoussés sans ménagement. Kathryn et Colum regardèrent s'éloigner les mimes et les villageois retourner sur le pas de leur porte.

— Ils ne resteront pas ici quand ils auront entendu parler des morts, chuchota Murtagh. Ils seront mal accueillis et iront ailleurs. Vous croyez donc que grand-mère Croul a été assassinée ?

— Oui, répondit Kathryn. Mais pas empoisonnée. J'ai dans l'idée qu'elle a été étranglée ou poignardée – ça a dû être très soudain. La chaumine empeste l'huile ; l'incendie a été volontaire.

— Et le tueur ? s'enquit Colum.

— Seul l'empoisonneur, ou l'empoisonneuse, le sait. On a fait disparaître grand-mère Croul à dessein, et à présent l'assassin se cache aussi bien qu'auparavant.

— De qui s'agit-il ?

— C'est là le mystère. Vous étiez au cimetière, Colum. Que s'est-il passé ?

— Je ne me suis pas mêlé à la foule et Lord Henry se tenait un peu derrière moi. J'ai surtout observé le père Clement. Les enterrements m'ont toujours fasciné, Kathryn : le cercueil qui glisse dans le sol, l'aspersion d'eau bénite, l'encensement avant qu'on recouvre la bière de terre… Je pense toujours à la même chose, c'est comme regarder une porte qu'on ferme. Je me demande chaque fois s'il y a quelque chose au-delà. Bref, je murmurais les prières avec les autres lorsque

Amabilia est arrivée de l'église en courant et en montrant la fumée. Ce fut la consternation et le chaos. Le père Clement a réclamé le calme à grands cris le temps d'achever la cérémonie. Quand ce fut fait, il a demandé à un enfant de filer se renseigner. Le gamin est revenu hors d'haleine et a annoncé que la chaumière de grand-mère Croul était en feu mais qu'il n'y avait nul signe de sa propriétaire. Puis le père Clement a ordonné qu'on comble la tombe d'Adam et il est retourné à l'église. Les autres sont allés voir par eux-mêmes. Lord Henry et moi sommes repartis au manoir. Vous savez la suite.

Kathryn leva les yeux vers le ciel. Le jour s'assombrissait. Elle remarqua que les feuilles qui tourbillonnaient dans l'allée étaient d'un brun doré.

— Lord Henry a demandé « Qui ? », dit-elle à voix basse. Il se peut que je me trompe ; le meurtrier est peut-être quelqu'un d'autre, un villageois que nous n'avons pas rencontré. Pourtant, Colum, reportez-vous en esprit au cimetière : vous êtes là-bas, on ensevelit Adam l'apothicaire, les mottes de terre ont été jetées dans la tombe. Le père Clement chante les prières des morts, asperge la bière d'eau bénite. Vous avez sans doute regardé autour de vous. Quelqu'un s'est-il esquivé ?

Colum s'arrêta et ferma les yeux. Il revit la chasuble noir et or du pasteur, l'aube blanche en dessous fouettée par le vent, les enfants de chœur dans leurs surplis, l'un portant la croix, l'autre un petit bénitier et le goupillon, une mer de visages, les gens qui chuchotaient et bavardaient.

— Je ne me souviens de rien de particulier, avoua-t-il. Le cercueil d'Adam a été descendu par des paysans. Le père Clement leur a donné le penny de circonstance quand ils ont eu retiré les cordes. Mais non, Kathryn, rien. La messe de funérailles a duré environ une heure et Saint-Swithun a plusieurs portes : celle des morts, celle du porche. N'importe qui aurait pu se faufiler dehors. J'ai cru comprendre que la chaumine de grand-mère Croul n'était pas loin si on traverse les bois. Je ne sais pas exactement où était Lord Henry. J'étais seul, appuyé contre un pilier de l'un des transepts. J'étais tout à la cérémonie, j'écoutais les mots de la messe, j'admirais les fresques sur ma gauche. Kathryn, pour ce que j'en sais, n'importe quel villageois aurait pu quitter la messe, se rendre chez grand-mère Croul, l'occire, arroser sa chaumière d'huile et allumer cet incendie. Je ne sais vraiment pas.

Ils parvinrent au manoir. Colum insista pour qu'elle l'accompagne dans la grand-salle, où les serviteurs avaient préparé une collation de viande, de pain, de pommes et de fromage. Les trois Français s'étaient regroupés, un gobelet à la main. Lord Henry leur parlait.

— Il est inquiet, murmura Colum. Il a déjà dépêché des cavaliers à la recherche du prêcheur, jusqu'à présent sans grand succès.

Kathryn prit un pichet de vin et un plateau des mains d'un valet. La façon dont Sanglier ne cessait de la fixer lui déplaisait. Il murmurait de temps à autre quelques mots à Cavignac. Ils se mettaient alors à pouffer de rire en lui tournant le dos. Elle remarqua que Sanglier posait la main sur le bras ou l'épaule de son compagnon en un geste de confiance et de réconfort. Lord Henry s'était éloigné. Il entretenait ses gens du banquet prévu pour le soir même, déclarant que, malgré les funérailles des villageois et le trépas de grand-mère Croul, le festin aurait lieu.

Kathryn regagna sa chambre pour achever son repas. Colum la rejoignit et lui annonça qu'il devait retourner aux écuries. Kathryn s'installa sur un tabouret. Elle mangea peu et but à petites gorgées le meilleur clairet qu'elle ait eu l'occasion de goûter depuis longtemps. Dehors, la journée devenait triste et grise et le vent qui forcissait apportait le grondement étouffé de la mer contre les rochers. Kathryn se remémora ce qu'elle savait sur la mort de grand-mère Croul. Elle n'y trouvait aucun sens. Quant au prêcheur… Elle se rappela le rire du vicomte et eut envie d'aller lui demander des explications. Que faisait-il dehors si tard la nuit ?

Elle finit par se rendre compte qu'elle progressait fort peu, aussi ouvrit-elle le coffre pour en sortir les registres qu'elle avait découverts chez Elias et chez l'apothicaire. Elle les feuilleta avec attention. Celui du maréchal-ferrant était plutôt clair : produits achetés, chevaux ferrés, travaux de réparation, mais rien de suspect. Le jour de sa disparition, il avait eu beaucoup de travail, le cheval d'un client après l'autre, des fers à forger, une boîte de clous vendue à un chaudronnier de passage. Malgré ses recherches, Kathryn ne découvrit nulle mention d'un tonneau de vin parmi les achats faits au marché pendant les semaines précédant sa mort.

— Rien du tout, murmura-t-elle en refermant le recueil.

Le livre d'Adam était différent. L'écriture en était plus maîtrisée et plus nette mais, là encore, rien n'éveillait les soupçons. Il contenait une liste de chalands et des différentes herbes qu'ils avaient acquises : sénevé qui, écrasé et mélangé à du miel et à de la cire d'abeille, enlevait marques et taches, apaisait les contusions ou amollissait une croûte ; persil pour clarifier l'urine, safran pour désinfecter les blessures. Adam avait noté avec soin même les quelques poisons qu'il avait dispensés « pour exterminer les rats et la vermine ». Il y avait des poudres pour faire dormir, de la stellaire pour réduire les grosseurs de l'aine, de la centaurée noire pour soigner les maux de gorge ou étancher les saignements, du jus de fenouil qui, dissous dans le vin et introduit goutte à goutte dans les oreilles, calmait la douleur et diminuait les affres provoquées par une dent gâtée. Kathryn étudia chaque entrée. Les poisons vendus n'avaient rien de suspect ; certains acheteurs lui étaient même inconnus. Adam, parfois, utilisait un code personnel. Kathryn était certaine qu'il s'agissait alors de philtres donnés à quelque jeune femme pour éviter une grossesse. Mais rien ne signalait un assassin, quelqu'un qui aurait accumulé des substances toxiques. Elle ferma le registre et le mit de côté.

— Mais, bien sûr, le tueur ne peut qu'agir en cachette, se dit-elle à mi-voix.

Elle se dirigea vers la table de travail et s'y assit, la tête dans les mains. Elle revint en esprit à la chaumière. Pourquoi avait-il fallu supprimer grand-mère Croul ? À cause de ce qu'elle savait ! Que lui avait-elle narré la veille ? Rien, si ce n'est des ragots, selon Kathryn. Des histoires sur les villageois, le destin des naufrageurs, le caractère de Lord Henry, rien d'extraordinaire.

Colum rentra des écuries et rappela à son épouse que l'heure du banquet approchait. Elle ouvrit son coffre de voyage et en sortit la robe qu'elle porterait : pourpre et or, taillée dans le plus beau damas, garnie d'un haut col blanc et de ruchés assortis. Dessous, elle enfilerait une chemise empesée, et elle chausserait des heuses de velours argent foncé. Elle ne mettrait pas de voile et irait tête nue. Dans sa cassette à bijoux, elle choisit des épingles à cheveux, des boucles d'oreilles, un bracelet et l'anneau que lui avait offert Colum en gage d'amour. Elle eut à nouveau la certitude qu'on avait fouillé avec soin, bien que rien n'ait été dérobé. Mais elle ne voulait pas inquiéter son mari qui, sans nul doute, en aurait parlé à leur hôte. Elle déposa les joyaux sur le lit et alla au lavarium. Elle se déshabilla et fit de minutieuses ablutions. Quand elle en eut terminé, elle se retourna et rougit de confusion : Colum, assis dans une chaire, ne l'avait pas quittée des yeux.

— Nous sommes mari et femme, Kathryn.

— Nous sommes de jeunes mariés ! corrigea-t-elle.

Elle s'empressa de passer sa chemise pour couvrir sa nudité. Elle prit aussi un petit flacon d'onéreux parfum dont elle enleva le bouchon. La délicieuse fragrance lui fit fermer les yeux. Colum en avait fait l'emplette chez un marchand londonien qui prétendait l'avoir acquis à Alexandrie, en Égypte.

— Comment s'appelle-t-il, Colum ?

— Nelumbo, répondit Murtagh. On le prétend distillé à partir du lotus bleu.

— C'est merveilleux, ça sent tellement bon ! murmura-t-elle.

Elle s'en versa une goutte sur le doigt et s'en mit derrière les oreilles et sur le cou, puis s'essuya les mains sur sa chemise. Elle s'installa devant le miroir et commença à se farder avec grand soin. Elle baissa les yeux sur la boîte de belladone dont quelques femmes usaient pour souligner leurs yeux. Kathryn la gardait mais ne s'en servait plus. Elle avait lu dans un traité, voilà environ dix-huit mois, que la poudre, même si on l'employait comme fard, pouvait être toxique, que la peau, d'une manière ou d'une autre, l'absorbait et la faisait pénétrer dans le corps, ce qui endommageait les humeurs vitales.

Tout en s'habillant et en se préparant, Kathryn ne cessait de penser à grand-mère Croul. Un valet apporta un plateau garni d'un pichet de vin, de deux coupes, d'un plat de pain frais et de morceaux de délicieux fromage. La jeune femme sirota le vin.

— Je crois qu'elle a été tuée simplement au cas où…

— De quoi parlez-vous, Kathryn ?

— De grand-mère Croul ; elle est morte simplement au cas où elle aurait su quelque chose. L'assassin est impitoyable, Colum. Nous devons en tirer la leçon. Qui que ce soit, il, ou elle, est décidé à tuer et à tuer encore. On a supprimé grand-mère Croul parce qu'elle était gênante, bien que, sur ma vie, j'ignore pourquoi.

— Et l'affaire, ici, au castel ? s'enquit Colum.

Il s'accroupit près d'elle pour pouvoir se raser devant la glace. Kathryn se leva.

— Vous allez vous couper, prévint-elle. Asseyez-vous donc sur le tabouret et faites-le comme il convient. Je pense que Lord Henry a organisé un jeu, un stratagème intelligent et subtil, pour prendre au piège les Français. Il les a attirés ici, ainsi que le prêcheur. Quelque chose s'est mal passé, mais je ne sais quoi.

Colum répondit par des grognements, fort soucieux de se rendre présentable. Il enfila une chemise blanche fermée jusqu'au col et un pourpoint fauve assorti à ses chausses. Il glissa un anneau à son doigt, boucla un léger ceinturon autour de sa taille et se chaussa de souples bottes noires.

— Bon, soupira-t-il, j'ai fait de mon mieux. Regardez-vous, Kathryn.

Il s'approcha, lui prit les mains et s'agenouilla.

— Nous ressemblons aux peintures des églises, n'est-ce pas ? Qui montrent la vertu et le vice. Vous êtes la beauté et moi la laideur.

Kathryn lui baisa les lèvres avec tendresse.

— À mes yeux, Irlandais, vous représenterez toujours la beauté et la bonté incarnées. Mais venez, ne faisons pas attendre notre hôte.

Le banquet ne devait pas se dérouler dans la grand-salle mais dans le solar privé de Lord Henry, pièce somptueuse. De splendides tapisseries suspendues au-dessus du lambris sombre dépeignaient des scènes tirées des Classiques : Jason et ses Argonautes, Achille sur l'île de Chio, le cheval de bois dans Troie, Ulysse retournant à Ithaque. Lord Henry les accueillit, trop heureux de leur décrire chaque tenture en détail et de leur montrer le reste du solar. Les bannières royales d'Angleterre et de France accrochées aux poutres tombaient en drapé. L'endroit était bien éclairé par des chandelles en pure cire d'abeille dont le vif éclat se reflétait dans le verre des vitrines de bois noir. Les chaires, les tabourets, les bancs même, taillés dans le plus beau chêne, reluisaient de cire. Au bout, dans la galerie des ménestrels, des musiciens s'accordaient. Un jeune garçon à la voix angélique répétait l'hymne *Dulce Mater*.

Les atours de Lord Henry – pourpoint et chausses aux couleurs pourpre et or de la maison royale, collier de son office au cou – s'harmonisaient avec le luxueux décor. Ses cheveux blonds étaient peignés et huilés, sa barbe et sa moustache taillées avec soin. Il conduisit ses invités vers la cheminée où des bûches pétillaient en répandant une agréable odeur de pin. En attendant les Français, il leur versa des gobelets de vin blanc. Malgré tous les efforts de Kathryn, il se garda de faire allusion aux drames du village et maintint la conversation sur différents détails de la pièce. Il leur expliqua qu'il se passionnait pour les prouesses des anciens Grecs et n'avait pas de plus haute ambition que de conduire une ambassade chez le grand khan des Turcs. Ce bavardage ne cessa que lorsque Sanglier et Cavignac firent leur entrée.

Le vicomte et son clerc étaient vêtus de bleu, blanc et or, les couleurs de la maison royale de France. Des bijoux scintillaient à leur cou et à leurs doigts. Ils avaient pris soin de leur toilette et étaient chargés d'un cadeau pour Lord Henry, un psautier à la belle couverture sertie de pierres précieuses qu'ils lui offrirent avec solennité au nom de leur souverain. Le seigneur reçut le présent en observant toutes les règles de la courtoisie. Il les remercia pour leur générosité et réitéra les formalités d'accueil en espérant qu'ils parviendraient à négocier une paix durable entre les couronnes d'Angleterre et de France. Quand le protocole eut été satisfait, Lord Henry les amena vers la table de bois ronde, au centre du solar. Il fit asseoir la jeune femme à sa gauche, Sanglier à sa droite et, d'un geste, pria les autres de s'installer.

— Où est M. Delacroix ? s'enquit-il.

Cavignac haussa les épaules.

— N'est-il pas descendu, Messire ? murmura le vicomte. Nous avons toqué à l'huis de sa chambre. Je suis sûr qu'il sera bientôt parmi nous.

Lord Henry se rembrunit devant un tel manquement à l'étiquette, mais il leva néanmoins la main pour que le festin commence. Dans la galerie, l'enfant entonna de sa douce voix flûtée le *Dulce Mater* et le *Virgo Pia*. Les valets apparurent avec des plateaux de chapons rôtis aux amandes blanches, du saumon cuit dans une sauce au vin et nappé de cannelle. Lord Henry avait l'intention de faire parade à la fois de sa richesse et de sa puissance. Chaque convive disposait de serviettes damassées, de couteaux et de cuillères à manche d'ambre et à étui rehaussé de filets d'argent. Le seigneur déclara qu'il leur en faisait cadeau et qu'ils pourraient les emporter en quittant la table. Les serviteurs firent circuler des aiguières et des pichets enchâssés d'or afin que les hôtes puissent se laver les mains ; Kathryn apprécia la discrète fragrance de l'eau de rose.

On apporta la suite, un épais potage dans une soupière d'or, mais Delacroix n'était toujours pas là. Lord Henry, pourtant, affecta d'ignorer cette incorrection et régala ses invités de ses aventures en Hainaut, au Brabant et dans les villes rhénanes. Il dit en plaisantant que son royal maître aimerait fort mettre la main au collet d'un autre voyageur anglais, Henri Tudor, le dernier prétendant lancastrien au trône d'Angleterre, qu'on soupçonnait d'avoir trouvé asile en France. Sanglier refusa de mordre à l'hameçon. On servit des perdrix – le troisième plat – et cette fois les gobelets d'étain furent remplacés par des coupes enchâssées d'or et de précieux verres de Venise à long pied. Enfin, le seigneur prit en compte le siège vide. Il leva la main, faisant taire Sanglier qui narrait l'histoire d'un jongleur français, et appela son chambellan.

— Allez dans la chambre de M. Delacroix et dites-lui que son hôte attend.

L'homme s'empressa de s'exécuter et le souper reprit en silence. Le serviteur revint.

— Monseigneur, déclara-t-il en agitant les mains, on ne répond pas. J'ai essayé d'ouvrir l'huis mais il semble fermé et verrouillé.

Sanglier repoussa sa chaire à grand bruit et Cavignac l'imita.

— Il a dû se passer quelque chose, murmura le vicomte. Delacroix n'est jamais en retard. Je suis navré, Monseigneur.

Le repas s'acheva soudain. Lord Henry insista pour accompagner Sanglier et Cavignac dans l'appartement de Delacroix, au premier étage. Le seigneur monta l'escalier sans cacher son ire. Il s'arrêta devant la chambre et frappa. Kathryn et Colum l'avaient suivi. Il y eut un moment de confusion. Lord Henry, précédant Sanglier, fit de son mieux pour obtenir une réponse. Sa colère disparut alors et fit place à l'inquiétude. Le vicomte voulut qu'on enfonce la porte et son hôte finit par accepter. Des serviteurs apportèrent des rondins pris dans le bûcher et, sous la direction de leur maître, se mirent à marteler l'huis. Il céda enfin avec un bruit sec, serrures du haut et du bas arrachées, et pendit sur ses gonds de cuir. L'un d'entre eux se détacha et heurta Lord Henry quand il essaya d'entrer dans la pièce. Sanglier insista pour passer le premier.

— Monseigneur, c'est votre demeure, certes, mais cette chambre est le logis d'un envoyé français accrédité.

On poussa la porte et on la fixa. Puis ils pénétrèrent dans la pièce, meublée avec autant de goût que le reste du manoir. Une lampe à huile brillait sur la table. Au moment où Sanglier s'empressait de contourner la cathèdre placée devant la fenêtre, Kathryn aperçut une tête et un bras qui pendait. Sanglier cria qu'on lui apporte la lampe. Kathryn se précipita.

Delacroix était mort. Son visage était blême, ses yeux avaient roulé dans leurs orbites, sa tête penchait de côté, son corps était affaissé, un bras sur la poitrine, l'autre par-dessus la chaire. La jeune femme ramassa la coupe de vin sur le sol et la huma.

— Morelle, annonça-t-elle.

Bien qu'elle portât sa plus belle robe, elle s'accroupit pour renifler le vin répandu sur le parquet ciré. C'était la même odeur que dans la coupe. Elle se releva et se dirigea vers une table latérale sur laquelle était posé le pichet, mais, comme le déclara Cavignac qui se tenait à côté, il n'était pas pollué. Près du pichet, Kathryn remarqua un petit sac ouvert. Elle le prit et en versa le contenu dans sa main sans tenir compte des protestations de Sanglier, qui rappelait que le Français était un émissaire officiel. Kathryn n'en avait cure : un homme avait été empoisonné. Elle renifla avec attention : l'odeur était amère et âcre.

— Est-ce du poison ? demanda Colum en s'approchant.

Sa femme fit un geste de dénégation.

— Non, non, répondit-elle en recommençant son examen.

Elle déposa quelques grains sur le bout de son doigt et les goûta avec prudence.

— Non, ce n'est rien de plus dangereux que de la valériane.

— Delacroix l'appréciait, intervint Cavignac. Il en prenait toujours pour se détendre ou dormir.

— C'est chose courante, admit la jeune femme.

Lord Henry arpentait la chambre à grands pas. Il avait tiré sa dague comme s'il s'était attendu qu'un assaillant caché bondisse de derrière la tapisserie ou soit tapi dans un coin. Sanglier, debout devant la cathèdre, contemplait le corps. Kathryn le rejoignit. Elle tâta la joue du trépassé ; elle était glacée. Elle appuya ses doigts et nota que les muscles du visage avaient commencé à se rigidifier. Delacroix portait encore les habits qu'il avait quand elle l'avait aperçu dans la grand-salle.

— Il est mort depuis plusieurs heures, dit-elle, le corps est froid et se raidit déjà. Je dirais au moins trois ou quatre heures. Le vin était empoisonné.

— C'est impossible ! s'insurgea Lord Henry. On vous a servi à tous du vin venant du même pichet.

Il se tourna vers Sanglier.

— Messire, vous y étiez ; Delacroix a emporté son gobelet.

Kathryn écoutait la querelle et regardait la figure du trépassé. Vivant, il avait des traits durs qui, à présent, avaient pris un aspect cireux et livide. Les yeux étaient mi-clos, les lèvres étirées et figées dans le rictus final de la mort. Elle déposa la coupe de vin empoisonné sur la petite table près de la cathèdre.

Elle frappa des mains et les deux hommes s'interrompirent.

— Messires, peut-être vaudrait-il mieux continuer notre conversation en bas.

Les Français acceptèrent à contrecœur. Sanglier poussa les hauts cris parce qu'un envoyé officiel avait été empoisonné dans la maison de Lord Henry, mais ce dernier n'en voulut rien savoir. Il se déclara innocent et ajouta que ni lui ni quiconque à Walmer n'était responsable de la mort de Delacroix.

— Cela, gronda Sanglier en quittant la chambre, reste à prouver.

Avant même d'arriver au solar, Lord Henry et Sanglier s'abreuvaient d'accusations et de contre-accusations. Kathryn prit alors conscience de la profonde et durable inimitié qui existait entre ces deux hommes, qui dissimulaient leur hostilité derrière une étiquette courtoise et le protocole diplomatique. Ce fut Murtagh qui, frappant la table de sa coupe, parvint à rétablir un semblant d'ordre.

— Messires ! Ce n'est pas ainsi que nous avancerons.

Cavignac murmura son accord à voix basse. Lord Henry prit une profonde inspiration, s'assit dans sa chaire et ferma les yeux. Sanglier s'apprêtait à boire mais il se ravisa et reposa la chope sur la table avec une telle force que le vin déborda.

— Voilà qui est inutile, Messire, commenta Lord Henry en ouvrant les paupières et en tendant la main. Vous êtes mon invité. Je vous assure que je ne suis pour rien dans le décès de votre compagnon.

Le vicomte refusa la main mais accepta les excuses. Lord Henry fit évacuer la pièce et la galerie des ménestrels. Puis il ordonna d'apporter de nouveaux gobelets et de mettre en perce un autre tonneau de vin. Il but le premier pour rassurer ses hôtes puis les servit. On ne pensait plus à se restaurer. Le seigneur protesta de sa bonne foi en faisant remarquer que la coupe de vin empoisonné avait été emportée de la grand-salle par Delacroix en personne.

— Il a sur-le-champ regagné sa chambre, n'est-ce pas ?

— Je ne l'ai point accompagné, déclara le clerc français, les yeux aux aguets dans son visage efféminé.

Kathryn remarqua que le col de sa chemise était bordé de dentelle. Il avait oint sa chevelure noire qui bouclait sur ses joues comme celle d'une bachelette. Il portait une boucle à un lobe et des bijoux étincelaient sur ses doigts déliés et délicats. Cavignac lui adressa un sourire.

— Je vous affirme, Maîtresse Swinbrooke – et je vous connais, avec votre regard sévère –, que Delacroix s'est rendu seul dans sa chambre. Il portait sa coupe de vin. Il nous est habituel, et Messire le vicomte ne me démentira pas, de nous méfier de la nourriture et de la boisson quand nous sommes dans une maison étrangère.

Lord Henry lui jeta un coup d'œil torve.

— Dans ce genre d'endroit, continua Cavignac d'un ton vif, nous tastons le vin et refusons tout gobelet qui a un goût étrange. De plus, mon compagnon, comme moi, a toujours laissé sa main sur sa coupe ; c'est une habitude assez répandue.

Même Lord Henry dut en convenir.

— Il est donc reparti sans encombre dans sa chambre ? questionna Kathryn.

Lord Henry prit la clochette dissimulée derrière le gobelet sur la table et la secoua avec fureur. Le chambellan surgit et son maître lui donna un ordre d'un ton sec. Quelques instants plus tard, un écuyer armé fit irruption dans la salle, vêtu de la livrée de Walmer, ceinturon bouclé à la taille, une paire de gantelets dans une main, l'autre posée sur le pommeau de son épée.

— Ah, Stephen !

Lord Henry lui fit signe d'approcher. L'homme voulut mettre un genou à terre mais le seigneur secoua la tête.

— Vous montiez la garde devant la chambre de Delacroix, n'est-ce pas ?

— Oui, Monseigneur.

— Et vous l'avez vu y entrer ?

— Oui, Monseigneur.

— Portait-il un gobelet de vin ?

L'écuyer acquiesça à nouveau.

— Et il n'était point altéré, ajouta-t-il.

— Comment pouvez-vous dire cela ? s'étonna Sanglier, en plissant les yeux et en passant avec fureur les doigts dans sa barbe taillée court.

— Messire, il m'a tendu sa coupe pour ouvrir l'huis. J'avais soif. Le Français a dit que si je voulais je pouvais en boire une gorgée. Je l'ai fait ; ce n'est qu'alors que j'ai compris…

— Que vous goûtiez le vin pour lui ? intervint Kathryn.

— Oui. Le Français m'a repris la coupe et m'a souri. Il a dit qu'il ne faisait jamais confiance aux Anglais coés[1] et a claqué la porte. Je l'ai entendu tirer les verrous et tourner la clé. Je suis resté là jusqu'à ce que

1. On disait que les Anglais étaient pourvus d'une longue queue. (*N.d.T.*)

vêpres sonnent, c'est-à-dire quand le capitaine des gardes m'a dit qu'on n'avait plus besoin de moi car le Français allait descendre ici pour assister au banquet.

— Et vous avez alors quitté votre poste ?

— Oui, Monseigneur.

L'homme désigna Sanglier.

— Au moment où celui-ci et l'autre arrivaient dans la galerie. En descendant l'escalier, je les ai ouïs tambouriner à l'huis, en appelant leur compagnon par son nom. J'ai pensé qu'il s'était endormi. Ma tâche avait pris fin.

— Et personne n'a rendu visite à Delacroix dans sa chambre ? interrogea Kathryn.

L'écuyer regarda son maître qui lui fit signe de répondre.

— Personne n'est entré chez lui pendant que je montais la garde et le Français n'est point sorti. Je l'ai entendu se déplacer, puis ce fut le silence.

Kathryn se remémora la pièce avec son plancher ciré et son lourd ameublement.

— Y a-t-il une autre entrée, Monseigneur ?

— Bien sûr que non ! répondit ce dernier en renvoyant le garde.

— Qu'en est-il des fenêtres ? continua la jeune femme.

— Elles sont garnies de verre et trop étroites pour laisser passer un homme.

— Quant au petit sac de poudre trouvé près du pichet, il ne contenait que de la valériane, une potion qui aurait pu le détendre et l'endormir, mais pas du tout arrêter le cœur.

— Que voulez-vous dire, Maîtresse Swinbrooke ? demanda Sanglier, tout courtoisie à présent, bien qu'il la fixât avec curiosité.

— Messire le vicomte, je rappelle l'évidence. M. Delacroix quitte la grand-salle. Il est en train de boire du vin non pollué, sinon il en aurait senti les effets dans l'escalier. Le fait de marcher ou de monter accélère souvent l'action du poison. Il tend au garde son gobelet et, en plaisantant à moitié, lui suggère d'y goûter. Delacroix redoutait donc sans nul doute un empoisonnement. Vous avez entendu évoquer les événements qui se sont déroulés au village, je pense ?

— Bien entendu, aboya Cavignac, ainsi que le trépas de cette vieille femme.

— Donc, reprit Kathryn d'un ton ferme et sans tenir compte de l'interruption du clerc, Delacroix, une fois dans sa chambre, a dû prendre son sachet de valériane et en a versé un peu dans sa coupe. Il voulait se reposer et dormir avant les festivités de ce soir. Il a bu ; il est mort, non de causes naturelles mais victime d'un violent poison, aussi mortel que le venin de la vipère. Il ne restait pas beaucoup de vin. Je pense qu'il a avalé une bonne rasade, peut-être même s'est-il endormi quand le poison a fait effet, aussi n'a-t-il pas pu appeler à l'aide. Le toxique, surtout administré à cette dose, a dû…

Elle s'interrompit.

— Oui, c'est comme un feu lui embrasant le corps et provoquant une attaque au cœur, l'impossibilité de respirer, puis une pâmoison.

Elle baissa les yeux sur le plat d'argent à filet d'or ; des quatre côtés une pierre précieuse scintillait.

— Quelqu'un parmi vous a-t-il rendu visite à Delacroix aujourd'hui ? questionna-t-elle.

— Oui, nous deux, s'empressa de répondre le vicomte. Que voulez-vous insinuer ?

— Rien.

La jeune femme se tourna vers Lord Henry.

— Pourriez-vous demander à votre garde de revenir ?

Le seigneur acquiesça et le chambellan ramena l'écuyer. Devant les questions de Kathryn, il fut très clair : il avait monté la garde une heure avant midi et n'était parti que lorsqu'il avait pensé que le Français allait rejoindre ses compagnons pour banqueter.

— Vous savez que j'étais là, dit-il en adressant un signe de tête à Sanglier. Vous êtes venu frapper à sa porte. Il n'y a pas eu de réponse. Vous avez expliqué qu'il dormait et avez continué votre chemin pour aller festoyer.

— Et l'un de ces deux seigneurs, s'enquit Kathryn en désignant les Français, s'est-il rendu chez Delacroix après qu'il eut rapporté son gobelet de vin de la grand-salle ?

— Non, non.

— Nous nous préparions, nous aussi, intervint Cavignac. Comme Delacroix, nous nous sommes délassés, changés et lavés. Ensuite, nous sommes descendus. Nous avons toqué à l'huis de Delacroix mais personne n'a répondu. Nous avons cru qu'il s'était endormi et qu'il ne tarderait pas à nous suivre.

Kathryn remercia l'écuyer et Lord Henry le congédia. La jeune femme examina une tapisserie qui dépeignait la Passion du Christ. Sur un bandeau, au-dessous, était écrit : « *Expectans, Expectavi, Dominum.* »

Elle reconnut une citation tirée du psaume 39 : « J'ai attendu mon Seigneur avec patience et Il a tourné les yeux vers moi. » Elle ferma un instant les paupières et pria pour qu'Il la guide.

Sanglier reprit l'initiative.

— C'est un vrai mystère. Nous sommes là, émissaires français dans le royaume d'Édouard le Quatrième, et pourtant nous sommes en danger.

— Absurde ! s'exclama Lord Henry.

— Oui, nous sommes en danger, renchérit Cavignac. Or nous avons été dépêchés ici en tant qu'envoyés. Delacroix était notre ami. Et voilà qu'il est vilement empoisonné. N'est-il pas vrai, Monseigneur, que certains de vos villageois l'ont été aussi ?

— Voulez-vous dire que le même tueur erre en ce manoir ? rétorqua Lord Henry. C'est ridicule ! Vous n'avez nulle preuve pour imputer le trépas de Delacroix à un Anglais.

Sanglier eut un sourire faux.

— Suggérez-vous que ce meurtre peut être mis à mon compte, à celui de Cavignac, ou à notre compte à tous deux ?

— Ce que Monseigneur veut dire, s'entremit Colum, c'est qu'il y a eu une mort des plus infortunées, des plus regrettables. M. Delacroix a été empoisonné. Nous ignorons s'il s'est suicidé ou si quelqu'un l'a tué. Et, dans ce cas, s'il s'agit de celui qui assassine les villageois ou d'un habitant du château.

— Pourquoi Delacroix aurait-il mis fin à ses jours ? railla Cavignac. Il aimait la vie et en savourait chaque goutte. Il était heureux et satisfait.

— Pas assez, pourtant, releva Kathryn avec calme, pour dormir paisiblement. Et le sachet de valériane ?

— Il dormait mal parce qu'il avait des scrupules, Maîtresse Swinbrooke. Avez-vous remarqué sa façon de s'habiller ?

— En effet, davantage comme un dominicain que comme un ambassadeur du roi de France.

— Il avait été destiné à la prêtrise, expliqua Cavignac.

Kathryn se fit la réflexion que son anglais, comme celui de Sanglier, était presque parfait. Elle aurait aimé en savoir plus sur ces deux hommes intelligents dont les réactions la laissaient perplexe. D'une part, ils semblaient affectés par la disparition de leur compagnon, d'autre part, excepté leur accès de rage initial, ils restaient maîtres d'eux-mêmes, calmes et sûrs d'eux.

— Et ? demanda-t-elle.

— Il n'est pas devenu dominicain comme il l'avait juré à ses parents. Ils sont morts avant qu'il ait prononcé ses vœux solennels et il a quitté son ordre. Cette affaire le mettait toujours mal à l'aise. Le jour, on ne pouvait trouver esprit plus vif et homme plus avisé.

Cavignac sirota une gorgée de vin.

— Mais la nuit, ou quand il était seul, il était différent. Ce qui explique la valériane, ajouta-t-il en haussant les épaules.

— J'aimerais fouiller sa chambre.

— Impossible, se rebiffa Sanglier en redressant la tête. C'était un envoyé français officiel. Son appartement contient certains documents…

— Je le dois, insista Kathryn. Monsieur le vicomte, vous ne pouvez rester assis céans, à taper du poing sur la table, à exiger la justice, la vérité, des réponses et, quand je veux vous aider, me mettre bâton en la roue.

Sanglier ouvrit la bouche pour répondre, puis s'essuya les lèvres du dos de la main et jeta un coup d'œil en coin à son compagnon.

— Faisons un compromis, proposa Murtagh. Pourquoi Lord Henry et moi-même ne fouillerions-nous pas la chambre en votre présence à tous deux ?

Sanglier accepta après avoir hésité un instant et les quatre hommes sortirent. Quand ils furent partis, Kathryn repoussa sa chaire et se leva pour examiner la tapisserie de plus près. Elle étudia les différentes couleurs, des rouges foncés, des bleus, et s'émerveilla devant la façon dont l'artiste avait rendu la sombre atmosphère du Calvaire, la colline aux trois croix, le Christ torturé descendu de la croix et reposant dans le giron de sa mère. Elle se retourna et contempla le parquet ciré. « Qu'avons-nous ici ? » s'interrogea-t-elle à voix basse. Elle revint vers la table et remplit son gobelet de vin. Le feu commençait à s'éteindre. Elle réprima un frisson. Le solar, frappé à présent par la glaciale malemort, n'était plus ni chaud ni accueillant. Elle s'assit et essaya de rassembler ses idées.

« Un Français est descendu quérir un gobelet de vin, résuma-t-elle. Il est prudent, méfiant et rusé. Il pose la main sur sa coupe et regagne sa chambre. Il autorise le garde qui se trouve devant sa porte à avaler une rasade et celui-ci ne ressent nul effet fâcheux. Delacroix entre dans sa chambre, ferme la porte à clé et tire les verrous, ajoute un peu de valériane à sa boisson et s'endort d'un sommeil qui s'avère être éternel. On ne peut le réveiller et nous le découvrons empoisonné. Il n'y a pas d'entrée secrète. » Elle se souvint de la fenêtre. « Oui, mais personne n'aurait pu s'introduire par là. »

— Kathryn ?

Colum se tenait sur le seuil. Il s'avança en tirant sur un fil lâche de son pourpoint. Puis il prit place au haut bout de la table, dans la chaire de Lord Henry, la fit pivoter pour pouvoir étendre ses longues jambes et regarda sa femme.

— J'ai trop bu ; je suis fatigué.

— Et la chambre du Français ?

Murtagh secoua la tête.

— Mis à part la valériane, que voulez-vous trouver dans le logis d'un clerc ? Des habits, des documents, mais rien de bizarre. Il a été assassiné, Kathryn, n'est-ce pas ?

— C'est ce que je disais, répondit-elle en souriant. Ou, du moins, ce que je me disais. Comment quelqu'un peut-il entrer dans une chambre close, qui n'a qu'une petite fenêtre et pas de porte dérobée, et empoisonner le vin d'un clerc français plutôt méfiant ? Avez-vous trouvé une autre coupe chez lui ?

Colum fit un geste de dénégation.

— Il semble que Delacroix ait été plutôt abstinent : il buvait du vin mais presque jamais quand il était seul.

Kathryn ferma les yeux.

— Il doit, sans nul doute, y avoir un moyen de s'en sortir.

Elle se leva et, l'esprit ailleurs, ébouriffa les cheveux de son époux.

— Venez, mon vagabond d'Irlandais. Il est temps de se coucher.

Elle lui donna une petite bourrade affectueuse.

— Et tout en me déshabillant, vous pourrez citer les vers d'amour de Chaucer, tirés du *Livre de la duchesse*, sur mon cœur qui aspire à parler au vôtre et le vôtre qui désire parler au mien.

Colum repoussa sa chaire, attira Kathryn vers lui et l'embrassa avec tendresse sur le front. Elle appuya sa tête contre sa poitrine et passa les bras autour de sa taille. En apercevant le siège de Delacroix resté vide, le gobelet miroitant encore dans la lumière, la chaire poussée contre la table, elle se demanda ce qui avait bien pu se passer dans cette chambre. Qui avait expédié l'âme du Français devant Dieu ?

CHAPITRE VIII

« Ardent était et lubrique comme un bouc. »

Chaucer, Prologue général,
Les Contes de Cantorbéry

Dans les années à venir, les villageois de Walmer parleraient du Temps des Meurtres, quand la mort, ayant envahi leur bourg, y avait dressé son camp comme une armée ennemie. Elle avait fait voler la paix en éclats et avait tissé une trame de soupçons, de tromperies et d'horribles crimes dans laquelle la communauté s'était empêtrée. Pourtant, ce matin-là, le lendemain du jour où la chaumière de grand-mère Croul avait été brûlée jusqu'aux fondations, Simon le bedeau ne pensait point à la mort mais bien plutôt à ses plaisirs secrets.

La matinée lui avait été propice : quelques petits nuages blancs, un soleil ardent et un ciel si bleu qu'on aurait pu croire l'été revenu. Même la terre était chaude ; l'herbe haute, la guimauve et les ronces qui poussaient avec tant de luxuriance autour du vieil if lui procuraient encore un couvert suffisant. Simon était descendu au village. Il avait rempli sa gourde, acheté une tourte chez un boulanger et était venu au cimetière pour se distraire. Il savait que les amants, Maître Ralph et Alison, ne tarderaient pas à arriver. Cette dernière était l'une des jouvencelles les plus accortes et avenantes du village. Simon posa la main sur son entrejambe et se caressa. Il connaissait leurs habitudes. Ils ne pourraient pas résister à une matinée comme celle-ci. Dès que ses parents seraient occupés, Ralph, qui était apprenti, se glisserait hors de l'échoppe pour rejoindre Alison.

La messe matinale avait été chantée, les ouailles s'étaient dispersées et l'arpent de Dieu, ce cimetière, allait retrouver son calme et tomber sous le charme des abeilles bourdonnantes et des papillons virevoltant tels des points colorés parmi les fleurs sauvages. Simon avait mené à bien son inspection habituelle. Le père Clement travaillait dans la crypte. Benedict le tabellion attendait une pratique pour signer un contrat près des fonts baptismaux. Ursula était au presbytère et Amabilia dans la sacristie. Elles ne viendraient pas ici. Simon aimait cet endroit. Il savait toujours ce qui se passait au village, quel jouvenceau badinait avec quelle bachelette, et c'était là qu'il le découvrait. Il déboucha sa gourde et prit une gorgée qu'il fit tourner dans sa bouche avant de l'avaler afin d'atténuer l'irritation de ses gencives et la douleur due à une dent pourrie, au fond. Il mordit dans la tourte avec précaution.

« Il faut que je sois vigilant, avec tous ces meurtres », songea-t-il.

Il se redressa pour manger plus à son aise. Appuyé contre l'if, il prêtait une oreille distraite au chant d'une grive dans les branches au-dessus de sa tête. Il ne faisait pas de bruit, s'assurant toujours de ne rien déranger, de ne pas éveiller les soupçons. Il aurait aimé que Ralph et Alison viennent, mais, en attendant, il pouvait réfléchir aux événements du bourg. Qui était derrière ces affreux empoisonnements ? Elias et Isabella réduits à de la viande froide ! Adam l'apothicaire, le visage blême, et à présent grand-mère Croul, dont il ne restait que quelques os carbonisés dans sa chaumine qui n'était plus que cendres…

« La peau et les os », avait plaisanté Walter le sergent.

Le père Clement avait fait de son mieux. Il avait enveloppé les restes dans un linge blanc, les avait bénis et encensés, mais à quoi bon ? Grand-mère Croul était morte et Simon en était presque soulagé. La vieille commère avait l'œil vif et la langue acérée ; elle était peut-être au courant de ses plaisirs secrets.

Simon mordit dans la tourte. La viande était tendre, la saveur généreuse et épicée. Il mâcha avec soin en pensant – c'est ce qu'on disait au *Sanglier bleu* et au *Cygne d'argent* – « Attention à ce que tu manges, attention à ce que tu bois ». Il mordit derechef et entendit un rire. Il se figea, avala sa bouchée et avança en rampant sur le ventre comme un goupil en maraude. Il leva la tête et aperçut Ralph qui conduisait Alison par la main. Ils avaient escaladé le mur et se dirigeaient vers leur nid d'amour accoutumé. Ralph portait ce qui semblait être une gourde et elle un balluchon blanc contenant sans doute du pain et du fromage. Simon ravala sa déception : cela signifiait qu'ils commenceraient par se restaurer.

Les amoureux parvinrent à l'endroit où il y avait une déclivité, ce qui donnait à Simon un très bon point de vue. Il les épia en retenant son souffle. Ils ouvrirent le balluchon blanc et se mirent à boire et à manger. Simon entendait des bribes de leur conversation et il dressa la tête. Ralph jouait avec les lacets du corsage d'Alison. Elle résista mais il se fit pressant. Simon posa la main sur son entrejambe. Ralph déshabillait son amie et faisait glisser sa robe sur ses épaules, révélant ainsi des seins opulents. Le bedeau regardait avec lascivité. Alison riait, tête rejetée en arrière, boucles blondes retombant, quand Ralph la prit par la taille et l'attira vers lui. Puis elle s'abandonna. Simon gémit de plaisir en oyant ses cris de volupté. Levant les yeux, il vit les jambes de la jouvencelle dressées en l'air, entendit Ralph haleter et geindre, et les exclamations de délice d'Alison. Peut-être pouvait-il s'approcher un peu plus près…

Il sentait le sang lui monter à la tête et se mit à transpirer. Il allait épier et attendre, et un jour, quand il en aurait envie, il convoquerait Alison au cimetière. Il lui narrerait ce dont il avait été témoin et elle devrait offrir une contrepartie à son silence. Le bedeau s'humecta les lèvres. Ce genre de rencontres lui avait permis de connaître maintes bachelettes. Elles redoutaient toujours qu'on en parle à leurs parents ou qu'on les proclame dévergondées sous le porche de l'église ou à la croix du marché, aussi se soumettaient-elles à chaque fois ; la seule exception avait été Hawisa, cette garce à l'esprit dérangé. Simon savourait l'idée qu'un jour, bientôt, Maîtresse Alison se livrerait à une danse similaire pour lui. Il avait si souvent guetté des amants qu'il savait jusqu'où il pouvait s'approcher de ce nid d'amour. Il les regarda s'ébattre, Ralph avec passion, Alison lui répondant, puis ce fut fini. Simon ouït le murmure de leurs voix, leurs tendres serments chuchotés, et il revint à sa place.

Il attendit un moment. Les amoureux ne s'attardaient jamais : il en fut de même ce jour-là. Il aperçut des éclairs de linge blanc tandis qu'Alison se rhabillait. Ralph se releva, rejeta ses longs cheveux en arrière et les attacha sur la nuque avec un cordon. Puis ils s'en allèrent. Simon, réjoui, se félicitait. Comme il avait aimé ça ! Il prit sa gourde et s'adossa à l'if. Les yeux fermés, il se remémora la scène, le plaisir qu'il avait ressenti, et il se demanda quand il inviterait Maîtresse Alison. Il la menacerait de tout dire à Walter le sergent, et si Simon le bedeau ne valait rien, Walter était pire.

Il déboucha sa gourde et la porta à ses lèvres. Il avait avalé deux ou trois gorgées quand il se rendit compte qu'il y avait quelque chose de bizarre, non dans le goût du vin mais dans la gourde. Il ne l'avait pas remarqué auparavant – la différence était minime. Horrifié, il baissa les yeux. Ce n'était pas sa propre gourde. Un élancement de douleur lui traversa le ventre. Il bondit sur ses pieds en serrant le récipient et se précipita vers le presbytère.

Tout en courant, Simon savait qu'il était trop tard. Son ventre était à présent en feu, comme s'il avait avalé le plus acide des cidres ; la sueur ruisselait sur son visage, ses mains étaient plutôt froides, et plus il se hâtait plus ça empirait. La douleur finit par devenir si forte qu'il dut s'arrêter. Les mains crispées sur l'estomac, il tomba à genoux et tenta de vomir, mais il avait la gorge serrée et le martèlement dans ses tempes était presque insupportable.

Il leva les yeux. Il vit la porte de l'église surmontée du tympan représentant le Christ au Jugement dernier et ses anges fondant vers la terre en brandissant des épées de feu. Venaient-ils pour lui ? Il essaya de se souvenir de ce qui était arrivé ce matin, du vin qu'il avait acheté au *Sanglier bleu.* Il était là quand on avait rempli sa gourde. Il ne pouvait plus réfléchir. Il voulut ouvrir la bouche pour appeler à l'aide mais ne put proférer un son. Il eut un haut-le-cœur : son estomac allait se vider. Il leva à nouveau les yeux mais, cette fois, l'église bougeait. Dans son dos, la sueur se glaçait. Simon, ne pouvant supporter cette souffrance plus longtemps, s'effondra au moment où Benedict apparaissait à la porte de Saint-Swithun.

Le tabellion aperçut le bedeau qui se pâmait. Il crut d'abord qu'il était ivre mais, quand il le vit s'écrouler, il arriva à toutes jambes. Simon était encore en vie, le corps parcouru de spasmes. Benedict s'agenouilla et tenta de le retourner ; le sacristain résista et se défendit, comme si Benedict était un ennemi plutôt qu'un sauveur. Le tabellion ne pouvait rien faire. Il se redressa. Il émanait du bedeau une odeur épouvantable et le notaire comprit que les intestins du malheureux avaient dû se relâcher dans les affres de l'agonie, la toux et les nausées, les sursauts, la violente agitation des jambes.

Benedict était figé – il aurait dû se précipiter à la recherche du prêtre mais il était à la fois fasciné et dégoûté. Enfin le sacristain poussa un gémissement. Il tenta une fois encore de se relever, puis retomba et resta immobile, bouche bée, un œil grand ouvert. Ce ne fut qu'alors que Benedict comprit ce qui venait de se passer. Il ramassa la gourde tombée des mains de Simon et la sentit. C'était du bon clairet, pourtant il y avait autre chose d'un peu âcre. Le tabellion lâcha la gourde, s'essuya frénétiquement les doigts sur son habit et s'élança vers l'église pour donner l'alarme et annoncer au village de Walmer qu'une autre affreuse mort venait de se produire.

Kathryn et Colum étaient assis dans la chambre de Lord Henry. Ce dernier faisait les cent pas, s'arrêtant parfois pour contempler la tapisserie de Bruges aux rouges, bleus et ors splendides, appendue sur le mur du fond.

— Monseigneur, répéta Kathryn, j'ai demandé qu'on se réunisse afin d'établir la vérité.

— Qu'est donc la vérité ?

— Je sais que je ne suis que votre hôte céans, répondit la jeune femme, néanmoins la nuit dernière, après m'être retirée, j'ai réfléchi à ce sujet.

— Moi aussi, rétorqua le seigneur, et sans succès.

— Alors, puis-je vous aider ?

Lord Henry s'installa derrière la grande table de chêne et posa les mains de chaque côté du registre relié. Il tendit le bras pour attraper une plume comme s'il avait besoin de tenir quelque chose, puis se reprit et tâta son collier d'argent frappé de l'insigne de la maison d'York. Il observa Kathryn avec circonspection, plein d'admiration muette pour cette jeune femme brune aux yeux clairs qui le déconcertait. Il savait qu'il les avait tous entraînés dans une folle danse à la poursuite de la vérité. Maintenant il était perplexe et un peu effrayé. Il se considérait comme le maître du bal mais la disparition du prêcheur le préoccupait fort.

— Vous feriez mieux de parler, Maîtresse Swinbrooke.

— Il y a un an, en fait, il y a un peu plus d'un an, déclara Kathryn, votre épouse, Lady Mary, est tombée d'une falaise près de Gallows Point. Certains chuchotent qu'il s'agit d'un suicide, d'autres d'un accident, et d'aucuns, en catimini, parlent de meurtre.

Lord Henry ôta la main de son collier. Kathryn fixait les exquises gravures sur bois qui flanquaient la tapisserie de Bruges. Elles étaient cirées et semblaient briller. Elles illustraient l'histoire d'un chevalier perdu dans une forêt enchantée et sauvé par une fée.

— Je me suis rendue, Monseigneur, à Gallows Point.

— Et qu'en avez-vous conclu ?

— Lady Mary ne s'est pas suicidée et n'a point été tuée. Je pense plutôt qu'elle était si éperdue qu'elle a trébuché et qu'elle est tombée.

Le seigneur lui répondit par un regard imperturbable.

— Je ne crois pas que vous soyez un assassin, poursuivit Kathryn sans tenir compte de l'agitation manifeste de Colum.

Ce dernier, ignorant tout des intentions de sa femme, commençait à s'inquiéter. Si Lord Henry pouvait se montrer calme et subtil courtisan, il avait un caractère bien trempé. Murtagh n'oublierait jamais la bataille de Tewkesbury où les yorkistes, vainqueurs, avaient poursuivi les lancastriens jusque dans l'abbaye, dont l'enceinte sacrée avait été troublée par le fracas de l'acier et les cris des mourants. Lord Henry était en tête, ventail relevé, donnant sans relâche de l'épée et de la hache.

— J'attends, Maîtresse Swinbrooke. Je suis bien aise d'apprendre que je ne suis point un tueur.

— Non, pas dans ce sens-là, reprit Kathryn qui ignora le sursaut désapprobateur de Colum. Mais il existe cent et une façons d'occire son prochain. Mon premier époux, un ivrogne qui me battait, se rendit coupable de cette vilenie. Petit à petit, il a cherché à étouffer la vie en moi. Vous avez épousé Lady Mary parce que c'était un bon parti. Peut-être vous aimait-elle, mais vous ne lui avez onc rendu cet amour.

— Ce ne sont que suppositions ; vous ne me connaissez pas.

— Je ne prétends point le contraire. Ce sont des spéculations, admit Kathryn qui tourna derechef les yeux vers les gravures sur bois. Lady Mary savait que vous ne l'aimiez pas mais là n'est pas la question. Elle a vu ou entendu quelque chose.

Choisissant ses mots avec soin, elle poursuivit :

— Vous l'avez blessée, j'ignore pourquoi et comment, aussi est-elle allée à Gallows Point pour penser. Puis elle est tombée. Il est si facile quand on a la vue brouillée par les larmes de mal distinguer le sol ! Ce qui m'intéresse, c'est de savoir pourquoi elle était aussi bouleversée. Vous vous êtes sans nul doute senti coupable – vous avez pris des dispositions pour qu'on lui érige un tombeau particulier dans la crypte de Saint-Swithun, cependant votre culpabilité est devenue trop lourde. Vous vous êtes assis ici, et, feignant d'être votre épouse, usant de son sceau, vous avez rédigé une lettre de confession destinée à Son Éminence l'archevêque de Cantorbéry.

— Kathryn ! s'exclama Colum.

Il lui prit le bras mais elle se libéra, sans quitter son interlocuteur des yeux. Ce dernier avait pâli et son trouble était évident.

— J'ai ouï parler de gens qui s'étaient comportés ainsi, expliqua Kathryn d'une voix guère plus forte qu'un murmure. Ils avaient besoin de se confesser, d'assumer leur faute. Peut-être regretterez-vous plus tard d'avoir écrit cette lettre, mais vous deviez le faire.

— Pourquoi donc ? interrogea Lord Henry d'un ton rauque. Cela ne pouvait que me perdre aux yeux de l'archevêque et du roi.

— Vous vous sentiez coupable, répliqua la jeune femme. Vous considériez que c'était un juste châtiment. Il se peut que vous l'ayez déploré par la suite, mais c'était trop tard.

Elle s'éclaircit la gorge.

— La missive a été en secret envoyée à Cantorbéry. De façon à dissimuler sa véritable source. Bien sûr, l'archevêque s'en est ému, d'autant plus que de méchantes langues, à Walmer, insinuaient la même chose. Benedict le tabellion, un homme de loi rapace dont vous usiez comme messager, était sans doute l'une d'entre elles. Il ne devait être que trop disposé à vendre ces médisances aux Français – comme il l'avait fait pour d'autres ragots, par exemple le fait que vous possédiez maintes tenures à Walmer.

Murtagh était sur le point de s'entremettre quand il s'aperçut à l'expression de Lord Henry que sa femme, dont les précédents soupçons s'étaient transformés en accusation, disait la vérité.

Il se crut obligé d'avancer un argument pour défendre le seigneur du castel.

— La lettre était bien de la main de Lady Mary, remarqua-t-il.

— Notre hôte est un clerc adroit, déclara Kathryn. Je parie qu'il peut imiter n'importe quelle écriture. Qui plus est, il avait accès au sceau de Lady Mary qui aurait dû être brisé après son trépas – or, bien entendu, il l'a gardé. D'une certaine façon, Monseigneur, vous avez dû être soulagé que l'archevêque montre le document au roi, lequel a mis Maître Murtagh dans la confidence. Vous vous en doutiez, n'est-ce pas ? Toute perte de crédit à leurs yeux était une réparation équitable. J'ai rencontré des hommes qui ont fait l'aller et retour entre Londres et Jérusalem pour se débarrasser de leur sentiment de culpabilité après un crime atroce. Cette missive était votre pèlerinage et votre expiation.

Lord Henry baissa la tête. Colum, embarrassé, repoussa sa chaire et se mit à contempler ses bottes comme s'il ne les avait encore jamais vues. Kathryn jeta un coup d'œil sur les gravures.

— Vous les admirez, Maîtresse Swinbrooke ? demanda Lord Henry. Lady Mary aimait le bois, surtout le charme.

— On prétend que ses branches noueuses procurent d'excellents abris aux rouges-gorges.

— Et aux meurtriers, ajouta le seigneur avec douceur. Lady Mary gardait un morceau de coudrier dans sa chambre en guise de protection contre les mauvais esprits. Quand le roi est venu céans lors d'un déplacement dans les comtés de l'Est, il lui a narré que frère Bacon fut le premier à prouver que le coudrier était un ingrédient de la poudre à fusil. Elle est décédée le 22 août…

— … fête de saint Philibert, termina Kathryn. C'est ce jour-là qu'on ramasse les noisettes, je crois ? Lady Mary ne devait pas l'ignorer.

— C'est ce qu'elle a dit au serviteur, acquiesça Lord Henry. Elle a prétendu qu'elle allait chercher des noisettes. Si j'avais su qu'elle se rendrait à Gallows Point, j'aurais demandé à Marshall de l'escorter. Elle est tombée, ajouta-t-il précipitamment, à cause de ce qu'elle avait vu la veille.

Kathryn garda le silence.

— Le maréchal-ferrant est venu au château avec sa femme. Je l'avais toujours trouvée attirante. J'avais bu trop de clairet et son mari était occupé aux écuries. Je l'ai emmenée au verger.

Il se frotta les yeux.

— Il ne s'est rien passé de grave, nous avons juste sottement badiné, un baiser, une étreinte, mais mon épouse nous a surpris.

Il haussa les épaules.

— Vous savez la suite. Après sa mort, je me suis senti fort coupable ; je voyais des démons partout. Je me suis confessé auprès du père Clement. Il m'a donné comme pénitence de faire quelque chose pour expier mon péché.

Lord Henry soupira.

— D'où la lettre. J'ai regretté de l'avoir écrite mais j'avais l'impression que le fantôme de ma femme me la dictait. Les Français ont appris dans quelle humeur je me trouvais et, par le biais de Benedict, je suis sûr qu'ils en savent davantage sur mes affaires qu'ils le devraient.

— Le trépas de William Marshall ?

Il se redressa.

— Oh, c'est une tout autre affaire !

— William Marshall était-il au courant de la missive ? l'interrompit Murtagh.

— Il savait que je me sentais coupable. Il m'a juste conseillé d'ériger un splendide tombeau, d'engager un prêtre pour qu'il chante des messes et de me rendre en pèlerinage à la châsse de la Vierge à Walsingham, son lieu de naissance.

— Et sa mort ? insista Kathryn.

— Marshall était un joyeux compère, expliqua Lord Henry.

Il prit une plume et la balança entre ses doigts.

— Malin comme un singe, un homme à femmes, un écuyer à la Chaucer des pieds à la tête. Lady Mary l'aimait, comme un fils, et il la traitait avec la plus grande courtoisie. William et moi sommes allés à Paris et avons logé à une portée de flèche de la porte Saint-Denis. Nous devions rencontrer nos agents et payer en bon argent ceux qui avaient rassemblé des renseignements utiles.

« Un soir, William est rentré exalté. Il avait appris quelque chose mais ne l'a point divulgué. Il avait fréquenté les tavernes le long de la Seine. Il connaissait tous les malandrins et était ami avec le roi des mendiants, le *Roi des Gueux*[1].

« Le lendemain, peu avant midi, il s'est esquivé du logis. Je l'ai aperçu dans la cour de l'écurie et me suis précipité. Il était fou d'excitation et m'a dit qu'il allait rejoindre quelqu'un, une dame, qui avait commis une faute très grave. Je l'ai accompagné dans les rues jusqu'aux marches de Saint-Pierre sur le fleuve. Il a embarqué sur une barge et je ne l'ai plus jamais revu.

— Et le livre des codes ? s'enquit Kathryn. Marshall ne le portait donc pas ?

Le seigneur fit un geste de dénégation.

— La disparition de William a suscité désordre et confusion. Je n'ai pas voulu que les Français sachent qu'il devait voir un personnage important, aussi les ai-je dupés en laissant entendre qu'il portait ce précieux document.

— Un tel livre existe-t-il ? questionna Colum.

— Bien sûr.

Lord Henry repoussa sa chaire, se leva et leur proposa une coupe de vin qu'ils refusèrent. Il remplit la sienne à ras bord. Kathryn remarqua que ses mains tremblaient quand il porta le gobelet à ses lèvres.

— Avez-vous cru que William vous avait trahi ? demanda-t-elle.

— Je craignais qu'il n'ait péri, Maîtresse Swinbrooke, mais, plus encore, tout comme le roi, qu'il n'ait été fait prisonnier et torturé.

— C'était un envoyé accrédité, objecta Colum. Les Français n'auraient pas fait ça !

— C'est ce que j'en suis venu à admettre, observa Lord Henry en retournant s'asseoir. J'ai fini par conclure qu'il avait été assassiné. Je n'avais pas de preuve incontestable, mais j'étais persuadé que Sanglier et ses deux fameux acolytes étaient impliqués dans l'affaire. C'est là qu'intervient le prêcheur. Comme vous

1. En français dans le texte. (*N.d.T.*)

ne l'ignorez pas, Irlandais, mes espions et mes agents sillonnent toutes les grand-routes de France. Le prêcheur est l'un des meilleurs d'entre eux, un grand découvreur de secrets. Il entendit les premières rumeurs parmi les riverains de la Seine : un des bateliers avait aussi été porté manquant le même jour que William. On avait repêché son corps, couvert de vase, dans le fleuve. J'ai pensé que c'était sans doute le marinier engagé par William. J'ai ordonné au prêcheur de continuer sa chasse.

L'air surpris de la jeune femme le fit sourire.

— Vous comprenez, à présent, Maîtresse Swinbrooke ?

— Oui, souffla-t-elle, vous n'avez point fait venir de France Sanglier et ses compagnons pour parler du traité de paix ou d'une trêve. Vous les avez conviés afin de découvrir ce qui était arrivé à William et, s'ils avaient organisé le meurtre, les châtier.

Lord Henry dissimulait à présent le bas de son visage derrière son gobelet.

— Mais ce sont des émissaires officiels, insista Murtagh. Leurs personnes sont sacrées.

— Il peut pourtant se produire un accident, n'est-ce pas, Monseigneur ?

Le regard de Kathryn passa à la vaste cheminée qui arborait, à chaque angle, une tête de gargouille – un singe à tête humaine, les yeux plissés, la bouchc ouverte comme s'il riait aux éclats.

— Des accidents peuvent toujours arriver, non ? répéta-t-elle.

— En effet, des accidents peuvent arriver. Je voulais que Sanglier et sa clique se trouvent ici, en Angleterre, au moment où le prêcheur reviendrait avec les renseignements, quels qu'ils soient, qu'il avait pu dénicher. J'avoue que je les ai bernés, comme ils ont essayé de me duper. Ils savaient tout au sujet de ma femme et de la disparition de William. Je leur ai fait croire que mon clerc portait le livre des codes. J'ai même laissé entendre que mon âme pourrait être à vendre : Sanglier n'aurait onc pu résister à cet appât.

Le sourire de Lord Henry s'évanouit.

— Ce qu'il ignorait, c'est que j'aimais William comme un frère. J'ai montré aux habitants de Walmer ce qui attend ceux qui me frappent, moi ou les miens.

Il fit tourner son vin dans sa coupe.

— Je suis allé jusqu'à tromper Sa Majesté le roi. Je voulais que personne ne sache ce que j'ourdissais. J'ai compris qu'avec le temps le souverain oublierait cette lettre, surtout si je capturais l'Aragne dans une toile de ma fabrication.

Il vida son gobelet.

— Je sais ce que veut le roi, ajouta-t-il, énigmatique, et je ferai de mon mieux pour le réaliser.

— Et le prêcheur ? s'enquit Colum.

— Vous connaissez la nouvelle qu'il a rapportée, répondit Lord Henry. On a retrouvé le corps ruisselant de William, la gorge tranchée.

— Cependant vous n'avez pas une totale confiance dans le prêcheur, n'est-ce pas ? avança Kathryn.

— Il en savait plus qu'il ne m'en a dit. Et avant que vous ne me le demandiez, il ne m'a pas expliqué, Dieu m'en soit témoin, pourquoi il se promenait dans le village à jouer une pantomime. Il était plongé dans sa propre enquête. Il est vrai, concéda-t-il, qu'il a peut-être tu quelque chose qu'il a tenté de vendre à Sanglier.

— Et ? demanda Colum.

Lord Henry serra son gobelet dans ses mains.

— Le prêcheur a-t-il rencontré le vicomte, a-t-il monnayé des secrets contre un sac d'or avant de disparaître ? Sanglier ou l'un de ses sbires lui ont-ils tranché la gorge et ont-ils caché le cadavre ?

— Qu'est-ce qui vous a fait penser que Sanglier, Delacroix ou Cavignac ont pris part au trépas de William ? s'enquit Kathryn. Vous n'aviez pas de preuve.

— William était un clerc, un espion de talent. Il n'aurait risqué sa vie que pour un prix très, très élevé, et qui est mieux placé qu'un clerc de haut rang au service de l'Aragne de France ?

Lord Henry eut un mince sourire.

— Avez-vous occis Delacroix ? interrogea la jeune femme.

Son interlocuteur leva la main.

— Non, Maîtresse Swinbrooke, je le jure sur l'Évangile. Bien que j'en aie eu grande envie.

Kathryn écarta les doigts et contempla sa splendide bague de fiançailles. Elle avait l'impression d'approcher de la vérité. L'hypothèse qu'elle avait élaborée quant au décès de Lady Mary se fondait sur la logique, sur le fait évident que seul Lord Henry, poussé par le remords et par le besoin d'expier, avait pu rédiger la missive. L'affaire de William Marshall lui paraissait plus compliquée à résoudre, pourtant elle devait reconnaître que l'arrivée des Français n'avait rien à voir avec un traité de paix ou une trêve mais s'expliquait par une vengeance personnelle. Après tout, cela concordait avec le caractère de Lord Henry, ce jeune seigneur yorkiste qui, des années auparavant, s'était jeté sur Walmer pour capturer et pendre une bande de naufrageurs. Kathryn prit une profonde inspiration et s'aperçut qu'une abeille bourdonnait contre la fenêtre. Colum, silencieux, était assis à ses côtés. Leur hôte avait ouvert le registre relié de cuir comme s'il s'intéressait à une notation. Il releva soudain la tête et croisa le regard de Kathryn.

— Je sais ce que vous pensez, murmura-t-il. Que je suis un homme qui obéit à la loi du sang : œil pour œil, dent pour dent, vie pour vie. Il est vrai que si j'avais la certitude que Sanglier a occis William, je lui couperais avec plaisir la tête et la ficherais au bout d'une pique, mais je ne sais rien, si ce n'est que le prêcheur est sorti en pleine nuit, suivi par le vicomte.

— Le jeu de la devinette ? demanda Colum. Au sujet du livre des codes, si les Français ont tué Marshall, ils ont sans nul doute appris qu'il ne portait ni recueil ni manuscrit ?

Lord Henry claqua de la langue.

— C'est ainsi que vous le savez, n'est-ce pas ? renchérit Kathryn.

La question de Colum avait résolu une des difficultés.

— Si William Marshall avait été tué par ordre du roi de France, lui et les hommes à sa solde ne pourraient ignorer qu'il n'avait pas ce livre. Ils auraient taxé de mensonges les histoires prétendant que mon clerc était chargé d'un objet précieux et ne seraient onc tombés dans ce piège, chuchota Lord Henry.

— Ce qui signifie, avança Murtagh, que Marshall a été assassiné par quelqu'un agissant en son nom propre, quelqu'un qui n'a pas osé dire la vérité à son royal maître.

— J'en suis d'accord, répondit Lord Henry. Il y a maintes possibilités.

Il repoussa sa chaire.

— Cavignac et Delacroix, pour des raisons qui leur appartiennent, ont-ils attiré William par ruse pour l'occire ? Était-ce Sanglier, ses deux clercs, ou l'un d'entre eux ?

— Nous devrions fouiller leurs chambres, suggéra Kathryn en se levant et en se dirigeant vers la fenêtre. Je suis certaine, Monseigneur, que parmi leurs biens nous découvririons un indice, Dieu seul sait lequel.

Lord Henry s'approcha d'elle.

— Mais vous ne le pouvez. Ce sont des diplomates, des envoyés, ils argueraient de leurs privilèges et exigeraient des réparations.

— C'est ce qu'ils feront de toute façon, remarqua Colum en riant. Ils vont prétendre que Delacroix a péri par notre faute.

— Assassiné ! déclara Kathryn.

Elle regarda un valet qui courait dans l'allée du jardin.

— Ils diront que nous l'avons tué. Que va-t-il se passer ?

— La dépouille de Delacroix sera conduite à Saint-Swithun. Le père Clement est déjà venu la bénir. Ils ne peuvent la ramener en France. Dans quelques jours, elle se décomposera. Ils devront donc l'enterrer ici et, une fois achevé le processus de corruption, le cercueil sera transporté en France. Le père Clement a accepté de chanter un requiem ce soir, bien que la loi canon l'interdise. Nous fouillerons par conséquent leurs appartements à ce moment-là.

On frappa à la porte et un serviteur entra en hâte.

— Monseigneur, on a apporté un message du village. Un nouvel empoisonnement ! On a retrouvé Simon le bedeau raide mort dans le cimetière.

Le dépositoire de Saint-Swithun – bâtiment de pierre aux poutres basses érigé dans une enceinte au fond du cimetière, en face de la porte des morts – était l'un des plus propres que Kathryn ait jamais vus. Les murs étaient chaulés et le sol en terre battue. Des lanternes suspendues à des crochets répandaient d'opportunes flaques de lumière et, percées en hauteur, des fenêtres aux barreaux de fer laissaient passer l'air frais. Au milieu, dans un coffre étroit posé sur des trétcaux, gisait le corps du bedeau. On avait essayé d'étendre au mieux la dépouille, de dissimuler l'horreur d'une mort si prompte et si terrible. Néanmoins, dans la faible lumière, son visage livide était vraiment macabre, violacé sur les joues, yeux exorbités, bouche bée. Quelqu'un, sans doute le curé, avait voulu mettre des pièces sur les paupières mais elles avaient glissé et le sacristain, le regard vitreux, semblait frappé de terreur devant quelque chose que Kathryn ne pouvait voir. Malgré les encensoirs et le parfum versé sur les charbons du brasero, l'odeur était épouvantable.

Kathryn porta un bouquet de fleurs sauvages à ses narines. Elle détecta aussi des relents de brûlé et comprit qu'ils devaient émaner des restes de grand-mère Croul qu'on avait mis ici avant de les placer dans un cercueil et de les transporter devant le maître-autel. Elle posa le bouquet et huma la bouche du cadavre. Les effluves d'amande étaient forts. Elle se signa, sortit et rejoignit Colum et le prêtre, qui, chapelet à la main, s'appuyait sur le bras de sa sœur. Walter le sergent, assis dans l'herbe, déchiquetait les pétales d'une fleur en parlant à son bonnet. Benedict et Ursula chuchotaient entre eux. Roger le physicien s'était éloigné pour contempler une tête de gargouille en haut du mur de l'église. Le soleil était chaud, le parfum de l'herbe coupée intense ; des papillons voletaient dans la brise et le cimetière bourdonnait du chant des grillons et des abeilles affairées.

— Qui l'a découvert ? demanda Kathryn.

Walter se releva tant bien que mal, les yeux flamboyants et le teint vermillon, et désigna le tabellion d'un doigt que le vin rendait tremblant.

Colum anticipa la question de sa femme.

— Il semble que le père Clement travaillait dans la crypte au tombeau de Lady Mary. Ursula était au presbytère pour prêter main-forte à Amabilia qui, elle-même, préparait la messe de requiem de grand-mère Croul dans la sacristie. Notre noble sergent se trouvait dans l'allée qui mène à l'église et le médecin affirme qu'il était au village.

— Oui, j'y étais, aboya Roger, en s'essuyant le nez du revers de la main.

— Et pourquoi vous trouviez-vous ici, Maître Benedict ?

— Pour affaires, Maîtresse Swinbrooke. Je devais rencontrer un client, un fermier, qui voulait que je scelle un contrat sous le porche de l'église. Ma femme me servait de témoin.

— J'aidais Amabilia, déclara cette dernière avec fougue. Elle m'avait priée de me charger de certaines tâches dans la maison pendant qu'elle vaquait à la sacristie.

— Que s'est-il donc passé ici ?

Le tabellion expliqua que le fermier n'était pas venu. Il avait donc décidé de quitter l'église et d'aller s'asseoir un moment au soleil.

— Je suis sorti par la grande porte. Des amoureux sont sans doute venus ici. J'ai ouï des éclats de rire ; bon, ce n'était point mon affaire. Puis j'ai aperçu Simon qui titubait vers le portail de Saint-Swithun. Il semblait souffrir et, le temps que je m'approche, il s'était effondré. Tout a été fini en un instant. J'ai cru que c'était une crise, mais il s'agit de poison, n'est-ce pas ?

La jeune femme acquiesça.

— Que faisait Simon dans l'herbe ? s'enquit Colum.

Seuls des regards vides lui répondirent. Le prêtre eut l'air embarrassé et le sergent, narquois, sourit dans sa barbe.

— Cela vous amuse, sergent ? interrogea Kathryn d'un ton sec.

Walter porta la main à son aine. Il releva son justaucorps de cuir et gratta ses hauts-de-chausses serrés, ce que Kathryn trouva malséant, mais la façon dont il chancelait sur ses pieds montrait assez qu'il avait la panse pleine de mauvaise bière.

— Vous devriez vous asseoir, Walter, suggéra le père Clement avec douceur.

Ce dernier ne se le fit pas répéter et tomba presque sur la pelouse qui entourait l'église.

— Il aimait épier les amants et croyait que nous l'ignorions, dit-il, foudroyant du regard Roger qui ricanait derrière sa main.

— Simon, confia le médecin, ne vivait que pour la belle saison, quand le soleil est chaud et l'herbe abondante et luxuriante. Les amoureux viennent ici. Ils l'ont toujours fait et le feront toujours, même si le père Clement tonne du haut de sa chaire. Simon le savait. On prétend qu'il profitait de ce qu'il avait surpris pour imposer sa volonté aux bachelettes du village. C'est délit que de faire la chosette en public et aucune jouvencelle n'a envie d'être exposée au pilori, n'est-ce pas, Walter ?

Kathryn embrassa l'endroit du regard. De vieux ifs, entourés d'herbe haute, poussaient çà et là. Par endroits, le sol était inégal, fournissant des caches parfaites aussi bien aux jouvenceaux qu'aux fouineurs comme le sacristain. Elle leva les yeux vers le soleil. Midi était passé. Elle devina que les jeunes amants s'échappaient jusque-là soit au milieu de la matinée, soit à midi, soit à la tombée de la nuit. Simon devait toujours les y attendre, comme un goupil sous le couvert guettant sa proie.

— Étiez-vous au courant, mon père ?

Le prêtre lâcha le bras de sa sœur et s'avança.

— Je m'en doutais. J'en ai parlé avec Simon mais il ne pouvait s'en empêcher.

— Je savais toujours quand il se mettait en chasse, bafouilla Walter. Il se rendait au *Sanglier bleu* ou au *Cygne d'argent* pour remplir sa gourde. C'est ce qu'il a fait ce matin. Je l'ai déjà vérifié.

— Il m'a dit qu'il était très prudent, précisa Amabilia.

Son visage enjoué était devenu écarlate et elle avait les larmes aux yeux.

— J'aimais bien Simon. Il pouvait être prévenant, vous savez. Il a annoncé qu'il se méfierait de ce qu'il mangerait et boirait.

Elle se pencha, ramassa la gourde tombée contre le mur de l'église, la déboucha et la tendit à Kathryn. Cette dernière la sentit et s'empressa de l'éloigner de son nez.

— Il a été empoisonné par ce même toxique qu'a bu l'épouse du forgeron ! s'exclama-t-elle. Il agit aussi vite qu'une flèche décochée en plein cœur.

— C'est donc ainsi qu'il a péri ! commenta Roger en se frottant les mains.

— Montrez-moi l'endroit, demanda Kathryn.

Quittant les lieux, ils passèrent devant l'église et contournèrent les tombes. Kathryn nota derechef qu'elles étaient fort bien entretenues, débarrassées des mousses et des lichens. De-ci de-là, des bouquets ou des fleurs séchaient sous le soleil ardent. On la mena vers le mur jusqu'au lieu où le sol se faisait plus accidenté.

— Il est parfois difficile de faucher l'herbe, remarqua le prêtre. C'était Simon qui en était chargé.

— Et il protégeait toujours ses cachettes, je suppose ? intervint Colum.

Kathryn s'arrêta au fond du petit creux. L'herbe y était couchée. Elle ramassa une épingle à cheveux qui brillait au soleil. Le haut du talus était couvert de houx et de ronciers. Elle découvrit, un peu plus loin, à l'ombre d'un if, la cache où Simon devait se tapir. Là aussi le sol était piétiné et l'herbe foulée. Elle vit même des gouttes de vin qui miroitaient sur la terre noire sous l'arbre. Au-dessus de sa tête un oiseau se mit à chanter, lançant de tristes notes obsédantes comme s'il savait tout des sinistres événements qui s'étaient déroulés en bas. La jeune femme s'accroupit ; elle se rendit compte à quel point Simon s'était montré rusé. Il y avait une légère pente qui lui permettait d'avoir une bonne vue sur la cachette où s'étaient retrouvés les amants, à travers les buissons enchevêtrés.

— C'est là que Simon prenait son plaisir, annonça-t-elle en se relevant. Il a apporté une gourde de vin et, pendant qu'il était là, quelqu'un a dû venir et empoisonner sa boisson.

— C'est absurde ! s'exclama le père Clement.

— Il se vantait sans cesse de son astuce, railla Benedict. Il était persuadé que tout le monde ignorait ce qu'il fabriquait. Si on s'approchait, il détalait comme un lévrier. Le cimetière est vaste et Simon en connaissait tous les recoins.

— S'il était si malin, réfléchit Kathryn à voix haute, n'aurait-il pas toujours été sur ses gardes ? Le sergent dit qu'il a rempli sa gourde ce matin au *Sanglier bleu* puis qu'il est revenu ici. Quelqu'un d'autre lui a-t-il parlé ?

— Je l'ai croisé dans l'allée, répondit le physicien, mais il est passé sans s'arrêter.

— Comme avec moi dans l'église, ajouta Benedict. Il cherchait le père Clement.

— Je me trouvais dans la crypte, se justifia ce dernier. Simon n'est pas descendu, il m'a demandé en criant si j'avais besoin de ses services. Je lui ai dit que non. Je n'ai rien entendu d'autre jusqu'à ce que Benedict sonne la cloche.

— Nous nous sommes tous rassemblés, expliqua Amabilia, pour aider à transporter le corps au dépositoire.

Elle tenta de refouler ses larmes.

— Alors où et quand lui a-t-on donné ce vin empoisonné ?

— Il n'est point venu à la maison, chuchota Amabilia.

Les autres gardèrent le silence.

Kathryn jeta un coup d'œil à Colum, qui ne put que hausser les épaules et détourner le regard. Tendant le bras, elle abaissa doucement une branche. De là où elle se trouvait, elle pouvait voir la façade de l'église et le tympan représentant le Christ au Jugement dernier. Elle était tout à fait perplexe. La gourde qu'elle avait rendue à Amabilia était à moitié pleine et sans le moindre doute polluée. Comment pareille chose avait-elle pu arriver à Simon, qui se faisait gloire de sa finesse et de sa vigilance ?

— Je dois m'en aller, annonça le prêtre. Il faut que je dise la messe pour grand-mère Croul. Elle n'a pas de famille.

— Et nous ne pouvons y assister, énonça Benedict. J'ai déjà perdu assez de temps.

La petite troupe fit écho à ses paroles.

— Moi, je resterai pour l'office, proposa Kathryn.

— Kathryn, lui fit observer Colum en l'attirant à part, nous devons nous occuper de l'affaire du castel.

Lord Henry s'inquiète : Sanglier et Cavignac peuvent repartir.

— Non, ils n'en feront rien. Le corps de Delacroix n'est pas encore en terre. Je pense que le père Clement célébrera à la fois les obsèques de grand-mère Croul et celles du Français, juste avant vêpres. Nous avons le temps. Il faut que quelqu'un conduise le deuil de grand-mère Croul.

Elle se dégagea de la main de Colum qui la retenait.

— Retournez au manoir et, si vous le pouvez, détournez l'attention de Sanglier.

Comme Murtagh allait protester, elle lui posa un doigt sur les lèvres et s'en fut.

— Père Clement, lança-t-elle, avant que vous partiez, puis-je visiter le coin des indigents ?

Il accepta et, pendant que son mari s'éloignait, Kathryn se dirigea vers la partie close du champ des morts. Le curé ouvrit le portillon qui donnait sur un espace guère plus grand qu'un petit enclos. Au mitan poussait un if vénérable aux branches déployées. Tout autour se trouvaient des tertres rangés et entretenus avec soin, chacun surmonté d'une croix de bois délabrée. Le père Clement, assisté par son conseil paroissial, expliqua qu'une charte réservait ce coin à l'inhumation des étrangers, des miséreux et de ceux qui n'avaient pas de parentèle.

— Ce sont en général des mendiants, précisa Benedict. Des gens qui passent à Walmer et que Dieu rappelle à lui, un colporteur qui se pâme dans la taverne ou un vagabond trouvé mort sur les sentiers.

— Vous voyagez souvent, n'est-ce pas ? questionna la jeune femme. Vous servez de messager à Lord Henry à Cantorbéry et même en France ?

Le long visage du notaire s'empourpra et ses yeux se firent méfiants.

— Je suis un homme de loi, Maîtresse Swinbrooke, et ma profession…

— J'ai cru comprendre que vous allez à Paris ?

— Deux ou trois fois par an.

Benedict écarta un papillon de la main comme pour détourner Kathryn de ce sujet. Il lança un coup d'œil par-dessus son épaule à Walter qui, assis dans l'herbe, dormait sur ses deux oreilles.

— Regardez notre noble sergent, dit Roger en lui donnant un coup de pied dans la cuisse. Vous savez, Maîtresse Swinbrooke, c'est un ancien érudit qui s'est battu pour les Lancastre comme soldat.

— Et ?

— Il était sous les ordres du duc de Somerset, accusé de lâcheté bien que cela n'ait jamais été prouvé. Il est donc venu ici pour servir de sergent.

Roger plissa les yeux.

— Mais l'habit ne fait pas le moine. Walter peut être dangereux.

Kathryn se souvint que le sergent se trouvait près de l'église quand le bedeau avait trépassé.

— Que voulez-vous dire par dangereux ?

— Il n'aime aucun d'entre nous.

— Dites-moi, s'enquit Kathryn, y a-t-il parmi vous quelqu'un qui aime son prochain ?

Le père Clement, impatient, passait d'un pied sur l'autre.

— Que faisons-nous ici, Maîtresse Swinbrooke ? Je dois dire une messe et visiter des paroissiens.

Kathryn jeta un regard autour d'elle.

— Où sont enterrés les trois fugitifs ?

Les réactions de ses compagnons furent éloquentes : ils ne désiraient pas aborder ce sujet. Le tabellion eut un sifflement désapprobateur ; Ursula claqua des doigts de contrariété et tourna le dos à la jeune femme.

— Pourquoi vous intéressent-ils ? interrogea Amabilia.

— Parce que, répondit Kathryn. Je m'intéresse à toutes les victimes de meurtre.

— De meurtre ? s'insurgea Walter qui, réveillé, était assis les mains entre les jambes. De meurtre ? répéta-t-il avec une bruyante éructation.

— Oui, Maître sergent. La loi définit le meurtre comme la mise à mort illégale d'autrui.

— C'était des traîtres, rétorqua Walter en agitant des doigts menaçants.

Kathryn remarqua qu'ils étaient souillés de peinture.

— N'ont-ils pas offert de se rendre et n'ont-ils pas été tués ?

— C'est ici, s'interposa en hâte le prêtre.

Il les conduisit de l'autre côté du grand if vers trois monticules de terre. Une croix de bois était enfoncée dans le sol à la tête de chacun.

— On les a enveloppés dans de vieux draps, murmura-t-il, nus et ensanglantés de la tête aux pieds. Ce rustaud de forgeron a dirigé l'inhumation.

Il leva les yeux, les traits crispés.

— Vous avez raison : nos mains sont souillées de leur sang.

Benedict était sur le point de protester quand le prêtre tourna les talons en maugréant qu'il devait aller dire sa messe et, suivi de sa sœur, partit vers l'église.

Kathryn prit congé des autres et, les laissant à leurs ragots, suivit le père Clement. Le transept baignait dans la lumière qui traversait les vitraux, belle et claire comme la grâce sanctifiante de Dieu. Devant le jubé, sur de hauts tréteaux, se dressait le cercueil de grand-mère Croul, drapé de noir et d'or et entouré de cierges pourpres dans des chandeliers sombres. Amabilia les alluma à l'aide d'un lumignon. Kathryn remonta la nef. La semelle dure de ses bottes résonnait comme un battement de tambour. La sœur du prêtre cessa de s'occuper des cierges et lui sourit. Dans la lumière chiche, elle avait l'air plus jeune et plus avenante.

— Vous effrayez les ouailles. Nous n'aimons guère qu'on nous rappelle nos péchés, dit-elle.

Kathryn regarda le cercueil. Au centre du drap se trouvait la croix franciscaine de Saint-Damien.

— Tant d'offices funèbres, reprit Amabilia en allumant les derniers cierges, tant de morts, et voilà qu'à présent grand-mère Croul descend en terre, ou du moins ce qu'il reste d'elle.

Kathryn tourna la tête vers le jubé et la grande croix pendue au-dessus du chœur. Le visage du Crucifié semblait courroucé. Dans le sanctuaire lui-même des chandelles brillaient. Le père Clement sortit de la sacristie et pénétra dans la chapelle installée dans le transept qui menait à l'autel de la Vierge. Il adressa un signe de tête à la jeune femme, fit une génuflexion et commença la messe.

Kathryn et Amabilia s'agenouillèrent sur des coussins à l'entrée de la chapelle, de chaque côté du grand écran de bois qui délimitait l'autel et le petit espace devant lui. Au-dessus de l'autel un vitrail représentant saint Antoine de Padoue prêchant aux oiseaux rappelait que l'oratoire avait été fondé par un ami des franciscains. Kathryn, distraite par les trois tombes solitaires dans le coin des indigents et les corps qui se rigidifiaient dans le dépositoire, n'écoutait qu'à moitié l'office.

Elle ne comprenait pas le trépas du bedeau. Comment avait-on pu l'occire avec tant de brutalité et de promptitude ? Pourtant, plus elle y pensait, ainsi qu'aux autres événements illogiques de Walmer, plus elle était certaine que la mort de ces trois étrangers y jouait un rôle.

Le prêtre entonnait à présent l'hymne de Thomas de Celano[1] consacrée à la colère de Dieu, et le « fracas retentissant des trompettes ».

Éclatant à travers les sépulcres de la terre,
La trompette nous conduira devant le trône
Quelle excuse, misérable, alléguer ?
Quand les justes devront trembler ?

« Oui, pensa Kathryn, que se passera-t-il au jour de colère, quand les cieux s'ouvriront et que les éléments

1. Frère mineur du XIIIe siècle, né à Celano, auquel on attribue le *Dies irae*. (*N.d.T.*)

fondront dans les flammes, que se passera-t-il à Walmer quand toutes les âmes des victimes réclameront justice ? » Elle eut l'esprit ailleurs pendant presque tout le service divin. Le prêtre avait quitté la chapelle quand Amabilia tapota l'épaule de sa compagne.

— Vous semblez soucieuse.

— Je ne cesse de penser à ces trois étrangers, tués…

— Paix à leurs âmes, Maîtresse Swinbrooke. Aimeriez-vous vous restaurer ? Une cruche de petit-lait, peut-être ?

Kathryn refusa d'un signe de tête. La porte des morts s'ouvrit et Roger le médecin, suivi du sergent, entra. Ils firent mine de ne pas la voir, descendirent la nef pour examiner le mur près des fonts baptismaux, à l'entrée de l'église, et se mirent à chuchoter entre eux.

— Qu'y a-t-il ? s'enquit Kathryn.

— Oh, l'ignorez-vous ?

Amabilia approcha son visage de celui de la jeune femme. Elle avait l'haleine fraîche.

— Notre physicien et notre sergent ont un don particulier : ils sont peintres.

— Quoi ? s'exclama Kathryn en se relevant.

— Je sais que c'est curieux, commenta Amabilia avec un petit rire. Oui, ils ont tous deux ce talent. Ils ont brossé maintes fresques à la demande de mon frère. C'est-à-dire avant de commencer à se quereller.

Elle conduisit Kathryn vers les deux hommes. Roger et Walter se retournèrent et Kathryn les entendit grogner de conserve.

— Je vous croyais occupés, dit-elle.

— Nous le sommes, rétorqua Roger.

Il désigna la fresque à moitié achevée qui représentait le Christ enfant, séparé de ses parents, et assis parmi les docteurs du Temple. Kathryn avait déjà vu ce genre de peinture. Celle-ci, moins minutieuse que la miniature d'un manuscrit, révélait pourtant une force particulière grâce à ses vives couleurs. Le temple était en fait une église, Jésus était vêtu comme n'importe quel enfant du village, Joseph tenait les outils d'un charpentier et Marie était une ménagère affairée.

— Où avez-vous appris à peindre ? s'enquit la jeune femme.

— Nous n'avons pas appris, répliquèrent les deux hommes d'une seule voix, comme des jumeaux.

Gêné, le sergent gratta le sol du pied.

— J'ai été apprenti, autrefois. J'ai travaillé dans des villes comme Ely et Norwich jusqu'à ce que la guerre éclate.

— Dans ma jeunesse, déclara le médecin, j'enluminais des manuscrits, mais les grands de ce monde ont préféré s'entre-tuer que faire adorner leur livre d'heures. J'ai découvert le don de Walter, ajouta-t-il sans pouvoir masquer une note de sarcasme.

— Que nenni ! corrigea le sergent. J'étais ivre lorsque…

Amabilia s'entremit avec adresse.

— En tout cas, quand le père Clement les en a priés, ils ont peint maintes choses jusqu'à…

— … jusqu'à ce que nous ne puissions plus nous entendre, compléta Walter en reniflant. À cause de la peinture, vous comprenez, Maîtresse Swinbrooke. Je pense qu'elle doit être mélangée avec de l'huile. Ces trépas, marmonna-t-il, nous ont fait réfléchir. La vie est trop courte.

Il s'interrompit. Le physicien voulait s'en aller, aussi tous deux s'excusèrent-ils et partirent.

— Moi aussi, je dois vous laisser, dit Amabilia en effleurant la main de Kathryn. Le père Clement et moi devons aller porter des provisions dans une ferme. Restez ici si vous voulez.

Elle disparut dans la sacristie.

Kathryn se remémora les tombes et retourna au cimetière.

Le soleil de l'après-midi baissait, refroidissant le vent marin qui arrachait les feuilles des arbres et les faisait tourbillonner.

— L'automne ne va pas tarder, murmura Kathryn.

En voyant voler les feuilles or et vert, elle fut saisie par la soudaine nostalgie de son foyer. Elle se demanda comment Thomasina se débrouillait avec ses malades. Saint-Swithun était une belle église, le ciel au-dessus de sa tête était limpide, le soleil brillait et l'été n'avait pas encore tout à fait disparu, mais les ruelles de Cantorbéry lui manquaient. Elle se dirigea vers le coin des indigents et s'agenouilla devant les trois tombes anonymes.

— Vous avez péri, déclara-t-elle à voix haute, et moins d'un an après les meurtres ont commencé.

Elle s'interrogea : comment en était-elle venue à cette conclusion ?

« Il y a deux raisons, songea-t-elle. La première, c'est que ces horribles empoisonnements n'ont pas de motif. La seconde… la seconde ? Ah oui ! »

Elle enfonça les doigts dans l'un des monticules de terre.

« Avant qu'on vous assassine, il n'y avait ni crime ni poison. »

Elle retira sa main et se signa. Peut-être se trompait-elle.

Et, soudain, elle découvrit une troisième raison. Seuls des membres du conseil paroissial avaient été frappés. L'assassin, ou les assassins, les tenait-il pour responsables d'un méfait ? De l'exécution de ces trois étrangers, ou d'autre chose ? Elle revit Lord Henry assis à sa table de travail, le visage plongé dans ses mains. Les empoisonnements avaient-ils un lien avec les crimes précédents des habitants de Walmer ? Les meurtres sauvages et sanglants des naufrageurs ?

CHAPITRE IX

« Faire de nécessité vertu. »

Chaucer, « Le conte du Chevalier »,
Les Contes de Cantorbéry

Kathryn se mordilla les lèvres et se demanda si les fantômes de ces hommes assassinés hantaient le cimetière. Allait-elle être le bras vengeur de Dieu ? Mais combien de temps pourrait-elle rester à Walmer ? Elle regagna l'église et se promena quelques instants dans le transept en admirant les différentes fresques. Elle dut admettre que le sergent et son compagnon étaient doués pour représenter des scènes de la Bible, cruelles mais pleines de vie : le prophète Samuel venant oindre David, Abraham s'apprêtant à sacrifier Isaac, couteau dans une main, brandon dans l'autre. Elle déchiffra quelques vers menaçants sous l'une des peintures.

Sauve-moi, ô Seigneur, des méchants. Protège-moi des violents ! Jour après jour ils créent la dissension, leurs langues sont fourchues comme celle des serpents. Le venin de la vipère souille leurs lèvres.

— C'est vrai, c'est vrai, murmura-t-elle.

Amabilia entra dans l'église pour annoncer à la jeune femme que son frère et elle s'en allaient. Kathryn, l'esprit ailleurs, fit un signe de tête et, quelques minutes plus tard, elle entendit la charrette brinquebaler sur les pavés. Elle descendit l'escalier de la crypte. Le silence de mort qui y régnait la glaça comme si une horde de fantômes l'épiait dans les ténèbres. Une torche flamboyait ; une âcre odeur de poix et de résine flottait dans l'air. Deux lanternes encadraient le sarcophage de Lady Mary. Les outils et les éclats sur le sol étaient la preuve manifeste que le père Clement avait été occupé à ciseler la pierre calcaire d'un blanc pur. Elle fit lentement le tour de l'hypogée avant d'examiner les pleureuses sculptées dans des niches des deux côtés du tombeau. Elle remarqua avec amusement qu'un arbre était représenté sur chaque panneau et reconnut un robuste chêne, un saule à la ramure déployée, un grand bouleau élégant. Sous chacun il y avait une scène de la Bible : Marie et Joseph s'enfuyant en Égypte, la présentation du Christ au Temple. Bien que quelques personnages dussent encore être affinés et polis, l'adresse du prêtre était incontestable.

Kathryn prit conscience du silence qui régnait dans l'église. Elle crut ouïr un bruit de pas mais, quand elle appela, nul ne répondit. Elle s'assit sur le tabouret dont se servait le prêtre pour sculpter et son regard tomba sur un morceau de parchemin. Elle le ramassa. C'était une lettre de Lord Henry donnant des instructions au père Clement au sujet du sarcophage. Elle la posa sur ses genoux et s'interrogea : que se passait-il au manoir ? Elle était à présent certaine que le seigneur avait fait venir les envoyés français en Angleterre afin de se venger de la mort de William Marshall. Était-ce donc lui l'assassin de Delacroix ?

« Réfléchis, réfléchis », s'admonesta-t-elle. À force de fouiller sa mémoire, diverses images lui traversèrent l'esprit. Sanglier et Cavignac dans la grand-salle. Delacroix enfermé dans sa chambre. C'était un espion, rusé comme un goupil, qui, sans doute, ne se fiait à personne, pas même à ses compagnons. Dans son bagage, il y avait ce sachet de valériane, dont il mélangeait quelques grains à son vin chaque fois qu'il voulait se détendre ou dormir. Il se pouvait, se dit Kathryn, que d'une façon ou d'une autre l'assassin se soit glissé dans sa chambre avec un sachet semblable mais contenant du poison, l'ait échangé contre la valériane, puis échangé à nouveau. Elle pensa à Lord Henry, puis à Colum, et eut un grand sourire. La plupart du temps, l'Irlandais paraissait à moitié endormi.

— Sauf la nuit, commenta-t-elle à voix haute, ses paroles résonnant dans la crypte.

Si Colum, par exemple, avait un sachet de ce genre près de son gobelet de vin, Kathryn n'aurait aucun mal à lui en substituer un autre, mais Colum était confiant, surtout avec elle. Delacroix était différent. C'était un prédateur, toujours vigilant, toujours aux aguets, pour ne pas devenir la proie. Il devait être à l'affût : il se pouvait même qu'il ait haï ses deux compagnons. Kathryn savait déjà qu'il faisait fort attention à son vin. N'aurait-il pas été aussi méfiant dans sa propre chambre ?

— Sauf s'il était troublé, chuchota-t-elle.

Elle repensa à la soirée, la dernière fois qu'elle avait vu le prêcheur vivant. Un autre prédateur, un ancien soldat, habitué au danger comme un oiseau l'est au vol. Il était évident qu'il était sorti dans les ténèbres pour rencontrer quelqu'un. Sanglier ? Kathryn se souvint à quel point elle avait été inquiète. Un inconnu se promenait cette nuit-là, tapi dans l'ombre. Sanglier, de toute évidence, était un tueur, pourtant le prêcheur devait faire attention, être sur ses gardes. Si Sanglier l'avait rencontré, si une lutte s'était ensuivie, le Français aurait-il pu l'occire si aisément ? Et d'ailleurs, que faisait le prêcheur au sommet de la falaise ? Avait-il des renseignements à vendre ?

— Kathryn !

Elle sursauta.

— Kathryn !

Elle ne reconnaissait pas la voix. Un homme ? Une femme ? On l'appelait de l'église. Elle bondit. Le tabouret se renversa avec fracas.

— Kathryn !

La voix résonnait, désincarnée comme celle d'un esprit. Elle allait répondre, lorsqu'un profond malaise, un frisson glacé dans le dos, ses mains qui devenaient moites, l'en empêchèrent. Elle se savait en danger. Dans la piètre lumière, des ombres dansaient dans la crypte. Il lui fallait sortir de là ! C'était un piège ! Elle releva le bord de sa robe, monta l'escalier en courant, s'arrêta en haut puis se glissa dans l'église. Elle entendit le couinement d'une souris et son discret trottinement quand, sautant du haut de l'un des cierges pourpres qui entouraient le cercueil de grand-mère Croul, elle détala dans l'ombre. Kathryn se dissimula derrière un pilier, son cœur battant la chamade, l'estomac noué. Elle ne voyait personne. Si on la cherchait, pourquoi ne se montrait-on pas ?

— Kathryn !

Elle risqua un coup d'œil dans la nef et, rassemblant son courage, se précipita vers la porte des morts. La corde d'un arc vibra, une flèche vola au-dessus de sa tête et heurta avec un bruit sec une colonne. Kathryn atteignit la porte et manœuvra le loquet mais, à sa grande horreur, elle était fermée à clé. Bien sûr, on ne l'ouvrait que les jours d'enterrement. Elle évalua la longueur de la nef, au bout de laquelle le portail était ouvert. Protégée par le pilier du transept, elle se faufila dans l'ombre. Elle parvint à avancer un peu avant qu'une autre flèche s'écrase contre la maçonnerie derrière elle. Malgré sa panique, elle s'accroupit derrière la colonne.

La porte des morts étant close, les seules autres issues étaient la sacristie ou la grande porte de l'église. Or, si elle sortait de l'ombre et renonçait à se dissimuler derrière les piliers, l'archer assassin frapperait derechef. Kathryn se souvint que Colum lui avait narré comment ses compagnons et lui étaient tombés dans une embuscade tendue par des archers lancastriens dans une forêt du Hainaut.

— C'était la veille de la Fête-Dieu, avait-il précisé. Nous cherchions une taverne et nous nous étions égarés.

Kathryn serra ses bras sur sa poitrine en tentant de se souvenir.

— J'ai appris une chose, Kathryn, c'est que si un archer vous traque, il faut se cacher et le laisser venir à vous. Si vous courez, vous n'êtes qu'une bête sauvage de plus dans la forêt, une cible sur laquelle exercer son adresse.

La jeune femme respira profondément et réprima son envie de s'enfuir. Un bruit se fit entendre à l'autre bout du transept. Elle jeta un coup d'œil de derrière la colonne, aperçut une silhouette accroupie et recula juste au moment où une flèche fendait l'air. Kathryn regarda autour d'elle : il n'y avait aucun refuge. Dans son escarcelle, elle ne portait qu'un petit couteau. Elle voulut s'humecter la bouche mais elle avait la gorge sèche. Elle hurla aussi fort qu'elle le put. Du bruit à nouveau – l'agresseur se déplaçait sur sa droite –, des flèches. Il lui faudrait bientôt passer au prochain pilier. Soudain, on secoua la porte des morts. Kathryn hurla derechef aussi fort que sa gorge asséchée le lui permettait. Du fond de l'autre bras du transept, l'archer lâcha encore un trait. Kathryn cria de nouveau mais le branlement à l'huis avait cessé. Elle s'agenouilla, hoquetant.

— Que se passe-t-il ?

Elle regarda par-delà la colonne. Amabilia était sur le seuil de la grande porte de l'église.

— Que se passe-t-il ? répéta-t-elle. Qui est là, Maîtresse Swinbrooke ?

La sœur du prêtre poussa alors un hurlement en voyant une flèche voler au-dessus de sa tête et s'enfoncer profondément dans le montant de la porte en bois. Elle s'enfuit au moment même où Kathryn entendait un bruit de course en direction de la sacristie. La jeune femme attendit un peu, se releva et fit avec calme le tour du pilier. Elle regarda du côté du maître-autel et, prenant son courage à deux mains, s'élança vers le portail. Elle fit irruption dans la lumière du soleil, dévala les marches en trébuchant, suivit l'allée et s'effondra près d'une pierre tombale.

Amabilia et un père Clement blême survinrent en toute hâte de l'autre côté de l'église. Le prêtre s'était muni d'une épée rouillée et sa sœur avait ramassé une hache.

— Maîtresse Swinbrooke !

Ils s'accroupirent près d'elle. Le visage d'Amabilia était écarlate et moite. Elle desserra le col de sa robe, laissa tomber la hache et s'essuya la figure avec un linge humide.

— Qu'y a-t-il ?

Kathryn se redressa et essaya de se calmer. Amabilia lui prit la main.

— Que s'est-il passé, Maîtresse Swinbrooke ?

— Je ne sais, répondit-elle en s'adossant contre la pierre tombale. J'étais dans la crypte. On m'a appelée par mon nom. Je suis remontée dans l'église et il y avait un archer.

Elle s'interrompit et crut un instant qu'elle allait vomir.

— Voulez-vous un peu d'eau ? proposa Amabilia.

Kathryn refusa d'un signe de tête.

— Il a dû tirer peut-être sept ou huit fois.

— Un homme ? s'enquit le prêtre.

— Je l'ignore, avoua la jeune femme. Je n'ai aperçu qu'une ombre. Dieu merci, vous êtes arrivés. Je vous croyais partis en visite.

— Nous étions partis, en effet.

Amabilia se releva avec difficulté et tapota l'épaule de son frère.

— Mais Clement a eu un malaise. Non, non, rien de sérieux : c'est juste quelque chose qu'il a mangé. Nous avons fait demi-tour. Je me suis dit que j'allais inspecter l'église : il arrive que les enfants s'y amusent, surtout Hawisa.

— Hawisa ?

— Oh, vous finirez bien par la croiser. On la dit folle. En tout cas, j'ai entendu un cri, continua Amabilia. La porte latérale était fermée, aussi me suis-je précipitée au portail de l'église, quand cette flèche a sifflé au-dessus de ma tête. J'ai cru que je faisais un cauchemar. Je me suis enfuie et suis allée alerter le père Clement.

— Notre agresseur a déguerpi par la sacristie, expliqua Kathryn.

— Je croyais avoir fermé l'huis, confessa Amabilia, mais lorsque je suis revenue avec Clement, j'ai constaté qu'il était grand ouvert. Ce malfaisant a dû traverser le cimetière et franchir le mur. Venez, Maîtresse Swinbrooke.

Kathryn agrippa sa main et se releva. La tête lui tournait un peu et elle avait le corps trempé de sueur tandis qu'elle suivait Amabilia dans l'église. Cette dernière en fit le tour pour ramasser les traits brisés. Neuf en tout, chacun de trois pieds de long, empenné de plumes d'oie grises et pourvu d'une cruelle pointe barbelée. Le père Clement les quitta en maudissant à voix basse le forban qui avait osé violer la sainte demeure de Dieu.

— Je ferais mieux de rentrer au château, déclara Kathryn.

Amabilia lui serra la main.

— Voulez-vous que je vous accompagne ?

Kathryn lui pressa les doigts.

— Non, je ne risque rien.

Elle montra du doigt un tas de solides bâtons de frêne sur le seuil.

— Si je pouvais en emprunter un… je ne suis pas très ferme sur mes jambes.

Elles se dirigèrent vers les marches. Kathryn allait prendre congé quand une belle voix claire entonna :

Le soleil a tourné
Et mon cœur avec lui.
Le jour meurt mais pas mon amour.
Vous illuminez les ténèbres qui tombent.
Le froid devient chaud quand je me souviens de vous.
Les saisons changent mais onc mon amour !

— J'ai déjà entendu ces paroles ! s'exclama Kathryn en descendant les marches. J'en reconnais le style.

Elle se tourna vers Amabilia.

— Nous avons des chanteurs qui viennent à Cantorbéry. Ils récitent de la poésie sur des cadences mélodieuses. J'ai cru comprendre que c'est tout à fait à la mode chez les érudits des collèges d'Oxford et de Cambridge.

Elle scruta le cimetière et distingua un mouvement près du mur, l'éclair d'une robe bleue et de cheveux blancs comme neige.

— C'est Hawisa, expliqua Amabilia. Il faut que vous la rencontriez. Certains prétendent qu'elle est faible d'esprit. Elle habite avec sa mère à l'autre bout du village, dans une petite maison sur le chemin qui conduit à l'océan. Sa mère est la veuve d'un trouvère. Ils se sont installés ici il y a quelques années. Il a été poignardé à mort dans une rixe de taverne. Personne n'a jamais découvert qui avait porté le coup fatal. Hawisa est née quatre mois plus tard. On dit que c'est l'œuvre des fées.

— De quoi parlez-vous ?

— Vous verrez, Maîtresse Swinbrooke. Elle se tient à l'écart de cet endroit, mais, de temps à autre, elle vient y chanter ses chansons. Parfois elle prend du lait et du miel, parfois elle se contente de me dévisager ou de me demander où son père est enterré. Ce n'est pas vraiment une enfant, plutôt une jeune femme. On prétend que son père a été occis par un des naufrageurs.

Amabilia commença à remonter l'escalier puis s'arrêta à mi-chemin.

— Le mal rôde à Walmer. Mon frère dit que les anciens péchés l'empestent ; méfiez-vous.

Serrant le bâton de frêne, Kathryn descendit l'allée sinueuse qui menait au porche du cimetière. Elle s'immobilisa juste devant et regarda la bande herbeuse qui bordait l'enclos. Hawisa y était installée et lui tournait le dos. Ses cheveux de neige tombaient sur sa robe bleu foncé reprisée avec soin. Kathryn s'assit contre le mur et posa son gourdin près d'elle. Hawisa ne cessait de se balancer d'avant en arrière.

— Êtes-vous une guérisseuse ?

— J'essaie de l'être, répondit Kathryn.

— Vous a-t-il blessée ? J'ai vu une silhouette, noire comme la nuit, qui passait par-dessus le mur. Ses mains étaient gantées et noires.

— L'avez-vous aperçu ?

— J'ai aussi entendu vos cris, mais c'est un endroit sanglant. Vous n'êtes pas en sécurité, même si vous vivez dans un manoir. La mort surgit sous maintes formes. Que l'on soit homme ou femme, bon ou mauvais.

— Avez-vous vu mon assaillant ? s'enquit Kathryn en tentant de garder son calme. Ne vous trompez-vous pas ?

— J'ai vu ce que j'ai vu.

Hawisa se retourna et s'avança à quatre pattes vers la jeune femme, qui cacha sa surprise de son mieux. Hawisa était albinos. Sa peau était d'un blanc de lait et ses yeux bleus cernés de rose. Elle possédait une beauté étrange. Kathryn eut envie de caresser son visage lisse et pâle comme de la nacre, et ses cheveux blancs comme la neige fraîchement tombée. Malgré sa robe raccommodée, elle était d'une propreté irréprochable et sentait bon la menthe et l'eau de rose.

— Êtes-vous choquée ?

— Je suis étonnée, répondit Kathryn en riant. Vous avez une belle voix.

— C'est ma mère qui m'a appris.

Hawisa s'agenouilla près de Kathryn, si près que son genou toucha la cuisse de cette dernière.

Elle scrutait le visage de Kathryn comme l'aurait fait une enfant, en se demandant ce qu'elle devait en penser.

— Je vous ai vue traverser la place du marché. J'ai entendu ce que vous disiez à ce porc de sergent quand vous lui avez demandé de libérer les gens du pilori.

Elle posa un doigt à l'ongle long sur la joue de Kathryn, puis elle essuya la trace de sueur sur le front de l'apothicaire.

— On reconnaît l'arbre à ses fruits, la gentillesse à ses actes, énonça-t-elle.

Puis elle s'interrompit et embrassa Kathryn en plein sur les lèvres.

— C'est ce qu'a essayé le bedeau, commenta-t-elle en riant et en reculant. On me croit simple. Il m'appelait le connil effarouché. Et le sergent aussi.

Elle tendit soudain son autre main et brandit un dangereux couteau à la longue lame acérée.

— Je leur ai dit que je leur couperais la queue ! Vous n'avez pas peur, n'est-ce pas, Kathryn ?

— Comment connaissez-vous mon nom ?

— Tout le monde le connaît.

— Et que savez-vous sur le village, Hawisa ?

— Certains sont bons, d'autres mauvais, et d'autres ni l'un ni l'autre. Adam l'apothicaire avait l'âme noire. Ma mère m'a dit qu'il empoisonnait les gens. Un jour, il a voulu me tenter en proclamant qu'il pouvait me vendre une poudre qui changerait la couleur de mes yeux !

— Et ?

Kathryn se rendait compte que le soir tombait, que le soleil se couchait et que le vent de la mer forcissait, mais cette créature énigmatique la fascinait. Elle en avait rencontré de semblables auparavant. Des hommes et des femmes qui, à cause de leur réputation ou de leur aspect, étaient repoussés en marge de la vie, exclus des petites choses quotidiennes, traités en réprouvés. Ces gens-là étaient toujours sur leurs gardes, vigilants, et distinguaient souvent ce qui échappait aux autres.

— Le prêtre est un homme bon, continua Hawisa. Sa sœur aussi. Ils sont bienveillants. Grand-mère Croul était gentille, c'est pour ça que je suis venue chanter. Je serais volontiers entrée dans l'église mais, c'est vrai, j'ai aperçu cette silhouette noire qui courait sous le soleil, rapide et furtive comme un rat.

— Qui cela pouvait-il être ? interrogea Kathryn.

— N'importe qui de Walmer, y compris le grand seigneur. Ils ont tous leurs secrets. C'est moi qui ai trouvé le corps de Lady Mary, vous savez. Je découvre beaucoup de choses sur la grève.

Elle se détourna et tira un sac de cuir vers elle.

— J'appelle ça mes trésors. Voulez-vous les voir ?

Hawisa ne quittait pas des yeux la broche que Kathryn avait fixée à sa mante, cadeau d'un de ses patients qui s'était rendu à la châsse de Thomas Becket. La jouvencelle tendit la main et effleura l'argent. Marmonnant entre ses dents, elle ouvrit le sac et en vida le contenu sur le sol. Elle fouilla parmi les coquillages polis et les babioles. Un beau bouton d'argent retint l'attention de Kathryn. Elle le ramassa et reconnut le blason.

— Le Bâtard de Faucomberg !

— Le quoi ? s'étonna Hawisa.

Kathryn retourna l'objet.

— Où l'avez-vous trouvé ?

Hawisa pinça les lèvres et se tapota la narine.

— Je vous donnerai ma broche en échange.

La jouvencelle sourit et acquiesça d'un signe de tête. Kathryn ôta le bijou et le lui tendit.

— Et maintenant, dites-moi où vous l'avez trouvé. Quand ces hommes ont été tués ici ?

Hawisa secoua la main.

— Puis-je avoir le bâton de frêne ? J'aime marcher avec une bonne canne.

Kathryn le lui céda. Hawisa se leva et, prenant son interlocutrice par la main, l'entraîna vers l'allée du cimetière et désigna les marches de Saint-Swithun.

— Là, dit-elle.

Elle s'accroupit et écarta l'herbe qui poussait entre les pierres.

— Je l'ai trouvé ici, avant qu'on les enterre, et je l'ai pris. Je crois qu'il leur appartenait. J'étais au village le jour où ils y sont arrivés. J'ai vu leur blason. Ils n'auraient pas dû venir ici. Il ne faut pas attendre d'aide des démons. Je dois aller faire mes adieux à grand-mère Croul, à présent.

Elle monta les marches en frappant les dalles de son bâton.

— Oh, Maîtresse Swinbrooke !

Hawisa se retourna avec un grand sourire.

— Je vous ai dit que je trouvais des choses. J'ai découvert un corps ce matin. Je l'ai dit à Lord Henry.

Elle tapota la petite bourse pendue à sa ceinture.

— Il m'a donné une pièce d'argent.

— Le corps de qui ? demanda Kathryn en faisant un pas en avant.

— Celui du prêcheur aux yeux flamboyants. Il était au milieu des rochers. La mer l'a recraché. Il avait la gorge tranchée d'une oreille à l'autre, ajouta-t-elle en mimant le geste du doigt. Il était vidé de son sang, comme un porc à l'étal du boucher. Adieu, médecin. Vous ne pouvez rien pour lui.

Kathryn, pressée d'arriver au manoir, se hâtait déjà sur le chemin du village. Elle glissa une fois sur les pavés mais réussit à garder l'équilibre. En voyant l'hôte de leur puissant seigneur passer à toute vitesse dans la grand-rue, blême et éperdue, les gens, prudents, s'écartaient à son approche.

Elle gravit le sentier vers le portail et trouva Lord Henry et Colum dans la cour. Le cadavre du prêcheur avait déjà été enveloppé dans un linceul de toile d'où émergeaient ses pieds chaussés de sandales et trempés d'eau de mer.

Colum s'approcha de son épouse et lui prit les mains.

— Kathryn, vous êtes pâle. Il y a de l'herbe sur votre mante.

Kathryn se contenta de fixer les sandales ruisselantes.

— C'est une étrange jeune femme qui l'a trouvé, murmura Colum.

— Je sais, répondit Kathryn. Je l'ai rencontrée dans le cimetière.

Lord Henry, vêtu avec élégance d'une tunique bleu foncé à col haut dont il avait relevé les manches de velours pour laisser apercevoir les manchettes d'un blanc de neige, s'avança.

— Vous avez mis plus de temps que je ne croyais, remarqua-t-il.

Il jouait avec la chaîne d'argent qu'il portait au cou comme d'autres auraient égrené un chapelet. Il semblait calme et maître de lui.

— Assassiné ! annonça-t-il en désignant le corps d'un mouvement de la tête. On lui a coupé la gorge et on l'a jeté du haut de la falaise, tel un sac. La mer l'a ramené.

Il cria un ordre aux serviteurs qui attendaient. Ils se précipitèrent, soulevèrent le cadavre dans son linceul et l'emportèrent vers un appentis.

— Nous devrions y aller, dit Lord Henry. J'ai demandé à mes palefreniers de préparer un chariot. Sanglier va emmener son compagnon mort à Saint-Swithun.

Le seigneur les escorta dans le château jusqu'à la bibliothèque. Des valets apportèrent des cruches de bière fraîche. Lord Henry interrogea Kathryn sur sa visite à l'église. Avait-elle découvert quelque chose au sujet de l'empoisonneur ? La jeune femme répondit de façon évasive. Bien que Colum lui jetât des regards furieux elle ne voulait pas lui apprendre qu'on l'avait agressée dans l'église. Lord Henry perçut son état d'esprit. Il reposa le cruchon de bière et s'assit en face d'elle.

— Me soupçonnez-vous, Kathryn ?

— Je soupçonne tout le monde, sauf Colum.

Lord Henry se mit à rire.

— Vous êtes un homme étrange, déclara Kathryn en montrant la pièce. Vous jouez les érudits, le collectionneur de livres, le bâtisseur d'une belle demeure aux jardins bien entretenus, mais, en vérité, vous êtes aussi un homme sanguinaire. Vous vivez dans l'ombre et, si c'est nécessaire, infligez une mort subite.

Lord Henry ne se laissa pas décontenancer. Il haussa les épaules et fit tourner l'anneau qu'il portait au petit doigt.

— À vous entendre, je suis un Tiptoft.

— Je suis certain que telle n'est pas son intention, intervint Murtagh.

— John Tiptoft, comte de Worcester, savant et grand voyageur, précisa Lord Henry. Il s'est rendu en Valachie et y a rencontré Vlad l'Empaleur. À son retour en Angleterre, il a instauré le supplice du pal jusqu'à ce qu'on l'arrête et qu'on le décapite à Tower Hill.

Il but une gorgée de bière.

— Insinuez-vous que je suis un Tiptoft ?

— Vous voulez venger la mort de William Marshall.

— Oh, davantage ! avoua-t-il en penchant la tête de côté. Ah, nos hôtes français s'en vont.

Kathryn entendit le léger grincement des roues d'une charrette, le claquement d'un fouet, le hennissement des chevaux : les gens du castel escortaient le cercueil jusqu'à l'église.

— Le père Clement a été fort occupé, observa le seigneur en reposant son gobelet. Nous allons l'être aussi.

Quand il se fut assuré que les Français étaient partis, Lord Henry les conduisit à l'étage. Son intendant l'y attendait, muni d'un trousseau de clés. Lord Henry le lui prit et en glissa une dans la serrure. La porte s'ouvrit en craquant. En haut et en bas, les Français avaient apposé des sceaux de cire, réduits en miettes à présent. À l'intérieur, la pièce était propre, fontes et coffres déjà remplis.

— Ils s'apprêtent à partir à l'aube, murmura Lord Henry.

Deux coffrets étaient fermés à clé. Lord Henry, néanmoins, aidé de Kathryn et de Colum, passa au crible les fontes de cuir et renversa le contenu des coffres sur le plancher. Il n'y avait que des vêtements, des babioles, un livre d'heures et quelques objets personnels. Quand ils en eurent terminé, le seigneur poussa un soupir et ordonna à son intendant d'inventorier le logis. Le vieil homme s'exécuta en grommelant entre ses dents mais rien n'avait été caché. Ils se rendirent dans la chambre de Cavignac, scellée elle aussi. Ils brisèrent derechef les sceaux et trouvèrent les mêmes choses que chez Sanglier : un coffret fermé à clé, des sacoches déjà prêtes et deux coffres, dont un était ouvert. Ici également, leur quête fut vaine.

— Ils ont sans doute pris les documents importants avec eux, fit remarquer Colum.

— Mais ces arches fermées ?

— Elles sont trop petites, constata Kathryn, énigmatique.

— Pour quoi ? s'enquit Lord Henry.

La jeune femme s'assit sur un tabouret, le menton entre les mains.

— Sanglier appréciera, commenta le seigneur d'un ton amer. Il poussera les hauts cris en s'indignant parce qu'un de ses hommes a été assassiné et que les possessions des deux autres envoyés français ont été mises à sac et pillées.

— N'est-il pas curieux, déclara Kathryn, que le vicomte n'ait pas protesté davantage au sujet du trépas de Delacroix ?

— Oh, il le fera bien assez tôt quand il sera à Londres, n'est-ce pas, Colum ? Mais la véritable tempête éclatera à Paris. L'Aragne exigera de très fortes compensations.

— Que cherchez-vous, Kathryn ? demanda Colum.

— Où sont les objets personnels de Delacroix ?

— Nous avons déjà exploré sa chambre !

— Recommençons.

Ils repartirent vers l'appartement de Delacroix. L'intendant expliqua que le vicomte en personne avait insisté pour empaqueter les possessions du défunt. Ils ouvrirent coffres et fontes.

— Mon Dieu, qu'est-ce donc ?

Kathryn leva les yeux. Murtagh avait renversé le plus grand des coffres et éparpillé les habits, les pourpoints, les hauts-de-chausses, les bottes et un ceinturon. Il y avait aussi deux robes et une cassette de bois décorée d'une figure de femme. Kathryn la prit, l'ouvrit et pouffa de rire.

— Des fards ! s'exclama-t-elle.

Ils reprirent leur tâche. Ils découvrirent d'autres articles : un tour de cou trop long pour la jeune femme, une fiole de parfum. Lord Henry se mit à rire.

— J'ai ouï des racontars. Comment avez-vous deviné, Maîtresse Swinbrooke ? Delacroix aimait-il s'habiller en femme ? Il existe, à Londres, des tavernes, des maisons de rencontre, où les hommes peuvent se déguiser en dames et jouer les catins dans la grand-salle.

Il s'interrompit, ferma les yeux, puis, de joie, battit des mains.

— Marshall ! Voilà la femme qu'il devait voir. Il a découvert le secret de Delacroix et on l'a occis.

— Peut-être, répondit Kathryn d'un ton évasif.

— Que voulez-vous dire ?

— Les choses sont plus compliquées qu'il y paraît. Remettons tout en place, sauf ces babioles. Lord Henry, demandez à votre valet d'apporter un coffre de voyage, d'y ranger ceci et de le descendre à la bibliothèque. Attendons le retour des Français.

— Kathryn, la prévint Colum, vous devriez nous dire la vérité.

— Colum, mon cœur, moi-même ne suis sûre de rien. Je vais capturer le meurtrier grâce à un mensonge. Je l'ai déjà fait. Si je me trompe, ajouta-t-elle avec un clin d'œil, Lord Henry pourra me blâmer. Bon, dans l'immédiat, j'aimerais manger quelque chose.

Elle s'éloigna avant que son mari puisse la questionner plus avant et gagna la grand-salle où les serviteurs préparaient le souper. Lord Henry et Murtagh la rejoignirent. Tous les deux tentèrent de l'interroger mais elle désigna les valets. Ils renoncèrent donc et laissèrent Kathryn se restaurer en paix.

Ensuite elle retourna dans sa chambre et s'étendit quelques instants sur le lit pour mettre de l'ordre dans ses pensées. Elle s'assoupit et fut réveillée par des cris. Les Français étaient revenus ! On frappa à l'huis et Kathryn répondit. L'intendant du seigneur, tout agité, battant l'air des mains, la pria de descendre dans la bibliothèque.

— Les Français, geignit-il, sont hors d'eux. J'ai peur pour mon maître.

Kathryn s'empressa de se rendre présentable. Quand elle arriva à la bibliothèque, Lord Henry et Sanglier en étaient presque venus aux mains. Nez à nez, ils criaient, s'abreuvaient d'insultes et rappelaient de vieux griefs, alternant, dans leur rage, l'anglais et le français. Lord Henry saisit le pommeau de sa dague : Cavignac, debout derrière Sanglier, avait déjà tiré son épée tandis que Colum posait le plat de la sienne sur son épaule. Kathryn alla s'asseoir sur une chaire. Elle prit un pichet de bière et le jeta au sol.

— Messeigneurs ! cria-t-elle. J'ai une histoire à vous narrer.

Le vicomte lui répondit par un chapelet d'obscénités. Cavignac rit. Colum aurait bondi si Lord Henry n'était intervenu, les bras levés pour lui barrer le passage.

Kathryn adressa un sourire angélique à Sanglier.

— Messire, vous êtes de noble naissance : quelle que soit votre rancœur, ne pouvez-vous m'accorder, à moi, une dame, un peu de votre temps ?

Le vicomte respirait à grand bruit, feignant le courroux. Kathryn put constater qu'en fait il s'amusait beaucoup.

— Asseyez-vous donc, Messire, proposa-t-elle en tapotant le bord de la table.

Sanglier obtempéra, suivi par Cavignac. Ils s'installèrent en face de la jeune femme pendant que Lord Henry et Murtagh prenaient place un peu plus loin.

— Je suis navré, *madame*[1], dit Sanglier en s'emparant de la main de Kathryn et en lui baisant le bout des doigts avant qu'elle ait pu s'y opposer. Je vous présente toutes mes excuses pour m'être laissé emporter, mais un envoyé du roi de France, de Sa Majesté Très Chrétienne, a été vilement assassiné. Nos sceaux ont été brisés, nos biens fouillés…

— Et vous, Messire le vicomte, répondit-elle d'une voix douce, vous avez violé la paix de notre roi. Vous êtes, ainsi que M. Cavignac, coupables de meurtre ! Nous vous attribuons la mort de M. Delacroix, sans parler de celle de l'homme connu sous le nom de prêcheur.

Sanglier, frappé de stupeur, resta bouche bée. Cavignac faillit se jeter par-dessus la table, mais se souvint de l'endroit où il se trouvait.

— On pourrait vous arrêter, reprit-elle. Vous pourriez réclamer l'immunité, or je ne pense pas que vous le ferez.

— Je proteste !

1. En français dans le texte. (*N.d.T.*)

Les deux hommes se levèrent.

Kathryn détecta la peur dans leurs yeux.

— Vous serez arrêtés à Douvres, insista Kathryn. Nous renverrons vos biens, y compris les robes de femme, les bijoux, le parfum et les fards. Notre noble roi Édouard demandera, dans une lettre ouverte adressée à votre souverain, pourquoi ses émissaires français transportaient de tels objets. Ne voulez-vous pas vous asseoir, Messires ? Vous ne devez point partir avant l'aube.

Sanglier lança un coup d'œil à Cavignac, qui acquiesça d'un signe de tête. Ils reprirent tous deux leur place.

— Nous ne sommes pas responsables, déclara Cavignac, de ce que vous avez trouvé dans les bagages de Delacroix.

— Qui vous a dit que c'est là qu'ils étaient ?

— Racontez-nous votre histoire, coupa Sanglier d'un ton sec.

— William Marshall était un joyeux compère, commença Kathryn. Je le dis bien que je ne l'aie jamais vu. C'était un écuyer, dévoué à Lord Henry ici présent, et, je le gagerais, à son épouse. Il était homme à fréquenter les tavernes, à danser volontiers la gigue, à composer une ballade d'amour, à chanter de douces chansons. Il en vint à bien connaître les mauvais lieux de Paris où vivent toutes les créatures de la nuit, et les mystérieuses maisons dans lesquelles des hommes aux goûts déréglés peuvent assouvir leurs désirs. Plein de charme, le jeune William s'était lié d'amitié avec le roi des mendiants, qui est un habitué de tous les repaires, de tous les endroits secrets de votre grande ville.

Le visage de Cavignac avait blêmi. « Il est inquiet, songea Kathryn, il sait que je dis vrai. » Et Sanglier ? La figure de goupil du vicomte était écarlate et ses yeux bleu clair jetaient des regards furtifs. « Il attendra que j'en aie fini, pensa la jeune femme, et, s'il le peut, se jettera sur moi. »

Cavignac, décontenancé par le regard de Kathryn, s'agita, mal à l'aise.

— Impliquez-vous qu'il a rencontré Delacroix ?

— Non, *monsieur*[1], c'est vous qu'il a rencontré, ou, ce qui est plus vraisemblable, il a appris votre secret.

Cavignac fut sur le point de bondir.

— Oh, de grâce, l'arrêta Kathryn d'un ton sec, assez de pantomime ! Vous savez que c'est la vérité. Vous vous déguisez en femme, Cavignac. J'en suis sûre : une femme ne peut rien cacher à une autre...

Cavignac se dressa, la main sur son poignard. Sanglier se leva et le repoussa.

— Avez-vous des preuves, Maîtresse Swinbrooke ? s'enquit-il d'une voix rauque.

— Oui, ses ongles, rétorqua Kathryn. Regardez-les : ils sont polis et propres. Il a ôté le fard. J'ai remarqué un reste de rouge à la commissure de ses lèvres. Mais, Messire le vicomte, vous savez tout ceci. Vous et Cavignac êtes amants.

— Pouvez-vous le démontrer ? s'enquit-il avec calme en faisant signe à son compagnon de se taire et de rester assis.

Kathryn regarda du côté de Colum et de Lord Henry pour y puiser la force de mentir.

— Marshall a tout découvert et a noté ce renseignement dans un document officiel établi devant un notaire de la rue Saint-Antoine et signé par des témoins.

Elle décida de frapper un grand coup.

— Un prêtre qui hantait le même endroit. Le prêcheur a rapporté ce parchemin rédigé en langage codé dont il ignorait lui-même la valeur.

— Voilà un passe-temps fort dangereux pour les serviteurs et les officiers du roi, murmura Sanglier.

— Vraiment ? releva Kathryn avec un sourire. N'y en a-t-il point d'autres à la cour de France ? Ces inclinations existent aussi bien à Paris qu'à Londres. Des

1. En français dans le texte. (*N.d.T.*)

hommes qui ont envie d'être des femmes, qui tirent leur plaisir du corps d'autres hommes.

Elle leva les yeux vers le plafond où le sculpteur avait ciselé des roses blanches et rouges aux pétales bordés d'or.

— Notre sainte mère l'Église appelle ceci de la bougrerie et de la sodomie ; elles sont toutes deux réprouvées par la loi canon et par les ordonnances de votre propre souverain. On condamne ces individus au bûcher… si on réussit à les arrêter. Mais, bien sûr, qui oserait accuser le puissant vicomte Sanglier ? Vous êtes amants. Qui sait, peut-être l'amour entre vous deux est-il aussi profond que celui qui me lie à Maître Murtagh. Je vous ai vus vous effleurer.

— Et Marshall ? interrogea Cavignac.

Kathryn jeta un rapide coup d'œil vers Lord Henry et Colum, qui s'efforçaient de cacher leur stupéfaction et leur surprise.

— Il espérait vous intimider, reprit-elle. J'ignore s'il a découvert le secret de l'un d'entre vous ou des deux. D'un seul, à mon avis. C'est pour cela qu'il a accepté de vous voir.

Elle désigna Cavignac.

— Marshall était habitué aux rixes de rue, au fracas des épées, aux dagues qui volent ; il ne craignait personne. Il a commis une terrible erreur qui lui a coûté la vie : ce n'était pas une personne qui l'attendait, mais deux. Vous lui avez, ensemble, tranché la gorge et l'avez lancé dans la Seine. Lord Henry a fait savoir que son principal espion avait disparu. Il a embelli l'histoire en mentionnant un livre de codes. En réalité, il vous appâtait. Vous saviez, comme lui, qu'il n'y avait point de livre de codes. Pourtant que pouviez-vous faire ? Vous ne pouviez réfuter ses dires sans admettre que vous étiez responsables du trépas de l'un des envoyés officiels de l'Angleterre.

Elle montra du doigt le coffre à flèches.

— Il contient des vêtements de femme : les vôtres, Cavignac. Vous auriez dû les détruire, ainsi que les fards et les breloques, mais, bien entendu, vous n'avez pas pu, aussi avez-vous tenté de les dissimuler parmi les affaires de Delacroix.

— Et qui l'a occis ? interrogea Sanglier avec circonspection.

— Voyons, Messire, mais vous deux.

Kathryn leva la main.

— De grâce, pas d'objections. Nous ne sommes point dans une pièce, un mystère, et je suis lasse des serments vides et des menaces creuses. Le prêcheur est arrivé au manoir. Il apportait la nouvelle de la découverte du corps de Marshall et je pense aussi qu'il avait deviné la vérité. Il a joué le même jeu que Marshall, et Dieu seul sait ce qu'il connaissait au juste. Et il a eu le même destin que Marshall parce qu'il a commis la même erreur.

Elle tendit le doigt vers Sanglier.

— Il est parti sur les falaises dans l'intention de vous y retrouver. Le prêcheur n'avait peur de rien. C'était un combattant ; il voulait vous vendre des renseignements sur Cavignac qu'il avait celés à son maître. Mais il vous a rencontrés tous les deux. Vous lui avez tranché la gorge et avez lancé son cadavre du haut de la falaise.

— Je n'étais pas… commença Cavignac, haletant.

— Comment, *monsieur*[1], vous n'êtes point sorti du manoir cette nuit-là ? Moi, je vous ai vu, contra Kathryn. J'ai senti votre présence. Vous êtes un espion accompli et un assassin. Sortir d'un castel comme celui-ci et y rentrer en catimini n'est pas hors de votre portée !

— Et Delacroix ? s'enquit Sanglier d'une voix qui trahissait sa peur.

— Oh, il était ambitieux et ne s'en laissait pas conter. Peut-être s'est-il aperçu, dès le début, que quel-

1. En français dans le texte. (*N.d.T.*)

que chose n'allait pas. Et quelle récompense l'attendait ! Se faufiler près du roi de France pour chuchoter ses soupçons à l'oreille de l'Aragne. Delacroix était dangereux ; c'était un rival d'importance, aussi fallait-il le réduire au silence. Vous vouliez, cependant, faire retomber le blâme sur Lord Henry avant de regagner Paris en hâte, fort satisfaits de la façon dont les choses s'étaient déroulées. Personne ne pourrait vous reprocher le trépas de Marshall. Votre royal maître, quoi qu'il eût laissé entendre, soupçonnait probablement qu'il n'y avait pas de livre de codes. Vous mépriseriez les rumeurs et les tiendriez pour ce qu'elles étaient : des mensonges, issus de l'imagination fertile de Lord Henry.

— Delacroix !

Cavignac cria le nom comme si c'était une malédiction.

— L'esprit tranchant telle la lame d'une épée, continua Kathryn. Il avait des soupçons à votre sujet, bien que j'en ignore la teneur. Il se peut que le prêcheur l'ait approché mais, là encore, je n'en ai nulle preuve ; je ne peux parler que de ce que je sais. Peut-être se doutait-il de la nature de vos relations bien avant de quitter la France. Il a sans doute vu quelque chose, eu des doutes, mais il n'aurait jamais affronté le puissant vicomte à moins d'avoir de solides preuves.

La jeune femme fit tourner l'anneau qu'elle portait au doigt.

— Avez-vous décidé de sa mort avant de quitter Paris ? Vous comprenez, Messires, je suis sûre que William Marshall, le prêcheur et Delacroix ont commis la même faute : ils se défiaient de l'un d'entre vous ; pas des deux. Marshall et le prêcheur ont péri de malemort. Et ici, à Walmer, vous avez entendu parler d'empoisonnements, ce qui vous a donné à la fois les moyens et l'occasion d'agir. C'est une question de logique. Monsieur Delacroix, comme vous le saviez fort bien, se montrait prudent en ce qui concernait sa nourriture et sa boisson. Il couvrait son gobelet de la main, regardait qui lui versait du vin. Cependant il se sentait en sécurité dans sa chambre. Personne n'y entrait, mis à part vous deux. Dieu seul sait lequel il suspectait. Il ne se sentait pas menacé quand vous lui rendiez visite ensemble.

Kathryn désigna Cavignac.

— J'ai dans l'idée que c'était vous le suspect. Le jour où votre compagnon est mort, vous vous êtes tous les deux retrouvés dans sa chambre pour évoquer les événements de Walmer, et Sanglier a profité de l'occasion pour échanger un sachet contre un autre identique.

« Puis vous êtes partis, en sachant qu'avant longtemps Delacroix ouvrirait ce sachet, verserait ce qu'il croyait être de la valériane dans son vin et boirait sa propre mort. Rappelez-vous ce qui s'est passé quand nous sommes entrés chez Delacroix. Il faisait nuit, la lumière était faible, on se pressait, inquiets surtout du sort de Delacroix. Dans un tel désordre, il était facile de remplacer un sachet par un autre, en un clin d'œil. De retour à Paris, Messire le vicomte se serait fait un plaisir de raconter que l'assassinat de son compagnon était l'œuvre des perfides Anglais, du déloyal Lord Henry.

— Et vous pensez que notre maître va croire cela ?

Lord Henry repoussa sa chaire, se leva et alla s'asseoir entre Sanglier et Cavignac. Kathryn aperçut un éclair de pure joie dans ses yeux ; il jubilait tant qu'il avait du mal à se contenir. Il ressemblait à un partenaire dans un jeu de hasard qui a jeté les dés trois fois de suite et a gagné.

— Messires, dit-il en tendant la main pour souligner ses paroles, nous savons tous jouer aux échecs.

Il sourit.

— Et la partie est presque finie. Je connais votre roi. Louis le suspicieux, qui ne se fie à personne, n'a-t-il pas son propre verger ?

Kathryn nota que Sanglier déglutissait avec peine. Cavignac s'affaissa comme un homme condamné à mort.

— N'a-t-il pas un verger où il suspend ses propres fruits ? gloussa Lord Henry. Les serviteurs qui le trahissent ? Il y a la mort de Marshall, le meurtre d'un envoyé anglais accrédité. Nous annoncerons qu'il ne possédait pas le livre des codes et exhiberons ce que nous avons trouvé ici dans les bagages. Nous décrirons le trépas du prêcheur. Après tout, Messire le vicomte, vous êtes sorti de nuit pour le rencontrer. Et voilà que nous avons le meurtre de Delacroix et, surtout, la déposition de William Marshall enfermée sous clé dans mon coffre le plus solide.

— Nous voulons la voir ! exigea Sanglier d'une voix grinçante.

— Vous n'y pensez pas ! rétorqua Lord Henry. Ce serait révéler les noms de nos agents à Paris ! Est-ce là votre meilleure défense, vicomte ? Nous mettre au défi de montrer ce document ? Voyez un peu quel effet cela produit, souligna-t-il. Vous admettez presque que vous êtes coupable et que vous considérez cette déposition comme une preuve. Maigre défense devant la loi ! Qu'en penserait la célèbre Aragne ?

Il haussa les épaules.

— Quant à m'intimider… ?

Il claqua de la langue.

— Je n'ignore rien de la traîtrise de Benedict le tabellion. Il vous a vendu des ragots sur le décès mystérieux de ma femme et autres racontars qu'il a pu rassembler au village. C'est mon tour, à présent. C'est vrai, les preuves ne sont pas irréfutables, mais nous planterons des graines dans l'esprit méfiant de Louis et il en naîtra un taillis. Combien de temps, Messire le vicomte, croyez-vous qu'il continuera à vous faire confiance ? Un mois ? Trois mois ? Si je devais parier, je dirais que d'ici à Pâques vous serez disgracié et mort avant l'été, sans doute pendu à Montfaucon.

Lord Henry se rencogna dans sa chaire.

— Bien entendu, au cas où nous vous aurions laissé quitter Walmer. On vous soupçonne d'avoir occis mon écuyer.

Il eut un mince sourire.

— J'aimais Marshall autant que vous aimez Cavignac. Et il y a aussi mon bon serviteur, le prêcheur, envoyé rejoindre son Créateur avant l'heure.

Cavignac leva la tête, terrorisé. Sanglier lui dit quelques mots rapides en français. Kathryn, d'après son geste, en déduisit qu'il lui ordonnait de garder le silence.

— C'est une histoire intéressante. Que voulez-vous ?

Sanglier retira ses mains de la table et Kathryn vit les empreintes de sueur sur le bois ciré.

— Je pourrais exiger de savoir qui sont vos affidés à Londres, leurs noms, leur identité, leurs lieux d'habitation.

— Impossible ! s'écria Cavignac. Nous signerions alors nos propres arrêts de mort !

— Je le crois aussi, acquiesça Lord Henry en se frottant les mains. Mon prix est tout à fait clair : Henri Tudor !

L'air surpris de Kathryn le fit sourire.

— Le Tudor, insista-t-il. Le dernier prétendant lancastrien au trône d'Angleterre. Votre maître l'héberge et le soutient.

— Il ne vous le livrera point, déclara Sanglier.

— Ce n'est pas ce que nous demandons. Nous voulons qu'il le bannisse de France. Nous voulons qu'on nous garantisse que le Tudor ne sera plus le bienvenu chez votre souverain ni chez l'un de ses sujets. Vous pouvez l'informer, Messire, que tel est le prix !

Kathryn baissa la tête. C'était donc cela, conclut-elle. Lord Henry avait peut-être voulu venger la mort de son écuyer assassiné, mais il avait attiré Sanglier en Angleterre pour le piéger. L'expulsion du Tudor hors de France était le véritable but de ce jeu subtil. Elle jeta un coup d'œil à Colum : il avait la tête dans les mains.

Quand il la regarda, elle ne put que faire mine d'ignorer son air ébahi. En d'autres circonstances, elle se serait levée, l'aurait rejoint et aurait caressé son visage franc. Elle aurait embrassé son front et passé la main sur sa poitrine pour le réconforter. Elle lui aurait assuré que sa surprise n'était pas due à un manque d'intelligence mais plutôt à l'honnêteté de son cœur, peu au fait de ces manigances retorses. Sanglier, les yeux clos, agrippait le bord de la table.

— Et si j'accepte ? demanda-t-il d'une voix hésitante.

Lord Henry se tourna vers Kathryn. Elle fit une moue mais le seigneur garda le silence, la priant du regard de trouver une solution.

— Vous pourriez regagner Paris, suggéra-t-elle. Vous pourriez annoncer que les négociations ont été tout à fait satisfaisantes, que votre maître doit considérer qu'il existe une paix durable entre nos deux royaumes, que la mort de Marshall était une aberration et l'histoire du livre des codes pure imagination. Puis vous conseilleriez qu'on expulse Henri Tudor et qu'on lui interdise de chercher asile sur le sol de France.

— Et la disparition de Delacroix ?

— Un malheureux accident ; vous avez l'assurance qu'il n'y a eu nulle scélératesse. En contrepartie, s'empressa-t-elle de continuer, aucune allusion à vos trois victimes ne sera faite et vos liens avec Cavignac resteront secrets.

— Comment pouvons-nous être certains que vous tiendrez parole à l'avenir ? coupa ce dernier.

— J'en ferai serment, annonça Lord Henry.

Il se leva, se rendit au fond de la pièce et posa la main sur la bible enchaînée sur son haut lutrin de bois.

— Je jure par le saint nom de Dieu, sur l'âme de mon épouse, sur ma vie éternelle, que tout ceci sera oublié, déclara-t-il en tentant de dissimuler son amusement. Ce sera oublié comme si cela n'avait jamais eu lieu.

Il laissa retomber sa main.

— Pourtant vous ne me faites pas confiance, n'est-ce pas, Sanglier ? Aussi ne serais-je pas étonné si, peut-être d'ici à un an, vous et Cavignac renonciez au service royal. Mais Tudor doit être renvoyé avant la Noël. Vous pourrez vous rendre en toute sécurité à Douvres. La mort de Delacroix est une compensation suffisante pour celle du pauvre Marshall.

Le vicomte regarda son compagnon qui acquiesça d'un signe de tête.

— Dans ce cas, répondit-il en se levant, je ne vous serrerai point la main, Lord Henry, mais je serai parti avant la tombée de la nuit.

Il se retourna et esquissa un salut à l'adresse de Kathryn.

— Madame, dès votre arrivée céans, j'ai commencé à m'interroger. Vous me faites penser à un faucon pèlerin que j'avais autrefois. Vous vous installez et vous observez. C'est un talent précieux, bien que parfois dangereux.

Il eut un léger sourire et désigna le coffre à flèches.

— Nous laisserons ces objets ici. Après tout, ils n'auraient jamais dû être apportés.

Et, pivotant sur ses talons, Sanglier, suivi de Cavignac, quitta la bibliothèque.

CHAPITRE X

> « Ce noble exemple donnait à ses ouailles,
> Que d'abord faisait le bien et prêchait ensuite. »
>
> Chaucer, Prologue général,
> *Les Contes de Cantorbéry*

La porte une fois refermée, Lord Henry, riant et applaudissant, s'abandonna à sa jubilation. Il serra la main de Colum et embrassa Kathryn sur les deux joues en promettant de lui offrir le cadeau de son choix.

— Qu'est-ce qui a éveillé vos soupçons ?

Il se redressa et prit ses mains entre les siennes.

— Regardez-vous : visage serein de nonne, mais yeux et esprit aussi acérés qu'une épée ! Vous devriez vous méfier, Colum !

Il lui pressa les doigts puis la lâcha et l'escorta vers le haut bout de la table. Quand ils furent assis, il leur servit du vin.

— Dites-moi, Kathryn, qu'est-ce qui a éveillé vos soupçons ? répéta-t-il.

— Une conjecture, je suppose.

La jeune femme était mal à l'aise et aurait aimé que ses joues soient moins brûlantes. Colum lui adressa un grand sourire. Lord Henry rayonnait comme s'il n'en croyait toujours pas sa chance.

— Je vais vous expliquer, dit-elle en sirotant son vin blanc doux et frais. J'ai compris que la missive de votre femme ne pouvait venir que de vous ; je vous l'ai déjà démontré. Je me suis aussi demandé pourquoi William Marshall aurait transporté un document de cette importance à travers Paris. Je voyais que sa mystérieuse disparition vous troublait fort. Il était sans doute allé voir quelqu'un d'important. Il vous a révélé qu'il s'agissait d'une femme, mais c'était une plaisanterie à son propre usage. Quand j'ai rencontré Cavignac, j'ai remarqué une trace sur ses lèvres, ses ongles polis, et j'ai été fascinée par sa façon de me fixer – pas comme vous, Monseigneur. Mes habits semblaient l'intéresser bien davantage. Un matin, dans ma chambre, j'ai ressenti l'impression désagréable qu'on avait fouillé mes affaires, quoi qu'il ne manquât rien. Je crois que c'était Cavignac, incapable de maîtriser sa curiosité : un serviteur aurait volé quelque chose. J'ai aussi aperçu les deux Français dans la grand-salle, l'après-midi précédant le banquet. Leur manière de se toucher – des gestes d'amants, comme entre Colum et moi – m'a ouvert les yeux.

Elle serra son gobelet.

— J'ai repensé aux trois morts : Marshall, le prêcheur et Delacroix. Ces victimes n'étaient point des rustres de la campagne ; il s'agissait de tueurs vigilants jouissant de certains droits, habitués à la félonie comme le poisson à nager.

Elle reposa sa coupe.

— Et pourtant tous les trois, semble-t-il, ont péri en un clin d'œil. J'en ai conclu que, pour les tuer, surtout Delacroix, il avait fallu deux assassins. Ce qui signifiait que c'était soit vous, Monseigneur, avec l'aide de quelqu'un d'autre, soit Sanglier et Cavignac. Ils ont commis une erreur. Cavignac mène une vie parallèle, à laquelle il n'a pu renoncer, comme un homme qui ne peut se passer du goût du vin dans sa bouche. C'est par sa faiblesse seule qu'il s'est mis en péril, qu'il s'agisse d'apporter ces vêtements ou de pénétrer dans ma chambre. À prendre de tels risques on commet des erreurs et c'est sans doute ainsi que Marshall a tout découvert. Finalement…

— Eh bien, Kathryn ? la pressa Colum.

— Il se peut que M. Cavignac soit comme tout un chacun, répondit-elle avec lassitude. Nous portons tous des masques différents. Nous pouvons les mettre ou les ôter sans trop de peine. Pour Cavignac, c'est plus difficile : il assume un rôle tout à fait opposé et porte son masque plus ouvertement que quiconque.

La jeune femme appuya son gobelet contre sa joue.

— Résoudre cette énigme était comme trouver la clé qui correspond à la serrure, murmura-t-elle. Vous avez écrit votre lettre au cardinal Bourchier, Lord Henry. À ce moment-là, c'était une façon d'expier votre culpabilité, néanmoins plus tard vous n'avez pas dédaigné de vous en servir pour appâter le piège, comme vous l'avez fait avec la mort de Marshall. Cette vipère de Benedict le notaire se serait assurée que les Français apprendraient votre embarras.

Elle écarta sa coupe.

— Puis vous avez exagéré vos réactions et brodé par exemple avec le livre des codes. Quand les Français n'ont pas immédiatement rejeté cette idée, vos soupçons se sont confirmés. L'Aragne de France pouvait s'interroger sur la vérité, or Sanglier n'était point en position de faire des commentaires, et moins on en disait sur la disparition de Marshall, mieux cela valait. Vous avez aussi compris que votre espion n'était pas allé à la pêche – pas dans le sens littéral – mais qu'il participait au grand jeu. Il a eu tort de ne pas vous informer, mais…

Kathryn haussa les épaules.

— … il voulait en être sûr. Marshall était jeune, impétueux et il désirait faire bonne impression sur ses maîtres. Il a cru que Cavignac, fort embarrassé, serait seul…

— Était-il au courant de la relation illicite de Cavignac avec Sanglier ? s'enquit Murtagh.

— Non, et ils l'ont tué pour qu'elle reste secrète, reprit Kathryn. Il se peut que Delacroix ait eu des soupçons, mais rien de plus. Les deux Français n'étaient que trop disposés à oublier le trépas de Marshall et à prouver leur valeur aux yeux de la royale Aragne en faisant passer Lord Henry pour un homme vulnérable. Ils sont arrivés céans en se pavanant comme des coqs, avides de profiter au mieux de la situation. L'apparition du prêcheur a tout changé. Rusé goupil, ce dernier vous a apporté de surprenants renseignements sur le meurtre de Marshall. Le voilà parcourant le village à grands pas, instillant la crainte de Dieu chez les habitants.

— Pourquoi ? s'étonna le seigneur. Je le lui ai demandé. Il m'a répondu qu'il aimait ce rôle…

— Billevesées ! déclara Kathryn en prenant une gorgée de vin. C'était un félon, cherchant à dresser les uns contre les autres. Lui aussi avait ouï tous les bruits qui couraient sur le décès de Lady Mary, pourtant il était également intrigué par les empoisonnements. Il voulait savoir s'il y avait un rapport entre la venue des Français et ces crimes. Il n'y en avait pas, comme il l'a constaté.

— Et c'est alors qu'il a résolu d'intimider Cavignac ? s'enquit Murtagh.

— En effet, acquiesça Kathryn. Je ne sais pas exactement ce qui s'est passé. Je suppose que le prêcheur était fort occupé, à Paris, à espionner à la fois pour votre compte et pour le sien, et qu'il est tombé par hasard sur la même fâcheuse découverte que Marshall avait faite à propos de Cavignac. N'oubliez pas, Lord Henry, que vous l'aviez en secret instruit de tous les détails sur la malemort de Marshall. Il a donc fait ses propres trouvailles et est rentré en Angleterre très satisfait : Lord Henry le récompenserait pour ce qu'il lui apprendrait sur la mort de Marshall, et, en même temps, il devrait révéler sa véritable identité, ce qui impliquait qu'il ne pourrait plus se rendre à Paris.

« Comme le mauvais serviteur des Évangiles, le prêcheur doit prévoir son avenir. Il approche le vicomte. Bien entendu, il n'appréhende pas l'entière vérité : Sanglier est furieux et redoute non seulement le prêcheur, mais le toujours curieux Delacroix avec lequel le prêcheur peut aussi prendre langue ; les deux hommes doivent donc périr.

— Voilà pourquoi Sanglier n'a point trop protesté ni remis en cause les preuves, observa Colum. Votre hypothèse, Kathryn, a sa logique propre. Louis XI ne laisserait pas d'être surpris et n'oublierait jamais.

— Ce ne sont pas seulement des complices de meurtre, mais des amants désireux de se protéger l'un l'autre, ajouta Lord Henry.

— Et par conséquent hantés par la peur, murmura la jeune femme.

— D'être arrêtés en Angleterre ? interrogea le seigneur.

— Sanglier sera de retour en France, rétorqua Kathryn, avant de s'apercevoir que son arrestation, voire son exécution, dans notre pays serait de peu de profit pour la Couronne anglaise : lui et son compagnon seraient tout simplement remplacés par des hommes du même genre.

Kathryn se leva. Elle était lasse et avait envie d'être seule.

— Je présume que le vicomte quittera le service royal.

Elle tapota l'épaule de Colum.

— Mais, sa vie durant, il n'oubliera pas Walmer.

Lord Henry continua de boire à sa victoire. Murtagh, fier comme un paon de la réussite de sa femme, la suivit dans la cour. Il l'étreignit, l'embrassa et la pria de se joindre à la célébration. Mais Kathryn, arguant de sa fatigue, retourna dans sa chambre.

Elle s'y reposa un moment en regardant les ombres s'allonger au soleil couchant. Un valet apporta aliments et vin. Elle grignota quelques tranches de venaison puis repoussa le plat. Elle se remémora Hawisa assise près du mur du cimetière et le bouton d'argent qu'elle gardait parmi ses trésors.

— Pourquoi, dit-elle à mi-voix, pourquoi un objet si précieux leur a-t-il échappé ?

Elle se souvint que les trois étrangers avaient été occis, puis dépouillés de tous leurs vêtements et de leurs armes, que les villageois s'étaient partagés. Alors d'où venait ce bouton ? Kathryn se dirigea vers la table de travail, alluma les chandelles et, ouvrant son écritoire, en sortit deux feuilles de parchemin. Elle souleva le couvercle de l'encrier et appointa sa plume. Sans tenir compte des bruits qui montaient de la cour, elle se mit à réfléchir à ce qu'elle savait sur les empoisonnements.

La nuit tombait quand elle alla à la fenêtre et regarda dans la cour. Trois serviteurs étaient accroupis près de la fontaine. L'un d'entre eux jouait un air de flûte triste et gai à la fois qui évoquait des rêves à moitié oubliés. Kathryn pensa à son premier mari, Alexander Wyville. Il savait jouer les airs les plus mélodieux sur sa flûte. Elle revit les derniers souvenirs qu'elle gardait de lui : les joues violacées, la panse pleine de bière, le cœur débordant de courroux, il se dressait au-dessus d'elle, les poings serrés. Puis il était parti rejoindre les forces lancastriennes hors des murs de Cantorbéry. Lui aussi était devenu un fugitif après les grandes victoires des yorkistes.

« Tout a commencé là », se dit-elle en s'adossant au mur près de la fenêtre.

Les hommes tués à Walmer, deux archers sous les ordres d'un écuyer, étaient des fuyards. Selon les apparences, ils étaient venus pour s'embarquer et passer, vite et en toute sécurité, à l'étranger. Était-ce bien la vraie raison ? Pourquoi Hawisa avait-elle trouvé ce bouton si près de l'église ? Kathryn retourna à la table, s'installa, trempa la plume dans l'encre et se mit à écrire.

Item : *Trois hommes sont assassinés dans le cimetière de Saint-Swithun, au début de l'été 1471. Personne ne les connaît et nul ne sait pourquoi ils sont venus à Walmer.*

Item : *Lady Mary se tue en tombant de la falaise à Gallows Point en août 1471.*

Item : *William Marshall disparaît à Paris à la fin du printemps 1472.*

Item : *En septembre 1472, quelqu'un griffonne sur le sol de l'église Saint-Swithun cette citation tirée du Livre de Daniel. Le père Clement est aussi menacé. Par le prêcheur ? Non !*

Item : *La veille de la Saint-Michel, le forgeron et sa femme sont empoisonnés. Il meurt parce qu'on a versé le toxique dans la barrique d'eau dont lui seul se sert. Qui l'a fait ? Comment et quand ? Éperdue, sa femme va à la cuisine et se sert à ce mystérieux tonneau de clairet. D'où provient-il ? Comment le tueur s'y est-il pris pour que la femme périsse en même temps que son mari ? Pourquoi était-il si sûr que, ce soir-là, le maréchal-ferrant et son épouse étaient destinés à trépasser ?*

Kathryn mordilla le bout de sa plume. La mort d'Elias la rendait perplexe. Elle se remit à écrire.

Item : *Adam l'apothicaire, homme secret à l'âme vile. Comment est-on entré chez lui ? On n'a pu y parvenir qu'en prenant l'escalier extérieur et en traversant la chambre de la mère d'Adam. L'assassin a dû alors descendre et mettre le poison dans le gobelet. Comment a-t-il pu entrer et sortir sans être remarqué ? Et pourquoi avoir choisi ce gobelet particulier ? Comment pouvait-il savoir qu'Adam boirait dans celui-là ?*

La jeune femme ferma les yeux. Elle avait vu quelque chose d'insolite dans cette maison, mais quoi ? Elle rouvrit les yeux et saisit sa plume.

Item : *Grand-mère Croul ? Qui a quitté la cérémonie d'enterrement, s'est précipité vers cette chaumière isolée, a occis la vieille femme, puis est revenu sans que quiconque s'en aperçoive ? Et pourquoi l'avoir tuée ? Elle était membre du conseil paroissial cependant, semble-t-il, elle désapprouvait la conduite de nombre de ses compagnons.*

Item : *Simon le bedeau, qui rampait dans l'herbe comme une vipère. C'était un rustre qui prenait plaisir à espionner les jeunes amants ! Il était fort attentif à sa nourriture et à sa boisson. Il avait rempli sa gourde à la taverne. Alors comment son assassin a-t-il réussi à empoisonner le vin ?*

Item : *Qui m'a suivie dans l'église, armé d'un arc et de flèches ? Hawisa a vu l'agresseur, un homme, paraît-il, s'enfuir et passer par-dessus le mur du cimetière.*

Kathryn s'interrompit et réfléchit à ce qu'elle venait de noter. Colum entra. Il avait beaucoup bu, était de bonne humeur et désireux de la féliciter derechef. Elle ne lui prêta qu'une oreille distraite et déclina son invitation à rejoindre Lord Henry.

Il repartit et Kathryn s'absorba à nouveau dans ses pensées. Elle se concentra sur le meurtre de l'apothicaire, et plus elle réfléchissait plus elle était certaine que la mère d'Adam mentait. Elle était si impatiente de connaître la vérité qu'elle se débarrassa de ses heuses d'un coup de pied et enfila une paire de bottes. Elle décrocha en hâte sa mante de la patère et descendit au solar où le seigneur et Colum, têtes rapprochées comme deux enfants, entourés par un groupe de serviteurs, jouaient aux dés. Ils s'interrompirent et levèrent les yeux quand la jeune femme entra.

— Oh non ! s'exclama Colum en se cachant le visage dans les mains.

— Il faut que j'aille à Walmer. Et tout de suite ! annonça Kathryn en tapant du pied.

— Kathryn, vous serez bientôt…

Les mots moururent sur les lèvres de Murtagh. Sa femme avait l'air grave et résolu.

— Rien ne me ferait plus de bien qu'une promenade, gémit-il.

Lord Henry proposa de les accompagner, offre que Kathryn déclina avec courtoisie.

Quelques instants plus tard, elle et Colum quittaient le castel et prenaient le sentier qui menait au village.

— Vous êtes censé me prêter main-forte, siffla-t-elle, tout en aidant Colum qui, éméché, titubait et chancelait.

Il s'arrêta, l'enlaça et leva les yeux vers le ciel.

— Sentez comme la brise est fraîche, Kathryn, chuchota-t-il. Regardez, le ciel est clair. Nous pourrions nous coucher dans l'herbe haute.

— Je préfère mon lit, rétorqua-t-elle.

Colum soupira et la lâcha. Elle imposa un pas ferme. Quand ils entrèrent dans le village, Colum avait repris ses esprits, les bruits de la nuit et la fraîcheur croissante l'ayant dégrisé. La grand-rue était déserte ; seuls un ou deux villageois s'empressaient de regagner leur logis. On ouvrait parfois une porte pour laisser sortir un chien ou pour suspendre une lanterne sur le seuil.

Ils parvinrent chez l'apothicaire. Kathryn distingua de la lumière à travers la fenêtre et, Colum sur ses talons, elle monta l'escalier extérieur et toqua à l'huis.

— Entrez ! cria Maîtresse Mathilda d'une voix haut perchée.

Kathryn poussa la porte. Une jouvencelle du village enlevait des pots de la table de chevet.

— Tu peux partir à présent, déclara la vieille femme en lui jetant un regard noir. Et dis à ta mère que, la prochaine fois, le ragoût doit être plus chaud !

La bachelette lança un coup d'œil à Kathryn, leva les yeux au ciel et s'en fut dans la cuisine.

La pièce avait été nettoyée et sentait bon. Les habits étaient pendus à des patères, les arches et les coffres fermés. Les draps fraîchement lavés étaient pourtant souillés, par endroits, de taches de ragoût. De l'autre côté de la couche, une épaisse chandelle brillait sous sa calotte d'étain. On avait posé une lanterne sur un coffre au pied du lit et une autre près de la porte menant à la chambre de l'apothicaire.

— Asseyez-vous, asseyez-vous.

Mathilda indiqua le tabouret proche d'elle.

— M'avez-vous apporté quelques sucreries ?

Elle plissa ses petits yeux noirs et s'enroula dans son châle.

— Tout Walmer parle de vous.

Elle tendit le doigt vers Murtagh.

— Faites attention où vous mettez vos grosses bottes ! Il y a un vase de nuit sous le lit.

Colum croisa les bras et lui jeta un regard noir.

— Peu me chaut ce qu'a fait mon fils ! cria Mathilda d'un ton sec. Vous auriez pu m'offrir quelques douceurs !

Kathryn ouvrit son escarcelle. Mathilda réagit vite, tendant ses doigts crochus en un éclair pour arracher la pièce de la main de la visiteuse.

— Vous pourrez vous acheter quelque chose de bon, déclara cette dernière en essayant de dissimuler son ire. Et je vous en donnerai une autre si vous me dites la vérité.

Son sourire s'évanouit.

— Sinon, je vous ferai conduire au manoir pour être interrogée.

Mathilda baissa la tête.

— J'ai dit vrai, pleurnicha-t-elle. Je ne suis qu'une vieille femme.

— Vous êtes une menteuse, répondit Kathryn avec sévérité, le fléau de la vie de feu votre fils.

— Que voulez-vous dire ?

— Il ne supportait plus que vous le harceliez sans cesse : c'est pour cela qu'il vous donnait une boisson tous les soirs. Qu'était-ce ? Du petit-lait ou de la bière ? Additionnée d'une poudre somnifère ! Vous ne vous éveilliez jamais tôt le matin, vous dormiez d'un sommeil durable et profond, jusqu'à une heure avancée ; votre fils pouvait ainsi avoir un peu de paix. Le roi et son armée auraient pu défiler ici que vous ne l'auriez point remarqué !

— Je ne prenais aucune de ses poudres. Oh, votre Irlandais s'est endormi.

Murtagh se réveilla en sursaut.

— Lui avez-vous administré quelque poudre, Maîtresse Swinbrooke ?

Kathryn fit mine de s'en aller.

— C'est vrai, c'est vrai, s'empressa de reprendre Mathilda, Adam me faisait boire des potions. Je m'y suis d'abord opposée, mais elles me calmaient. Je pouvais dormir et rêver.

— Savez-vous ce qui s'est passé ? insista Kathryn. Le matin où votre fils a été assassiné, quelqu'un a monté l'escalier extérieur, a traversé votre chambre, est descendu dans la cuisine et a versé le poison dans le gobelet.

Elle prit une autre pièce dans son escarcelle.

— À présent, Maîtresse Mathilda, vous allez m'expliquer comment le tueur savait quel gobelet choisir.

La vieille femme se mit à sangloter, le visage dans les mains, les épaules tressautantes. Kathryn vit ses larmes à travers ses doigts écartés.

— Vous ne regrettez point le trépas de votre fils.

Elle se pencha et enleva la main de Mathilda.

— Maintenant, vous possédez cette maison et tous ses biens. Vous pouvez engager des gens pour s'occuper de vous comme une grande dame en son château.

Vous ne pleurez pas vraiment Adam. Vous étiez un fardeau pour lui et vous, vous ne l'estimiez guère plus.

— C'était un meurtrier et un voleur, s'indigna Mathilda d'un ton vertueux. Il faisait semblant d'avoir du chagrin ; en fait il a tué sa harpie d'épouse.

— Et le gobelet ? demanda Colum.

Bien qu'il n'eût d'abord accompagné Kathryn qu'à contrecœur, il était à présent intrigué. Il tira sa dague et la posa sur le lit.

— Le gobelet ? répéta-t-il.

— Il n'est point comme les autres, se hâta d'avouer la vieille femme, circonspecte devant la lame menaçante. Son oncle, mon beau-frère, était l'un des naufrageurs.

— Ah ! s'exclama Kathryn en fermant les yeux et en se grattant le front. Je sais ce que vous allez dire. Le matin où je suis venue céans, j'ai constaté que ce gobelet pesait très lourd.

— En fait, il est en argent, se rengorgea Mathilda, mais caché dans une gaine de cuir. Son oncle l'avait volé sur un bateau. Lord Henry avait demandé que tous les trésors de ce genre lui soient remis, sous peine de mort, or Adam ne voulait pas y renoncer.

— Et il l'a donc dissimulé dans un étui de cuir, compléta Kathryn. Oui, votre fils devait aimer ça, il devait apprécier de boire dans un tel récipient. L'assassin le savait aussi. Dites-moi, combien de personnes connaissent cette histoire ?

Mathilda allait secouer la tête en signe d'ignorance, quand Colum posa la main sur les siennes et appuya sans brutalité.

— Adam s'en vantait. Bien des gens le savaient. Je suppose qu'il en avait parlé à quelques-uns et moi à d'autres. C'était l'un de ces secrets de village. Maintes maisons de Walmer recèlent encore du butin provenant des navires.

Kathryn se leva et se dirigea vers la porte intérieure. Elle descendit l'escalier mal éclairé. Rien ne semblait avoir changé depuis sa dernière visite. Mais l'endroit ne sentait pas aussi mauvais, la cuisine avait été balayée et fourbie, et les gobelets pendaient toujours à leurs crochets. Elle s'aperçut vite que celui qui avait de la valeur avait disparu. Elle en conclut qu'il avait été volé soit par l'assassin soit par un villageois qui avait appris le secret d'Adam. Elle regagna la chambre.

— Je n'aurais jamais cru voir un Irlandais dans ma chambre ! fit remarquer Mathilda d'un ton rogue.

— Si cela ne tenait qu'à moi, maugréa Colum, je serais le dernier à y mettre les pieds !

— De quoi ? De quoi ?

Kathryn s'entremit avec diplomatie. Elle donna à la vieille femme une seconde pièce, la salua et poussa presque Colum dehors.

— Vous auriez dû l'interroger plus avant, bougonna ce dernier quand ils furent en bas de l'escalier.

Kathryn avait les yeux rivés sur la ruelle, distraite par des chats qui se battaient sur un tas d'ordures. Quelque part, un enfant pleurait, un homme criait, et l'air nocturne apportait les accents mélodieux d'une harpe. Dans la nuit maintenant tombée, on ne voyait d'autre lumière que la lueur d'une chandelle ou la flamme dansante d'une lanterne à une fenêtre.

— Eh bien ? s'enquit Colum.

— Cette vieille femme ne pouvait nous en dire davantage. Comment l'aurait-elle pu ? Le matin où son fils est mort, elle dormait comme un loir. L'assassin le savait ; il a traversé sa chambre, est descendu dans la cuisine, a empoisonné le gobelet et est reparti. Oh, au fait, ce gobelet a été volé, et d'après le peu que je sais des villageois, je suis sûre que Maîtresse Mathilda a eu un flot de visiteurs aux yeux gourmands et aux doigts crochus. Venez, mon glorieux Irlandais.

Elle glissa le bras sous celui de son mari et ils reprirent leur chemin. Au moment où ils passaient devant le *Sanglier bleu*, le sergent s'avança en titubant vers eux.

Il leva son falot, leur jeta un regard embrumé et retourna d'un pas mal assuré vers l'accueillante lumière de la taverne en grommelant entre ses dents.

Kathryn et Colum arrivèrent au manoir. Ils avaient eu froid lors du trajet depuis Walmer ; le vent marin était mordant. Colum se mit à la recherche de Lord Henry pendant que son épouse remontait dans sa chambre. Les informations que lui avait fournies Mathilda étaient importantes. La jeune femme dressa la liste des membres du conseil paroissial et commença à démêler les fils qui les unissaient. En effleurant un bouton de sa robe, elle se remémora celui que lui avait donné Hawisa. Elle rejeta sa plume.

— On ne les a pas tués dans le cimetière ! s'exclama-t-elle.

Elle ferma les yeux et se souvint de la menace gribouillée dans l'église, de l'arpent du bon Dieu, des pierres tombales grises, du carré des indigents avec ses croix délabrées. En imagination, elle redescendit dans la crypte. Colum entra avec de quoi se restaurer : de croustillantes tranches de porc rôti en sauce, du pain, du fromage et un cruchon de bière. Par-dessus l'épaule de Kathryn, il regarda les noms qu'elle avait inscrits en cercle, autour de trois croix.

— Oubliez cela, dit-il.

Il se pencha et déposa un baiser sur ses cheveux.

— Mangez, reposez-vous et venez au lit, ma mie.

— Dans un instant, murmura-t-elle.

Murtagh quitta ses bottes puis s'étendit sur le lit. Il s'appuya sur un coude. Kathryn n'avait pas touché à la nourriture ; elle était assise, immobile, les épaules un peu voûtées, comme si elle priait. Colum poussa un bruyant soupir et s'allongea derechef. Kathryn, à présent, était dans son propre monde, perdue dans un problème qu'elle abordait comme un labyrinthe, déterminée à trouver son chemin et à résoudre le mystère. Elle était pâle et avait l'esprit ailleurs. Colum se demanda ce qui s'était passé dans l'église. Lui poserait-il la question maintenant ou attendrait-il ?

Quand il se réveilla, il était transi. La chandelle des heures avait brûlé jusqu'au douzième anneau et presque atteint le suivant. Kathryn était toujours assise à la table de travail, mais, à en juger d'après le cruchon posé par terre près d'elle, elle avait mangé et bu. Il s'enroula dans la courtepointe et, immédiatement, il se rendormit. Kathryn le secoua pour l'éveiller.

— Quelle heure est-il ? questionna-t-il en levant les yeux sur elle.

— L'heure du Jugement, Irlandais ! railla-t-elle. Allez-vous garder la couverture pour vous seul ?

Colum la déploya. Sa femme se coucha près de lui et nicha sa tête contre son épaule.

— Qu'y a-t-il ? chuchota-t-il.

— Je suis fatiguée, répondit-elle d'une voix ensommeillée. Il fait encore nuit, attendons le jour.

Le lendemain matin, quand Murtagh s'éveilla, Kathryn avait déjà fait sa toilette et s'était changée. Bien qu'un peu pâle, elle semblait prête à affronter la journée. Installée à la table, elle étudiait l'étrange code dont elle usait toujours. Colum roula au bas de la couche et se rendit à la garde-robe. Quand il en revint, Kathryn était assise sur le lit.

— Approchez donc, Irlandais.

Il se laissa choir près d'elle et frotta son nez dans son cou. Elle l'écarta et lui prit la main.

— Écoutez, dit-elle en lui enfonçant les ongles dans la peau, je veux que Lord Henry et le conseil paroissial me retrouvent dans le solar. Ainsi qu'Hawisa. Ne vous inquiétez pas, Lord Henry saura de qui il s'agit. Il faut qu'elle soit là.

— Allez-vous dévoiler l'identité de l'assassin ?

— Je ne sais. Mais avant peu, au moins, nous révélerons la vérité.

Le seigneur ne put rassembler tout le monde que vers midi. Le père Clement et Amabilia furent les premiers. Le prêtre, encore pâle, portait le registre de la paroisse dans une sacoche de cuir suspendue à l'épaule. Kathryn, en le voyant dans sa bure brun foncé, pensa à un franciscain. Amabilia était vêtue de noir et d'une guimpe blanche parce que, comme elle le confia à voix basse à Kathryn en s'asseyant, « Il y a tant de morts à pleurer ! ».

Benedict et Ursula arrivèrent ensuite, tous deux dans leurs plus beaux atours. Le tabellion arborait même une calotte noire. Son visage ridé semblait des plus inquiets. Il ne cessait de s'humecter les lèvres et de tripoter la chaîne d'argent qu'il portait au cou. Quant à Ursula, elle n'aurait pu se serrer davantage contre lui. Ils prirent place à la table comme deux coquins à la barre du tribunal.

Hawisa était habillée d'une robe vert foncé et sa chevelure blanche bien coiffée lui retombait sur les épaules. Elle avait posé une couronne de fleurs sauvages sur sa tête et son panier était à demi rempli des simples qu'elle avait cueillis. Kathryn le remarqua et lui demanda où elle les avait trouvés. Hawisa, assise loin des autres, murmura sa réponse. Kathryn sourit et lui tapota l'épaule.

— Êtes-vous à l'aise ici ?

— Si vous restez là, oui. Quelle belle pièce !

Hawisa jeta un regard rêveur autour d'elle et pria Kathryn de lui expliquer le thème d'une tapisserie rouge et vert représentant la chute de Troie.

Roger le physicien et le sergent entrèrent d'un air affairé. Ils s'étaient tous deux préparés à la hâte et leurs mains étaient encore souillées de peinture car ils avaient travaillé aux fresques de l'église.

Murtagh ferma la porte et s'y adossa. Lord Henry s'assit à un bout de la table et Kathryn à l'autre. On frappa et un valet entra. Il distribua à chacun des coupes de bière, des fruits et du fromage dans de petits bols en argent. À peine eut-il tourné les talons que deux écuyers armés firent leur entrée et se placèrent derrière leur maître, qui, à présent, assumait pleinement son rôle de seigneur du manoir. Lord Henry se réjouissait encore de la déconvenue des Français, qu'il avait fêtée tard la veille. Il avait pourtant fait ses ablutions, enfilé un habit rouge et or, et passé à son cou la chaîne d'argent de sa fonction de juge.

— Pourquoi sommes-nous ici ? s'enquit le médecin en tambourinant de ses doigts maigres sur la table.

— Parce que je vous l'ai ordonné ! rétorqua Lord Henry. Je suis juge du roi en la contrée.

— Est-ce un tribunal ? voulut savoir Benedict.

— Si je l'entends ainsi. J'en suis le juge et Maîtresse Swinbrooke présentera l'affaire.

Le sergent, plus sobre que Kathryn ne l'avait jamais vu, jeta un regard noir à Hawisa. Cette dernière mangeait mais s'arrêtait parfois pour chantonner tout bas.

— C'est mon invitée, prévint Kathryn.

Walter fit un son grossier avec ses lèvres. Il prit sa coupe, y plongea le nez et se mit à boire goulûment.

— La plupart d'entre vous, commença Kathryn avec calme, la plupart d'entre vous êtes coupables de meurtre.

Elle avait avec soin calculé le moment où elle parlerait afin que le sergent recrache sa bière.

Roger se leva à moitié. Lord Henry tira son poignard et en frappa la table du pommeau pour obtenir le silence.

— Au début du printemps 1471, reprit Kathryn, le roi livra deux batailles, l'une à Barnet, au nord de Londres, l'autre à Tewkesbury, à l'ouest du pays. Les lancastriens furent battus à plate couture. Des soldats fuyant pour sauver leur vie envahirent grand-routes et chemins de traverse. Maints d'entre eux n'avaient rien à craindre car la Couronne estimait que seuls les chefs valaient la peine d'être arrêtés. Trois lancastriens se sont donc enfuis jusqu'à Walmer, un jeune écuyer et deux archers à cheval…

— Des rebelles et des traîtres, spécifia le notaire.

— Nous parlerons de félons plus tard, rétorqua Lord Henry.

Déconfit, le tabellion se rencogna dans sa chaire. Ursula, tremblante de peur, se serra contre son mari. Elle savait ce que Kathryn allait annoncer.

— C'était des Anglais, déclara Kathryn. Ils n'étaient pas à Walmer en quête d'un bateau, ils étaient venus chercher asile dans l'église Saint-Swithun. Or, une ancienne loi de ce royaume stipule que tout homme, toute femme, quel que soit son crime, peut réclamer asile et protection auprès de notre sainte mère l'Église. Combien d'entre vous étaient présents quand ces trois malheureux ont péri ?

Tous levèrent une main réticente, sauf le prêtre, Amabilia et Hawisa.

— Vous avez conté partout qu'ils avaient été capturés dans le cimetière et tués. Vous avez menti ! Ils avaient atteint l'église, et peut-être même se trouvaient-ils dans le chœur. Vous, Maître sergent, et vos compagnons les en avez arrachés.

Ouvrant son escarcelle, elle posa sur la table le petit bouton d'argent qu'Hawisa lui avait donné.

— Vous l'avez trouvé sur les marches de l'église, n'est-ce pas, Hawisa ?

La jouvencelle sourit et acquiesça d'un signe de tête.

— Mais vous nous avez dit…

Le père Clement bondit, le courroux marbrant son visage de taches pourpres. Il tendit le poing vers le sergent.

— … vous nous avez dit qu'ils avaient été occis juste devant le porche.

— Les assassins ont commis non seulement un meurtre mais aussi un sacrilège, reprit Kathryn. Tous ceux qui étaient là-bas se sont rendus coupables d'un crime hideux. Vous avez traîné ce jeune écuyer dehors.

Dans la lutte, un de ses boutons a sauté et est tombé sur une marche de l'église. Puis vous les avez poussés dans le cimetière...

— Ils n'étaient pas armés ! s'écria Amabilia, blême.

Elle tendit les mains et jeta autour d'elle un regard implorant.

— Ils étaient sans doute désarmés !

— En effet, acquiesça Kathryn. Quand on demande asile, on doit laisser ses armes au seuil de l'église.

Le prêtre et sa sœur étaient horrifiés. Amabilia se mit à pleurer. C'était un spectacle à fendre le cœur. Les larmes roulaient sur ses joues et elle ne pouvait dire mot.

— Est-ce la vérité ? interrogea Lord Henry.

— Vous avez traîné hors de l'église, répéta Kathryn, et taillé en pièces trois hommes sans défense qui cherchaient protection auprès de notre sainte mère l'Église.

Le sergent allait protester quand Kathryn montra le bouton d'argent.

— Vous les avez déshabillés. Vous avez dérobé leurs biens et vous les êtes partagés comme les soldats le font avec le butin de guerre. Vous n'auriez pas négligé ce genre d'objet de propos délibéré. Ce jour-là, le père Clement et sa sœur étaient absents. Quand ils sont revenus, votre rage meurtrière s'était apaisée. Vous aviez nettoyé l'église et la version officielle passa pour être vraie : trois félons, des lancastriens qui tentaient d'échapper à la justice royale, avaient refusé de se rendre, aussi les aviez-vous exécutés. Vous avez exhibé leurs cadavres à la croix du marché jusqu'à ce que Lord Henry ordonne un enterrement décent. Avant que vous, père Clement, et vous, Amabilia, soyez de retour, les trois malheureux avaient été ensevelis et inhumés. Votre conseil paroissial vous a narré un tissu de mensonges, mon père, et vous ne pouviez plus que bénir les tombes. Vous avez, je suppose, été indigné, tourmenté, mais vous l'avez bien caché.

Walter leva un doigt menaçant.

— Que nenni ! Vous souvenez-vous ? demanda-t-il, les yeux exorbités dans son visage écarlate. Lui et Amabilia ont été frappés par une étrange maladie. Ils sont restés cloîtrés chez eux au moins une semaine.

— C'est vrai, ajouta le physicien. Il y avait des malades au village, aussi n'ai-je point cherché plus avant.

— Qui était cet écuyer, mon père ? s'enquit Kathryn avec douceur. Un frère ? Un fils ?

Le prêtre lui répondit par un regard triste, oublieux de la consternation qu'avait fait naître la question de la jeune femme. Amabilia gardait la tête baissée.

— Faudra-t-il nous rendre au cimetière ? insista Kathryn. Dois-je demander aux gens de Lord Henry de creuser ces tombes ? Pourrez-vous expliquer pourquoi nous ne trouverons que les restes de deux hommes enveloppés dans leurs linceuls ?

Lord Henry, bouche bée, contemplait Kathryn. Même les serviteurs qui se tenaient derrière lui, ayant oublié la raison de leur présence, regardaient le prêtre avec curiosité.

— Eh bien, faut-il que nous y allions ? Puis descendrons-nous dans la crypte pour ouvrir le sarcophage de Lady Mary ? Nous y découvrirons alors deux corps : celui d'une jeune femme morte trop tôt et un beau coffre en if ou en noyer contenant les restes de ce pauvre jeune écuyer.

— Est-ce vrai ? demanda Lord Henry en pointant sa dague. Le tombeau de mon épouse recèle-t-il deux cercueils ?

Le prêtre, cependant, semblait perdu dans ses pensées et souriait à moitié comme s'il savourait une plaisanterie, tout en jetant de temps à autre des regards furieux au sergent. À ses côtés, Amabilia jouait les nonnes, mains jointes, tête basse.

— Êtes-vous heureux, mon père, d'avoir fait justice au nom de votre fils ? Oui, je l'appellerai votre fils jusqu'à ce que vous me corrigiez. Nous avons toutes les preuves nécessaires. Le carré des indigents confirmerait mes dires. Il vous a été si facile, avec l'aide d'Amabilia, de transporter le corps de nuit, de fabriquer une bière, de soulever le dallage de la crypte et d'y descendre le cercueil. Vous avez organisé un service funèbre privé et chanté un Requiem en pleine nuit avec des cierges allumés. Vous avez célébré la messe des morts et Amabilia a rempli le rôle de servant. Personne n'en saurait jamais rien. Vous aimiez ce jeune homme. Votre église est remplie de fresques représentant Joseph et Marie avec Jésus enfant ou jeune garçon. Vous avez choisi de semblables thèmes sur la jeunesse tirés de l'Ancien Testament. Vous saviez que Lady Mary appréciait les beaux arbres. Sur les côtés de son sarcophage vous avez gravé différents arbres, mais à leur pied se trouvent toujours une mère et son enfant. Tout comme dans les peintures de l'église. Des hommages secrets et discrets à la femme et à l'enfant que vous aimiez.

— Pourtant notre pasteur ne connaît rien aux poisons, fit observer le médecin.

— Il vous l'a laissé croire. Le père Clement et sa prétendue sœur cachent bien leur jeu. Lisez Chaucer, messire le physicien : « L'habit ne fait pas le moine. » En l'occurrence, la bure ne fait pas le prêtre. Le père Clement et Amabilia sont fort habiles gens. Leur église et son cimetière sont entourés de champs où l'on peut cueillir n'importe quel simple. Nous trouverons quelque part dans les caves du presbytère des herbes séchées, du lierre toxique, de la sorbe écrasée, des champignons vénéneux, de la ciguë et peut-être des pots de poudres mortelles, de l'arsenic rouge et blanc, sans parler de la poudre qui tue en quelques secondes, celle qui a une odeur âcre et douce-amère d'amande.

— Qu'avez-vous à répondre ? demanda Lord Henry au pasteur.

— Tendez les mains, mon père, ordonna Kathryn.

Il fit la grimace mais s'exécuta.

— Vous travaillez la pierre. J'ai déjà vu les mains des tailleurs de pierre : elles sont crevassées et écorchées. Souvent les blessures se referment mal, mais regardez vos cicatrices. Messire le physicien ?

Roger se pencha par-dessus la table.

— Presque aucune trace, murmura-t-il. Je n'avais jamais pensé à ça.

— Ou vos dents, ajouta Kathryn, ou la peau de votre figure. Vous avez, ainsi qu'Amabilia, l'haleine fraîche parce que vous savez à quel point il est important de mâcher du fenouil et de la menthe. Vous auriez fait un bon médecin. J'ai observé les pierres tombales du cimetière. On a gratté mousse et lichen et, près d'un appentis, j'ai vu un seau de lait tourné.

— Bien sûr ! intervint Roger. J'ai ouï parler de ce remède pour les blessures. Le lait qui stagne longtemps dépose une substance sur les bords du pot. Oui, oui, continua-t-il, fort agité, et mélangée à de la mousse sèche, on prétend que ça peut même traiter l'irritation de la gorge et débarrasser les poumons d'un excès de phlegme. Les plaies infectées en sont curées et la peau guérit sans peine.

— Vous dites avoir des rhumatismes, remarqua Kathryn, mais je n'en crois rien. C'est une excuse pour ne pas rendre visite à Mathilda. Et vous n'alliez sans doute pas chez son fils, Adam, bien que vous proclamiez le contraire. En tout cas, son registre ne contient pas d'entrée vous concernant, vous ou celle que vous appelez votre sœur. Vous n'aviez pas de raison d'y aller : vous vous soigniez vous-même.

— J'aurais dû vous occire, déclara soudain le prêtre en joignant les mains comme pour prier. J'aurais dû vous tuer tous, les membres du conseil paroissial et d'autres du village. Regardez-moi et désespérez : je suis la colère de Dieu.

— Compté, pesé, divisé, chuchota Kathryn.

— C'est ce que j'ai fait, répondit le prêtre d'un ton uni comme s'il parlait à son bonnet. J'ai servi des années cette bande de malandrins. J'ai baptisé leurs enfants ; je suis allé auprès de leurs agonisants au cœur de la nuit pour leur administrer les saintes huiles ; j'ai chanté des messes à leur intention ; j'ai prêché ; je me suis assis dans le confessionnal pour écouter leurs immondes péchés. Je les ai assistés et ils ont tué mon fils unique.

Les paroissiens semblaient assommés par la confession abrupte et explicite de leur pasteur.

— Je vois que vous avez apporté le registre de la paroisse comme je l'avais demandé, observa Kathryn.

Elle se leva et alla chercher la sacoche de cuir. Ni le père Clement ni Amabilia ne bronchèrent. Kathryn en sortit le recueil aux feuilles épaisses relié de cuir et l'ouvrit.

— C'est vous qui avez griffonné ces mots sur le sol de l'église, n'est-ce pas ? Ils étaient destinés à avertir que des drames allaient survenir. La lettre fichée à votre porte n'était qu'une fausse piste : vous l'avez rédigée pour écarter les soupçons.

Le prêtre l'interrompit.

— Je suis venu comme un voleur dans la nuit. Ils ne connaissaient ni le jour ni l'heure ! La vengeance de Dieu les a frappés !

— Le maréchal-ferrant et son épouse ont été les premiers ?

— Des tueurs ! railla le père Clement. Elias a toujours été un tueur, je savais qu'il avait mené la meute.

Il regarda fixement Lord Henry.

— Elias et sa femme à l'œil aguicheur, aux lèvres pleines et à la gorge plantureuse, n'est-ce pas, Lord Henry ?

Ce dernier ne pipa mot.

— Vous leur avez envoyé un tonneau de vin, accusa Kathryn. Vous saviez que c'était leur anniversaire de mariage le 28 septembre. Vous saviez aussi qu'ils allaient le fêter. Vous avez donc acheté un tonneau de vin, l'avez empoisonné et avez déposé ce présent anonyme à leur porte. Elias et Isabella étaient gourmands ; ils l'ont considéré comme un cadeau à prendre sans poser de question et sans en parler. Après tout, la contrebande est mal vue dans la région. Ils ont mis ce tonneau en perce pour festoyer, ce qui explique pourquoi ils n'ont pas assisté au conseil paroissial. Vous êtes prêtre, père Clement, vous connaissez toutes les dates, les périodes, les saisons, la routine journalière du village, les habitudes personnelles de chacune de vos ouailles. Amabilia n'a pas eu de mal à se faufiler dans la cour de la forge et à verser la poudre empoisonnée dans le cuveau d'eau d'Elias connu de tous. Les gens entraient et sortaient – qui l'aurait remarquée ? Qui s'en souviendrait ? Combien de temps faut-il à une femme, alors que le soir tombe et que les clients se pressent dans la cour, pour épandre une poudre dans un baquet d'eau ?

— Et le conseil paroissial ? intervint le physicien. Le père Clement y a assisté tout le temps.

— Pas Amabilia, précisa le tabellion, désireux à présent de faire partie des accusateurs. Ne vous souvenez-vous pas qu'elle n'a cessé d'aller et venir pour apporter de quoi se restaurer au prêtre ou à nous ?

— Adam l'apothicaire fut le suivant, reprit Kathryn. C'était un homme diabolique qui vendait remèdes et philtres dans l'ombre de son officine. Il appréciait le pouvoir et l'argent que cela lui donnait – et il avait, sans nul doute, occis son épouse.

Elle tapota le registre.

— Le père Clement savait à quelle date tombait l'anniversaire du trépas de cette femme. Vous avez estimé qu'il était juste qu'il périsse le même jour que sa victime. Ce matin-là, vous avez réussi à vous assurer ses services en conduisant les deux cadavres au manoir. Puis on les a remportés.

La jeune femme s'interrompit.

— Vous et votre sœur n'ignoriez point la façon dont l'apothicaire droguait sa mère afin que son sommeil soit long et profond. Je suis médecin et je sais que les breuvages pour faire dormir sont fort efficaces, surtout chez les vieillards. Après votre retour au castel, Amabilia a monté en catimini, au petit matin, l'escalier extérieur, a traversé la chambre et est descendue dans la cuisine. L'histoire du gobelet préféré d'Adam, celui volé sur une cogghe et caché dans une gaine de cuir, était notoire. Comme je l'ai déjà dit, le prêtre finit par être au courant de tous les ragots d'un village isolé comme Walmer. Adam se servait toujours de ce gobelet, et a fait de même ce jour-là. Après sa mort, l'un de vous deux est retourné chez lui pour dérober le récipient. Lorsque nous fouillerons le presbytère de Saint-Swithun, nous le trouverons, vous pouvez en être certains.

— C'est vrai, murmura Ursula, livide de peur. Nous buvons tous de la bière le matin et Adam ne faisait pas autrement. Mais, dit-elle en désignant Amabilia, on aurait pu la reconnaître.

— Emmitouflée et avec un capuchon ? La gentille et douce Amabilia, dans la mauvaise lumière de l'aube ou au crépuscule ? Oh oui, Amabilia, à qui personne ne prêtait jamais attention. Combien de temps faut-il pour monter un escalier ou traverser la cour d'une forge ? Quelques secondes ? Vous autres paroissiens ne vous aimez guère, alors pourquoi penser à cette chère Amabilia comme au bras vengeur de Dieu ? Et, bien sûr, il y en a d'autres à montrer du doigt. Le prêcheur, par exemple. C'est pour cela que le père Clement l'a autorisé à dormir dans le cimetière ; en outre, il savait tout de sa visite chez l'apothicaire. Il avait décidé de s'en servir pour éloigner les soupçons de lui.

— Pauvre Adam ! gémit Ursula.

— C'était un assassin ! gronda le prêtre. Il méritait la corde. Je n'ai fait que rendre justice !

— Et grand-mère Croul ? questionna Kathryn. Mon père, c'était là pure malfaisance ! On ne pouvait rien lui reprocher. Son seul tort était de connaître toutes les rumeurs du village. Peut-être rassemblait-elle des renseignements sur votre passé et les vrais rapports que vous entretenez avec Amabilia. Elle y a fait allusion quand je l'ai rencontrée à Gallows Point. Vous ou votre sœur, nous avez-vous vues ? Est-ce alors que vous avez décidé qu'elle devait périr ? Elle n'avait cure des autres membres du conseil paroissial et elle n'était point hypocrite. Vous saviez qu'elle n'assisterait pas aux funérailles. Imaginez ce jour-là, Lord Henry : on a emporté les corps pour les ensevelir et l'assassin frappe à nouveau. Non le prêtre mais sa concubine, assise ici comme une pieuse nonne, mains jointes, tête baissée.

Cette dernière leva les yeux et sourit à travers ses larmes, comme fière d'affirmer son véritable statut.

— Amabilia toujours diligente, dit Kathryn en soutenant son regard. S'affairant dans la sacristie, dans l'église, et se précipitant entre-temps, rapide comme un lévrier, jusqu'à la chaumine de grand-mère Croul. Vous avez assassiné cette vieille femme et vous êtes arrangée pour que l'incendie se déclare après votre départ. Comment vous y êtes-vous prise ? Un lumignon, une chandelle, se consumant dans une flaque d'huile, ou une mèche allumée pendant de la table pour que la langue de feu finisse par enflammer l'huile répandue au-dessous ?

Kathryn fit une pause.

— Avant même que l'incendie se déclare, vous étiez revenue au cimetière. Personne n'a noté votre absence. On voit ce qu'on a l'habitude de voir : la docile Amabilia courant de tous côtés comme une petite souris et s'occupant de son frère. Qui aurait cru que la sainte et vertueuse Amabilia commettrait un tel meurtre juste pour faire taire à jamais une vieille femme ?

— Et Simon le bedeau ? aboya le sergent.

— Oh, les vices de Simon étaient de notoriété publique, bien qu'il ne s'en doutât pas. N'est-ce pas, mon père ? L'avez-vous vu caché dans l'herbe ou vous l'a-t-il avoué en confession ?

— Je l'observais du haut du clocher, murmura le prêtre. C'était une vipère, un homme mauvais qui prenait son plaisir aux dépens des autres. Il se croyait si malin ! J'ai décidé qu'il devait mourir dans l'exercice de son vice.

— Ce jour-là, poursuivit Kathryn, Simon était sur ses gardes. Bien sûr, comme toutes les créatures de Dieu, il avait ses habitudes, il voulait savoir où se trouvaient les autres. En vérité, c'était un fol. Il n'avait pas compris que son propre comportement trahissait ses intentions. Par un beau matin, il est donc allé à Walmer avec sa gourde. Il était évident qu'il entendait épier et vous vous êtes donc disposé à le supprimer. Benedict le notaire se tenait sous le porche, sa femme avait été dépêchée au presbytère pour veiller à de menues tâches, Amabilia était dans la sacristie et vous dans la crypte. Il est descendu vous voir comme il le faisait à l'ordinaire, n'est-ce pas, mon père ? Il ne s'est pas contenté d'appeler, car il voulait être sûr que vous y étiez. Bien entendu, il désirait vous cacher la gourde, aussi l'a-t-il laissée en haut des marches. Amabilia, tapie dans l'ombre, a échangé une gourde presque identique contre la sienne. Simon pensait qu'il ne risquait rien. Il est remonté en hâte de la crypte, a repris le récipient – une affaire de quelques secondes – puis s'est rendu dans le cimetière pour boire sa propre mort.

Hawisa intervint soudain.

— Je voyais souvent le bedeau. Il m'épiait et croyait que je ne le savais pas ; en réalité c'était moi qui l'espionnais !

— Comme vous l'avez fait avec moi, déclara Kathryn, quand on m'a attaquée dans l'église.

— Quoi !

Colum bondit et Kathryn lui posa une main apaisante sur le bras.

— Vous ne me l'avez pas dit ! cria-t-il.

— Je vous le dis à présent, rétorqua-t-elle. Mais on ne m'a point fait de mal.

Elle se tourna vers la jouvencelle.

— Hawisa, vous avez vu s'enfuir l'assassin, n'est-ce pas ?

Hawisa acquiesça.

— Il a gravi le mur en se servant de ses deux mains, parce qu'il avait caché l'arc et les flèches au milieu des tombes afin que lui et sa complice puissent les récupérer plus tard. Il est difficile de porter des armes si on doit courir ou escalader un mur. C'était vous, mon père, accusa Kathryn. Vous avez lâché flèche après flèche, tout en sachant qu'Hawisa était dans le cimetière. Le jeu avait duré trop longtemps. Vous aviez tout organisé. Vous avez fait semblant de partir et avez fermé la porte des morts. Ensuite, vous avez prétendu être malade. Rien d'étonnant à ce que vous ayez eu triste mine à courir de-ci de-là dans cette église sombre. Amabilia, toute innocence, est entrée par la grande porte et vous vous êtes alors enfui.

— Nous ne voulions point vous tuer, répondit Amabilia sans détour. Nous voulions juste vous effrayer. Vous ne risquiez pas plus de recevoir une flèche que moi.

Colum se pencha par-dessus la table.

— Je vous ferai pendre !

Amabilia saisit la main de son amant.

— Si nous avions projeté de la tuer, précisa-t-elle doucement, nous l'aurions fait. Clement est un excellent archer. Vous êtes fort aimable, Maîtresse Swinbrooke.

Elle parlait avec calme et Kathryn se demanda si elle avait perdu l'esprit, inconsciente du véritable danger dans lequel elle se trouvait.

— Nous ne vous aurions pas tuée, répéta Amabilia. Vous êtes éprise, vous avez été bienveillante et courtoise avec nous, malgré vos questions indiscrètes et vos yeux perçants.

Son sourire s'évanouit.

— Nous espérions qu'affolée vous partiriez.

— Pourquoi ? s'enquit Kathryn. Narrez-moi comment tout cela est arrivé.

— Je vais me confesser, ici, en présence de mes ennemis, intervint le prêtre avec un rictus. J'étais jadis tailleur de pierre, le meilleur de Douvres, mais j'avais aussi la vocation. L'Église m'accepta, m'éduqua et m'ordonna. Je croyais avoir trouvé ma voie, jusqu'à ce que je rencontre Amabilia. Elle était veuve depuis peu, son mari, un médecin, ayant été tué par les Français ou s'étant noyé quand ils ont coulé la cogghe sur laquelle il servait.

Il enlaça sa compagne. Kathryn était stupéfaite de constater à quel point ces deux êtres se suffisaient à eux-mêmes et semblaient ne pas avoir conscience du chaos qu'ils avaient causé.

— Amabilia était sans ressources. Le Bâtard de Faucomberg possédait des logis en la ville. Je l'avais bien servi, aussi l'ai-je prié d'en accorder un à Amabilia. Elle m'aidait dans la paroisse où j'avais été nommé. Nous sommes tombés amoureux.

Il joignit les mains.

— Elle fut grosse et donna naissance à un superbe garçon.

— Je ne voulais point que Clement soit un prêtre défroqué, plaida Amabilia. J'ignorais alors à quel point il m'aimait. Je suis allée voir Faucomberg – elle ravala ses larmes –, un homme cruel mais juste. Il m'a protégée pendant ma grossesse et m'a fait entrer dans sa maison. L'enfant naquit et nous l'avons baptisé James. Puis quand Clement changea de paroisse, je l'ai accompagné, me faisant passer pour sa sœur chargée de son ménage. James était élevé par Faucomberg et devint page et écuyer. Quand il en eut l'âge, on lui révéla l'identité de ses véritables parents. Il ne venait onc nous voir à Walmer : nous nous retrouvions toujours ailleurs, loin des yeux fureteurs et des langues acérées. C'était un charmant jouvenceau.

Elle soupira.

— Un bon soldat. Il disait qu'il se battrait avec Faucomberg jusqu'à la mort. Nous l'aimions et il nous aimait.

— Il nous a rejoints, dit le prêtre, quand tout fut perdu. Il ne voulait pas seulement chercher asile ; il voulait aussi revoir ses parents avant de s'enfuir au-delà des mers.

Il se redressa dans sa chaire

— Et vous, mécréants, que j'ai servis pendant des années, dont j'ai absous les répugnants péchés, vous, avec vos cœurs d'assassins et vos âmes étroites et méchantes, vous l'avez massacré, vous l'avez traîné hors du sanctuaire, l'avez occis, lui et ses compagnons, puis avez profané leurs cadavres.

Il se mit à se balancer d'avant en arrière.

— Ce jour-là, j'étais absent. Je croyais être votre berger et, à mon retour, quand on nous a raconté ce qui s'était passé, nous avons caché notre chagrin derrière notre rage. Vous n'êtes point des brebis, cracha-t-il, vous êtes des loups affamés.

— Vous avez donc décidé qu'ils mourraient ? interrogea Colum.

— Non, Irlandais, j'ai décidé d'exercer la vengeance de Dieu. Le message griffonné sur le sol de l'église était un avertissement : j'allais frapper.

Il agita la main vers Kathryn.

— J'ai compris que vous nous pourchassiez. Je voulais en tuer autant que possible. Je regrette le trépas de grand-mère Croul, mais elle était dangereuse : un esprit vif et un goût prononcé pour les ragots se dissimulaient derrière cette figure grise et ridée. Elle n'aurait pas tardé à mettre son nez dans ce qui ne la regardait pas.

Il haussa les épaules.

— Mais les autres, les immondes, comme je les appelais, devaient répondre de leurs fautes devant Dieu.

— Et vous, messire, trancha Lord Henry, en répondrez devant le roi.

Le prêtre bondit, renversant sa chaire. Colum se leva tandis que les écuyers du seigneur tiraient leur épée.

— Écartez donc vos lames, persifla le père Clement. J'ai une meilleure protection que ça. Je plaiderai le privilège de clergie et ne pourrai donc être jugé que par un tribunal ecclésiastique.

— Votre concubine sera pendue ou brûlée, rétorqua Lord Henry.

Le père Clement claqua de la langue, secoua la tête et posa la main sur l'épaule d'Amabilia.

— Lord Henry, déclara-t-il, ouvertement sarcastique, quoi qu'en dise Maîtresse Swinbrooke, Amabilia est innocente. J'avouerai tous ces meurtres. Je dirai qu'elle n'y a point pris part.

— Pourtant, aux yeux de Dieu, c'est une meurtrière, insista Colum.

Le prêtre se retourna pour faire face à Colum.

— Vraiment, Irlandais ? Et vous ? Combien d'hommes avez-vous tués pendant une bataille ? Laquelle de mes prétendues victimes était pure de tout péché ? Même grand-mère Croul savait ce qui était arrivé. Avait-elle protesté ? Elias et ses comparses avaient commis blasphème et sacrilège, avaient traîné des hommes innocents…

— C'étaient des traîtres ! s'exclama le sergent.

— Des innocents, répéta le prêtre en lançant des regards torves. Des hommes innocents arrachés au sanctuaire, et vous les avez taillés en pièces. Oh, au fait, ajouta-t-il en montrant le sergent, vous devriez tomber à genoux et remercier Dieu, car vous, porc répugnant, deviez être le prochain à périr !

— Arrêtez-les ! ordonna Lord Henry à ses serviteurs.

— Je suis heureux de m'en aller.

Le prêtre tendit la main à Amabilia qui se leva et la prit comme s'ils étaient deux amants se rendant à leurs fiançailles.

— Conduisez-les aux cachots ! cria Lord Henry.

Il se retourna vers l'assemblée.

— Vous feriez mieux de partir aussi, déclara-t-il calmement, bien qu'il y ait quelques sujets, Maître sergent, dont j'aimerais m'entretenir avec vous. Quant à vous, Messire le notaire, quittez Walmer et soyez hors de ma portée avant la Toussaint.

Le conseil paroissial s'esquiva sans bruit. Hawisa, toujours assise en silence, jouait avec un chapelet qu'elle avait sorti de son escarcelle. Kathryn se demanda dans quelle mesure elle avait compris ce qui venait de se passer. Lord Henry murmura quelques mots à l'oreille de la bachelette. Elle leva les yeux, sourit, et l'embrassa sur les lèvres si brusquement qu'il ne put l'en empêcher, puis elle disparut.

— Qu'on les pende ! s'exclama Colum, les mains sur la table. Ils devraient être pendus tous les deux. Ils entendaient vous tuer !

Kathryn fit un geste de dénégation.

— Je ne crois pas. Ils distribuaient la mort avec habileté et ne voulaient que m'cffrayer afin que je m'en aille pour les laisser continuer leur œuvre meurtrière.

— Iront-ils au gibet ? s'enquit Murtagh.

Lord Henry versait du vin. Kathryn refusa sa coupe. Le seigneur servit Colum et leva son gobelet en l'honneur de la jeune femme. Puis il s'assit et regarda la porte par-dessus son épaule.

— D'une certaine façon, ils ne sont pas coupables, sauf de la mort de grand-mère Croul, puisqu'ils ont châtié des malandrins.

Il poussa un profond soupir.

— Le père Clement se réclamera du privilège de clergie. Il maintiendra qu'Amabilia est complètement innocente bien que tout prouve le contraire.

— Et ? interrogea Kathryn.

— On l'enfermera dans un monastère isolé. Amabilia sera libre, mais je suis certain qu'elle le suivra n'importe où.

— Et leur fils ? demanda Colum.

— J'ai remarqué qu'ils n'ont pas vraiment mentionné cette question, répondit le seigneur, alors que c'est cela qui les a obligés à avouer. Si je prenais la peine de faire creuser, nous ne découvririons que deux corps dans le carré des indigents. Leur malheureux fils gît à présent dans le même tombeau que mon épouse. Laissons les morts enterrer les morts.

Sa citation lui arracha un petit sourire.

— Qu'ils reposent là ensemble. Maîtresse Swinbrooke, je vous suis fort reconnaissant. Quelle récompense puis-je vous offrir ?

Kathryn regardait par la fenêtre le ciel qui se couvrait et le soleil qui déclinait.

— Hawisa ?

— Je m'occuperai d'elle… en tout bien tout honneur, s'empressa d'ajouter Lord Henry. Dites-moi, serez-vous heureuse de quitter cet endroit de crimes ?

Kathryn observa les ombres qui se déplaçaient avec le soleil qui se cachait.

— Nous retournerons à Cantorbéry, Lord Henry, mais je peux vous assurer – elle lança un coup d'œil à Colum – que, où que nous allions, le meurtre nous suivra.

NOTE HISTORIQUE

Le Temps des poisons rassemble certaines données de l'histoire du XVe siècle en Angleterre. La guerre des Deux-Roses trouva une fin temporaire et soudaine avec les éclatantes victoires yorkistes de Barnet et de Tewkesbury. Les lancastriens fuirent à travers tout le royaume et les allégeances politiques se modifièrent brusquement. Le meurtre des trois réfugiés dans le cimetière de Saint-Swithun est le reflet fidèle du massacre des chefs lancastriens dans l'abbaye de Tewkesbury. Le poison, bien sûr, fut toujours un moyen efficace de se débarrasser de ses ennemis avec l'avantage supplémentaire, souvent, de ne pas être décelable. (Les empoisonnements en masse se produisaient dans l'Angleterre médiévale comme de nos jours.) C'est seulement à la fin du XIXe siècle que de véritables examens *post mortem* permirent de comprendre les effets de l'arsenic et d'autres substances mortelles.

Louis XI de France, rusé et impitoyable, désirait unifier son royaume et supprimer tout opposant interne à la Couronne. Il ne cessa de négocier pour chasser Édouard IV et ses armées victorieuses de France et y parvint par le traité de Picquigny en 1475. Louis accepta de verser à Édouard une pension annuelle mais ne lui livra pas Henri Tudor, qui passait et repassait la frontière entre Bretagne et France en dépit des efforts constants des agents d'Édouard. Bien entendu, ce furent les Français qui, en 1485, appuyèrent Henri Tudor lorsqu'il renversa le dernier roi yorkiste, Richard III.

L'espionnage et les activités des agents secrets étaient aussi intenses au XVe siècle qu'à notre époque. Le travail de ces hommes et de ces femmes était souvent caché avec soin et nous ne le connaissons que lorsqu'il était couronné de succès ; par exemple les subtiles transactions menées par Lady Margaret Beaufort et Christopher Urswick pour qu'Henri Tudor monte sur le trône en 1485.

Enfin, les mœurs peuvent changer mais pas les pratiques sexuelles, la seule différence étant qu'à certaines époques on réprouvait certains comportements spécifiques. Cependant, l'excellent ouvrage de David Cressy, *Travesties and Transgressions in Tudor and Stuart England* (Oxford University Press, 2000), démontre que porter les habits de l'autre sexe et se travestir étaient des phénomènes plus communs pendant cette période qu'on ne le pensait jusqu'alors.

Roberta Gellis

Les enquêtes de Magdalaine la Bâtarde

À Londres au XIIe siècle, le péché de chair est puni d'opprobre. Pour Magdalaine la Bâtarde, propriétaire d'une maison close de renom, c'est un moyen honnête de gagner sa vie et l'occasion de s'immiscer dans l'intimité des puissants. Mais en ces temps troublés, les confidences d'alcôve renferment des secrets qu'il est préférable de ne pas connaître. Prise dans les luttes implacables du pouvoir, Magdalaine devra jouer pleinement de ses atours et de sa ruse pour échapper aux pièges que ses ennemis lui tendent.

n° 3868 – 7,80 €

Impression réalisée sur Presse Offset par

BRODARD & TAUPIN

GROUPE CPI

La Flèche (Sarthe), 36216
N° d'édition : 3863
Dépôt légal : juillet 2006

Imprimé en France